ゴールデンタイムの消費期限

斜線堂有紀

角川文庫
23988

目次

プロローグ　7
一日目　天才たちの宴　23
二日目　天才たちの後夜祭　60
三日目　レミントン・プロジェクト　101
四日目　スポットライトの熱度　126
五日目　惑う参加者たちの問題　161
六日目　動機を辿（たど）る軌跡　208

七日目　天才たちの幕間(まくあい)会議　228
八日目　これからのための航路　245
九日目　返　礼　260
十日目　黄金時代が灰になっても　290
十一日目　明日の前の日　334
エピローグ　345
解　説　桜庭一樹　359

——神が才能を授け給(たま)うにしろ、必ず鞭(むち)を伴う。
いや、鞭こそ才能のうちなのだ。自らを鞭打つ。

トルーマン・カポーティ

プロローグ

どうしてこの小説を書いたのは自分じゃないのだろう、という絶望がある。

今となっては、面白い小説もつまらない映画も等しく傷になった。面白いものに触れれば自分の才能の無さを痛ましく思うし、退屈なものに触れればこんなもので構わないのかと苦しくなる。

それでも、綴喜は一日一冊本を読み、二日に一本映画を観ることを自分に課している。これは日々を生きるための免罪符だった。自分は毎日を無為に過ごしているわけじゃない、と思うための。これをこなさないと、まともに眠れもしない。

今日読んだのはデビューしたばかりの新人の小説だった。つまらなくあれと祈りながら手に取ったのに、その小説は最初から最後まで面白かった。各所で良い評判を聞いていたから当然かもしれない。

読み終えて、まず作者の年齢を調べた。二十五歳、と書いてあるのを見て、少し心が安らいだ。綴喜より七歳も上だ。

この妙な習慣が根付いたのは、小説を書けなくなってからだ。自分はまだ十八歳で、取り返しがつく年齢だ、と安心する癖が抜けない。

最後に本を出したのはもう四年も前になる。小説家だった自分がどんどん過去になっていく。学生小説家の肩書きはそう長く使えるものじゃなかったのに。消費期限切れ、という言葉が頭の端を過って、思い切り目を瞑ることで追い出した。

ともあれ、本を読み終えたことで、ようやく眠気がやってきた。もう午前三時を回っている。今から寝ても四時間しか眠れない。

それでも綴喜はこの習慣をやめない。

これだけが、綴喜文彰の消費期限を少しだけ延ばしてくれる。

＊

「それで、綴喜は一般受験するのか。なんか勿体ないな」

高三に上がって最初に受けた進路指導で、担任の教師はそう言った。

綴喜の進路調査票には有名な国立大学の名前が書いてある。簡単な志望校じゃないが、このまま真面目に勉強をしていれば、十分狙える範囲の大学だ。けれど、担任は納得がいかない様子で、頻りに首を振っている。

「その、勿体ないっていうのは……」

「だってお前、小学四年生から小説家なんだろ。この高校だって推薦で入ったんだよな？　その経歴を利用しないのは……」

みし、と胸の奥が軋む。それを悟られないように綴喜は淡々と答える。

「じゃあ、推薦の当ては何かありますか？」

「小説家でいいだろ。高校生小説家だぞ。書類にそう書けば……」

「高校に入ってから一冊も本が出ていなくても？」

挑むように言うと、わかりやすく担任がたじろいだ。大方、綴喜の現状なんて知らないで言っていたのだろう。「や、高校に通っている間に一冊も本が出ていないと流石に厳しい……かもな」と言ったきり、気まずい沈黙が下りる。綴喜は顔を伏せたまま、机を睨んでいた。

「じゃあ、短いのでもいいから雑誌か何かに載せてもらえばいいんじゃないか？　ほら、高校生活をテーマにした短編とかどうだ？　クラスのちょっとしたことを小説にするんだよ。そういう今しか書けないものを世に出すのは意味があるだろ」

まるでそれが、誰も思いつかなかったアイデアであるかような口振りだった。綴喜は黒板の上の時計をちらりと見る。もう十五分が経った。進路指導は終わりでいいはずだ。

「高校生活、なんか印象に残ったことくらいあるだろ？　ボーっと生きてたんじゃなきゃ何かさ。そういう日々の素朴なのでいいんだよ」

覚えていることならいくらでもある。小説を書けないまま迎えた入学、焦りとプライドが邪魔をして入れなかった部活動。睡眠時間を蝕む強迫観念。でも、それが小説になることは決してないだろう。何故なら、そんなものを小説にしたところで面白くないからだ。

「分かりました。先生の言う通り、ちょっと見てもらいます。編集さんは勉強の邪魔にならないよう、いくらでも待つって言ってくれてるんですけど」

反論を全て呑み込んで、綴喜はそう言って笑った。前向きな返答を受け取った担任は満足そうに頷く。今は五月下旬だ。推薦入試の締め切りまでに雑誌に短編を載せるのがどれだけ難しいかを、担任は少しも想像していない。

人生最初の作品は、遠足のことを書いた作文だった。

『自然公園に行った時の思い出を書きましょう』というお題だったので、綴喜はそこで登ったジャングルジムのことを書いた。てっぺんについた時の興奮や鉄の臭い、指先に感じた微かな痛みを原稿用紙二枚に纏めると、先生は満面の笑みで褒めてくれた。

「綴喜くんの作文は目の前に景色が浮かぶよ」

そう言われるのが誇らしくて、綴喜は進んで作文を書くようになった。作文が金賞を獲ると、両親も先生もとても嬉しそうな顔をするのだ。

小学校で何をしたか、何に触れたか。友達がどんなことを言って自分はどう感じたか。それを素直に書くだけで、立派な作品になった。綴喜の作文は小学生が書いたものとしては完成度が高く、なおかつとても純粋だったからだ。

綴喜が作文を仕上げると、両親は喜び勇んでそれをコンクールに送るようになった。作品は次々に金賞を獲り、綴喜の名前は段々と世に知られるようになっていった。

そんな綴喜が小説家としてデビューしたのは、小学四年生の頃だ。

とある出版社から、今まで書いた作文を書籍化しないかという打診があったのだ。勿論、作文だけでは本に出来ない長さだった。そこで出版社は綴喜の文章と有名な写真家の作品を組み合わせて、フォトブックとして売り出すという妙案を考えた。上手いやり方だった、と思う。これなら書き下ろしは最小限で済む。

「ふみくん、書いたものを本にしてみたい？」

母親は何よりもまず十歳の息子の意思を確認してくれた。だから、綴喜もちゃんと考えた。

何度もコンクールで表彰されていたので、表舞台に立つことの意味はもう知っている。自分の書いたものを読んでくれる人がもっと増えたら嬉しいと無邪気に思った。

そして何より『自分の本』が大好きな本屋さんに並ぶのを見てみたかった。長い文章を書き下ろすのは大変だったが、元々本が好きだったこともあって、そこまで苦にはならなかった。

綴喜の小説は自分が目にする世界を瑞々しく表現した、私小説のようなものだ。その作風とフォトブックのコンセプトはぴたりと嵌った。

デビュー作は〝天才小学生〟という煽りのキャッチコピーと共に売り出され、すぐに十万部を突破した。取材されることも増え、テレビに出ては本の内容を朗読した。小さな綴喜のことを、みんなが一人前の小説家として認めてくれた。

小学六年生の頃に出した二冊目は、デビュー作よりも更に小説らしかった。

「綴喜くんの良さは、景色をそのまま読んでる人に届けられることだよ」

初めてついた担当編集者は、『描写力』という言葉で綴喜を褒めた。

編集者にアドバイスを貰い書き上げた作品は、児童向けの小説として綺麗に纏まっていた。小学生時代の楽しかったことや悲しかったことを、多少の脚色と共に書いた物語だ。テレビに引っ張りだこだったことも影響して、二作目も広く受けた。

そして中学二年生で刊行した三冊目の『春の嵐』が大ヒットを記録した。綴喜を天才小説家として世に認めさせた一作になった。『春の嵐』は百万部以上の刷り部数を達成し、映画化まで果たした。

それきり、綴喜は高校三年生の今に至るまで、一冊も本を出していない。

それどころか、短編小説の一本すら世に送り出せていない。


「綴喜くん」

その声で一気に現実に引き戻された。

「どうしたの。集中出来ていないようだけど」

目の前にいるのが担当編集者なのか担任の教師なのか、一瞬分からなくなる。

落ち着いて状況を確認した。ここは教室ではない。デビュー時からお世話になっている洋全社だ。自分はただの高校生じゃなく、小説家としてここにいる。

綴喜は息を吐いて、机を挟んで向こう側にいる男をじっと見つめた。

歳は三十代後半。印象に残らない顔立ちなのに目だけがやけに鋭い。きっちりと着込んだグレーのスーツは、高級で趣味が良いものだ。掛けている銀縁の眼鏡も、生真面目かつ上品な印象を補強している。小柴がこんな服装をするのは綴喜の前だけだ。当時小学生だった綴喜と両親を安心させるために、普通のサラリーマンのような格好をしていた。そのスタンスが今も変わっていないのだ。

「前髪も大分伸びてきてるし、また荒んでるの？」

「小柴さんの方はばっちり決めてますね。そのスーツ久しぶりに見ました。……奥さん戻ってきたんですか？　だから、アイロンを掛けるのに難儀なものも着られるとか」

「アイロンくらい自分で掛けられるよ。このスーツは妻がプレゼントしてくれたものでね、どちらかというと媚びに近い。今日会いに行くから、あえて着てきたんだ」

綴喜の嫌味を軽く流し、小柴は優雅に笑った。こういう時、彼は嫌になるほど大人だ。

「それにしても相変わらず観察力があるね。衰えない」

「……ええ、まあ」

「懐かしいよ。どうしてそんなに描写力があるの？　って小学生の君に聞いた時のことを思い出す。そうしたら君はきょとんとした顔で――」

「見てたから」

小柴に言われる前に、先に口にした。

「そう。君はそう言った」

これは小柴がお気に入りのエピソードで、テレビでも何度も取り上げられたくだりだ。

生まれてからずっと、綴喜はよく気がつく子供だった。そして、自分が気がついたことをそう簡単には忘れなかった。

遠足のことも覚えていた。だから綴喜はありのままそれを書けたのだ。頭に鮮明に浮かぶものを、言葉を尽くして書き上げれば作品になった。二作目の時も、記憶に残っている小学生の思い出を再構成したものだ。

そして三作目の『春の嵐』は大好きだった従兄のことを書いた。近所に住んでいて一緒に遊んでくれた従兄の晴哉が、宇宙飛行士になるにあたって研修でアメリカに行くことになった。そのことが悲しくて嬉しくて、綴喜は従兄に向かってあることを提案した。

「晴哉のことを書いてもいい？　僕の言葉で書いてみたいんだ」

丁度、次に何を書くか迷っていた時期だった。書きたい題材が見つからず、さりとて一から物語を創造することも難しかった。次回作を期待され、早く次をと急かされる綴喜には時間が無かった。

そんな中で、晴哉のことはようやく見つけた、心の底から書きたいものだった。

そうして出来上がった『春の嵐』は、綴喜の最高傑作になった。

だがそれきり、彼の筆はぴたりと止まった。

次作を望む声はたくさんあった。

綴喜だって書きたいと思っていた。

なのに、そのまま四年以上が過ぎた。

「それで、何で僕を呼んだんですか？　新作の目途はまだ何にも立ってませんよ」

「どんなものを書きたいかも分からない？」

それが一番分からないのだ、と綴喜は思う。『春の嵐』以降、本当に書きたいものなんか見つからなかった。それさえあれば、何か変わったかもしれないのに。

「そうですね。四年も待ってもらってるのにすいません」

「時間は負債のようなもので、掛けただけそれに見合ったものが欲しくなる。出来を気にせず書けばいい、なんてアドバイスは半年前にもしたかな」

「そうですね、それはもう何回も」

面白い本や映画からストーリーを学び、どうにか小説を完成させようとはしたのだ。けれど、面白いものを書き上げるどころか、どうやって登場人物を動かせばいいのかも分からなかった。主人公が住む町も、彼に降りかかる事件も、出来のいいものが浮かばない。

綴喜には一から物語を生む才能がなかった。

けれど、前の三作と同じ手は使えなかった。現実をそのまま使っても、それは綴喜の作るべき作品じゃない。

焦る心とは裏腹に何一つ成し遂げられていない状況を見ると、自分にはそもそも才能なんてなかったんだと思い知らされる。

短編でもいいから載せてもらえ、なんて酷い言葉だ。綴喜はもうそれすら完成させられない。完成したところで、それは天才小説家の肩書きにふさわしくない駄作だろう。

だから、小柴との打ち合わせはいつも息苦しい。何も書けない自分が不甲斐なくて、逃げ出したくなる。小説が書けなくてごめんなさい、と心の中で何度も呟いている。

その時、小柴が思いもよらないことを言った。

「綴喜くんに一つ依頼が来ている」

「他社からの執筆依頼ですか？　それとも取材？」

「どちらでもない。……とあるプロジェクトへの参加依頼だ」

小柴の言葉は歯切れの悪いものだった。隠している、というよりは本人にも詳細が分かっていないらしい。

「国が主導しているもので、若い世代の天才を一つのところに集めて交流させる、というものらしい」

「はあ、なるほど」

「何をするかは分からないけど、十一日間にわたる合宿のようなものらしくて」

『天才』と呼ばれる人間を一所に集める企画は珍しくない。特にテレビなんかが好みそうな企画だ。だが、国が主導するというのは聞いたことがない。スポーツの強化合宿のようなものだろうか？　あるいは、何かのプロモーションか。

「僕なんかでいいんですかね。全然本を出せてないような人間でも」

「フィッツジェラルドは新作を発表せずに八十年が経った。しかも彼が書いた長編はたったの四本」

小柴が小説がかった言い回しで諭す。確かに『天才小説家』は時間に強い。コンクールに出なくなったピアニストよりは才能の枯渇がバレにくいだろう。けれど、『偉大なるギャツビー』に匹敵する偉大な傑作が、果たして自分の来歴にあるだろうか。

「……僕が行っても恥を掻くだけだ。やっぱり無理ですよ」

「そう言うとは思ってたんだけど。……気になる文言があって」

ややあって、小柴はこう続けた。

「『このプロジェクトに参加すれば、綴喜くんはまた傑作を書ける』」

どういうことだろうか。これは天才を呼ぶプロジェクト、らしい。それなのに、どうして今の綴喜の体たらくを見透かしたような言葉が出てくるのか。

「何だか怪しいですね。傑作を書けるってどういうことですか」

「多分、先方は深い意味で書いてないんじゃないか。この体験でインスピレーションが得られるとか、そういう意味なのかもしれない」

「インスピレーションなんて曖昧なものなんか……」

綴喜はちらりと自分の右手を見た。年相応に骨ばった手には、微かに引き攣ったような痕が残っている。

この傷は綴喜をずっと責め続けている。

自分にはまだ小説があるという気持ちから、自分にはもう小説しかないのだと思うようになったのはいつだろう。

少し躊躇ってから、静かに言った。

「分かりました。参加します」

「本当に？」

「小柴さんが振ってきた話じゃないですか。いいですよ、受けますよ。……どうせ、今の僕には何も書けないんですから」

半ば投げやりにそう言うと、一転して小柴の表情は心配そうなものに変わる。それが疎ましくてたまらない。追い詰めたらまずい、とでも思っているのだろうか。余計なお世話だ。

「前みたいなことにはならないように」

「分かってますよ」

綴喜は年相応の屈託のない笑顔を浮かべる。それは天才小説家として注目を浴びる中で、彼が唯一手に入れた特技だった。

＊

プロジェクトの企画書はA4の用紙に印刷された四枚綴りの素っ気ないものだった。

秘密保持の契約や諸々の免責事項が記されたそれは、出版契約書に似ていた。しばらくぶりに見た公的な文書を、隅から隅までしっかりと読む。

最後のページには、保護者の承諾書があった。このプロジェクトは十一日間にわたる長いものだ。学校から『課外学習』として公欠の許可を得るためにも、こういうところはしっかりと手続きをしなければいけないのだろう。

「反対する？」

リビングの机の上に置いておいた承諾書に、まだ印鑑が押されていないのを見て、綴喜は母親に静かにそう尋ねた。小柴から説明を受けて、綴喜はすぐに両親に説明をした。それから三日経っても、承諾書は時が止まったかのようにそのまま残っていた。

「え？　いや……ごめんね。そろそろ返送しないとだよね」

「うん。期限まだあるけど、明日には送り返そうと思う」

綴喜の言葉に、母親は躊躇いがちに目を伏せて、ゆっくりと先の質問に答えた。

「……お母さんは全然反対しないけど。いや、お父さんもね、反対はしてない。むしろ文彰のスランプがこれで克服できるならいいことだって言うの。これってつまり、国がお金を出して取材旅行か何かに連れて行ってくれるってことなのよね？　刺激になりそうだし、そういう外からのインプットがないといい小説は書けないっていうのがお父さんの意見」

言葉に含まれた二つの間違いを頭の中で転がす。綴喜が味わってきたのは、スランプと呼ぶには長くて重すぎる時間だ。そして二つ目。これが取材旅行かどうかは分からない。概要には、文化交流プロジェクトという茫漠とした文字がつらつらと並んでいる。外枠の説明だけ長くて、肝心の内容についての説明が殆ど無い。

つまり、これに参加したところでいい小説が書けるかどうかは分からないのだ。

「それで、お母さんの方は？」

「……文彰の好きにしていいと思う。機会が貰えるなら、後悔しない方がいいし」

言葉が丁寧に汲み上げられているのを感じる。綴喜の心を傷つけないように、母親が言葉を選んでいる。それが分かって、痛みを覚えてしまった。会話をする相手の手に包帯があれば、その下の傷を意識してしまう。

「じゃあ、判子お願い。……早く封したいし」

「あのね、時々考えるの。もしあそこでお母さんがちゃんと考えてたらって。……あの歳の文彰に判断を任せるべきじゃなかったんだと思う」

「それって、小学生の頃の話？　別に僕だって考えてなかったわけじゃないし、小学生っていう価値が無かったら、あんな文章が本になることも、僕が天才だって呼ばれることもなかった。あの時じゃなかったら意味がなかった」

「そう、それは分かってる。だから、今回はちゃんと考えて選ばせてあげた方がいいんじゃないかって」

「大丈夫。ちゃんと理解してるから。これに参加するのも、小説家でいるのも僕が選んだことだから」

早口にそう言うと、母親はようやく立ち上がって印鑑を取りに行った。その背が見えなくなってから息を吐く。

好きで選んだ道ではあった。問題があるとすれば、綴喜にはもうこの道しか残されていないことだろう。周りを崖（がけ）に囲まれての選択に、さしたる意味があるとは思えない。綴喜はまだ落下したくはなかった。だから、これを選ぶしかないのだ。

一日目　天才たちの宴

1

揺れと共にぐんぐんと地上が遠ざかっていく。

馴染み（なじ）の場所から離れていくのは得（え）も言われぬ怖さがあったが、目を逸（そ）らさずに見つめ、手元のメモに所感を書き留めておく。何かに使えるかもしれないからだ。

プロジェクト参加当日。集合場所で綴喜（つづき）を待っていたのは、巨大なヘリコプターだった。荷物を引き取られ、中に備えられた革張りのソファーに腰掛けるまで、その大がかりさにひたすら面食らっていた。こんな風に中が個室のようになっている乗り物なんて他に知らない。

「失礼します。そろそろカーテンを閉めますね」

「あ、はい」

名残（なごり）惜しくはあったが大人しく従う。窓から顔を離すと直（ただ）ちに遮光（しゃこう）カーテンが引かれた。

向かいに腰掛ける灰色のスーツの女性は、寸分の隙もない佇まいをしていた。乱れのないショートヘアに、きっちりと施された化粧。彼女の持つ独特な雰囲気は鋭利な刃物を連想させる。

「改めまして、私は備藤といいます。当プロジェクトのマネジメントを担当しています」

細長い手足を窮屈そうに折り畳んで、備藤が一礼をする。

「その、綴喜文彰です。この度はお招き頂いてありがとうございます」

「いえ、こちらこそ。十一日間は、決して短くはない期間ですから」

そう言うと、備藤はすっと銀色のスマートフォンを差し出してきた。

「これは施設内で使えるスマートフォンです。SNSサイトやメッセージアプリは使えませんが、ゲームなどは一時的にこちらに引き継げます。あとは、インターネット自体も閲覧は可能です」

「あ、はい、ありがとうございます……」

どうやら個人のスマートフォンは持ち込めないようだ。

「ご不便おかけしますが、よろしくお願いします。何か懸念されていることはございますか」

「……えっと、今回のプロジェクトって、どんなものなんでしょうか。勿論、貰った資料は読みましたけど『文化交流』とか『才能に対する助成』とか……具体的には何を？」

恐る恐る尋ねると、備藤は「ああ、」と言って一つ大きく頷いた。

「綴喜さんに参加して頂くプロジェクトは、通称をレミントン・プロジェクトといいます」

「レミントン……？」

レミントンといえば、有名な銃器メーカーがまず浮かぶ。そして次に浮かぶのは、そのメーカーが開発した発明品だ。世界を変えたと名高い、レミントン・タイプライター。

「詳細は寄宿施設に到着してから説明いたしますので。それまではしばしおくつろぎを」

「僕以外にも参加してる人がいるんですよね？　参加依頼を僕に取り次いでくれた小柴さんの言い方だと、同じ年頃の別の分野の参加者がいるようですが」

「はい。十代から二十代で、各分野から参加者を募りました。小説を書かれるのは綴喜さんだけですが」

ということは、自分は小説分野での代表のような扱いなんだろうか。

そう思うと、いきなりプレッシャーを感じた。自分の薄っぺらい才能が見透かされたら、排斥（はいせき）されてしまうかもしれない。

「不安ですか？」

「ええ、少し……」

やけにはっきりとした声で、備藤が言う。

「何も心配されることはありません。綴喜さんなら、きっと成し遂げられると思います」

その台詞（せりふ）の意味が分からないまま、綴喜は頷く。

2

一時間ほど飛行した後、着陸のアナウンスが入った。

見計らったようにカーテンが開けられ、外の景色が露（あら）わになる。しかし、そこがどこなのかは全く分からなかった。眼下に広がるのは木々に覆（おお）われた山ばかりで、文明的なものが何一つない。

山以外に見えるものといえば、彼方（かなた）に見える地平線くらいだ。綴喜が呆気（あっけ）に取られているうちに、ヘリコプターは高度を下げていき、着陸する。

「標高が高いので、降りた時に少し肌寒く感じるかもしれません。施設内は空調が効いているのであまり気にならないと思います」

「えっと、ここってどこですか？」

「国有地です」

冗談で言っているのか本気で言っているのか判別出来ないが、少なくとも詳しい場所を教えるつもりはないらしい。どうしてヘリコプターでなければいけないのかの理由がこれで分かった。場所を明かさないため、それ以外では来られないようになっているのだ。

「ヘリポートから少し上がったところに施設があります。どうぞ」

そう言って、備藤が歩き出す。山の中といえど、ヘリポート周りは綺麗に整備されていて、ちゃんと道が出来ている。

そうしてなだらかな坂を上った先に忽然と現れたのは、塩で作られたような白い建物だった。

周囲とは不釣り合いな洒落た二階建ての建造物だ。一階の玄関ホールらしき部分は美術館のようなガラス張りで、正面に大きな階段があるのが見える。

「それでは、入りましょう」

備藤がガラス戸の一枚に掌を付けて、顔を近づける。するとガラスの表面がタッチパネルのように反応し、ゆっくりと左右に開いた。驚いた顔の綴喜に対し、備藤が説明をする。

「生体認証です。この戸は強化ガラスになっていて、大抵のものがぶつかってきても割れません」

中に入ると、玄関ホールは一層広く見えた。外から見えていた大階段も随分高い。ホールの床には毛足の短い朱色の絨毯(じゅうたん)が敷かれていて、綴喜の革靴を沈ませている。ホールには、白衣を着た人々が何人か集まっていた。首から身分証明書の入ったカードケースを下げている。

「彼らはこの施設のスタッフです。何か困ったことがあれば相談してください。皆さんの生活スペースは一階です。綴喜さんから見て右の扉の奥になります。個室の扉に名前入りのプレートがあるので、確認して入ってください。綴喜さんの左側、つまり西側の扉から廊下を通って突き当たりは談話室と食堂です」

ホールの左右にある扉を実際に指差しながら、備藤が説明をする。まっすぐに伸びた人差し指が、そのまま階段横の扉を指した。

「あの扉は中庭に続いています。結構な広さがありますから、散策してみるのも楽しいかもしれません。綺麗に整備していますから、危険もありません」

中庭なのに散策という言葉が出るあたり、相当な敷地が確保されているのだろう。

けれど、一際目を引いたのは、大階段の上にある銀色の扉だった。機械的な威圧感というより、神殿のような荘厳さと近寄り難さがある。

「あの扉は？」

「レミントンの部屋です」

払いのけるような言い方で、それ以上を説明する気がないことが分かる。

「二階はレミントン、私たちスタッフの部屋、そしてレミントン・プロジェクトの実質的な責任者である雲雀博士の部屋になっています。間取りは一階とさして変わりませんので、迷うことはないかと思います。施設に関しては以上ですが、何か質問はありますか？」

「えっと、」

右も左も分からない状況だからか、咄嗟に質問が浮かばない。ぼんやり視線を巡らせていると、不意に談話室に通じる西側の扉が開いた。

「お、ヘリの音がしたからわざわざ来たんだけど、ドンピシャだったたな」

そこに立っていたのは、快活そうな出で立ちの男だった。年の頃は綴喜とそう変わらないだろう。綺麗に切り揃えられた短髪と、すっと伸びた背筋が印象的だ。見た目だけでいえば、年若い俳優か何かに見える。外見がどうというより、視線を集めることに慣れているからだろう。

「お前が最後の一人だよ。残りはもう全員到着してる」

朗々とした声で言いながら、彼がゆっくり歩み寄ってきた。その声も含めて、綴喜には覚えがあった。

「……えっと、もしかして君、真取智之くん？　天才料理人の……」

「お、知ってんの？　俺もまだまだ捨てたもんじゃないな」

「その、僕、綴喜文彰っていって……一度、君と同じ番組に出たんだよ。ほら、覚えてないかな。『ギフテッド・チルドレン』って……」

「ああ、あったな。そんなのも」

真取智之が懐かしそうに目を細める。

3

綴喜が天才小説家と呼ばれていた頃、『ギフテッド・チルドレン』というテレビ番組に出演した。

「天才」の名の通り、その番組の主役は各分野の天才児たちだった。彼らはスポットライトに照らされ、生放送で自らの才能を披露するのである。

綴喜が出演した回には四人の子供が登場し、売られる前の猫の子のように一列に並べられていた。

　いくら天才児といえどテレビカメラに慣れている子ばかりじゃない。周りの子は緊張しきっていて、その不安が漣のように伝播してくる。雑誌の取材が主だった綴喜も、こうした場で喋るのは苦手だった。

　その中で唯一、堂々としていたのが真取智之だった。

　この日の『ギフテッド・チルドレン』では、ちょっとしたアクシデントが起きた。模型作りの天才として呼ばれていた女の子が緊張から泣き出してしまい、自分の作品の説明が出来なくなってしまったのだ。誰もが放送事故を予感していたそんな時、真取がすっとカメラの前に歩み出た。

「すいません、仕入れてた鰆の都合で、俺を先にしてもらっていいですか」

　真取の一言で、スタッフはすぐに切り替えを始めた。セットを組み直し、スタジオ用のキッチンを引き出す。三分ほどで用意が済むと、真取は慣れた手つきで包丁を取り出した。

「鰆は身が柔らかいものが多くて、身割れを起こしやすいんです。だからこうして刃を入れる時にまな板ごと回すのがコツです」

　説明しながらも手は止まらず、魔法のように鰆の身が解かれていく。それをさっと並べ、南高梅のソースをかけていく。一連の流れはよく出来た演舞を眺めているようだった。そうして、あっと言う間に美しい一皿が完成する。

「出来ました。鰆の春皿です」

真取がそう言って笑う頃には、どういうわけだか子供たちの緊張も解けていた。綴喜もそうだった。真取に圧倒されることで、妙な気負いが無くなったのかもしれない。

真取の出番が終わると、その後はスムーズに進んだ。

綴喜のパフォーマンスは新作の朗読で、結局は緊張から二回嚙んだ。周りの観客たちはすごいと褒めてくれたし、綴喜のパフォーマンスは成功だとされた。けれど、真取のパフォーマンスに比べれば綴喜の朗読はあまりに見劣りのするものだった。

「真取くん、待って」

だからだろうか。放送が終わった後、綴喜は思わず真取に話しかけてしまった。

「うん？　お疲れ。どうした？」

「ねえ、真取くんって緊張とかしないの？　こんなたくさんの人に見られてて」

「料理ってのは基本的には人のために作るもんだからな。いつも緊張してるよ」

そう言って屈託なく笑う真取を見て、綴喜は確信した。

真取智之のような人間が、本物の天才だ。

4

「後のことは俺が説明するよ」という真取の言に、備藤はあっさりと頷いてどこかに行ってしまった。正直な話、気後れしてしまう。かつて憧れた人にこんなところで再会するなんて思ってもいなかった。

　そんな綴喜の緊張を知らずに、真取はフランクに笑った。

「じゃあ、綴喜もあそこにいたんだな。俺、人の顔覚えてらんないからアレだけど」

「いや、……僕は地味だし、真取くんが覚えてなくても仕方ないよ」

　それに、忘れていてくれてよかった、という気持ちもあった。

　料理人としてレミントン・プロジェクトに呼ばれたからには、真取は今もなお一線にいるのだろう。『春の嵐』一冊の威光だけで呼ばれた自分とは訳が違う。

「でも、知っている人がいて良かったよ。正直、ここに来るまで不安だったし……」

「まあ一人でこんな山奥に来るの怖いよな。俺もここ着いた時、何か人体実験でもさせれんのかな？　って思ったし」

「他に知り合いはいるの？」

「昔、ちょっとだけ話したことある奴がいる。小さい頃近所に住んでてさ。あっちもあっちで有名人だったから、何となく意識してた相手が。もっとも、ここで会うまで関わりもなかったんだけど」

「へえ、やっぱりすごい人同士は引き寄せられるものなんだね」

「お前だってそうだろ。ここに呼ばれてるんだから」

屈託無く返された言葉を、適当に受け流す。才能とはパスポートに似ている。期限切れのそれを晒せば、真取は軽蔑するだろうか。

そんなことを考えているうちに、西側の廊下の突き当たりに辿り着いた。一際大きな扉を開けた先は、応接室のような場所だった。そこには一人掛けソファーやカウチがいくつもあり、天井からはシャンデリアが下がっている。

そして、部屋の中には綴喜と同じ年の頃の参加者たちがいた。

「ここが基本的に全員が集まる場所みたいな感じ。……まずはあいつからがいいか」

そう言いながら、真取がずんずんと部屋の隅に向かう。

そこにいたのは、長い髪を一本に編んで垂らした綺麗な女の子だった。制服に似たブレザータイプのワンピースを着ている。彼女の肢体は細くしなやかで、どことなく目を惹く気品がある。

彼女は胴の部分が無い奇妙なヴァイオリンを弾いていた。激しく弓を動かしているのに音色は聴こえてこない。ヴァイオリンからのびたイヤホンが耳に嵌っているので、あれで音を聴いているのだろうか。弦の上を軽やかに指が動き、弓が躍る。

よほど演奏に熱中しているのか、彼女の目は固く閉じられていた。すぐ近くに迫っている綴喜たちに気がつく様子もない。

「こういう時の秋笠は話しかけても無駄って本人からの申告があったからな。演奏と演奏の合間に入るしかない」

そう言って真取は揺れる彼女の身体に合わせて拍を取り始めた。一拍、二拍……。そして、弓の動きが静止した瞬間を狙って、目の前でぱちんと手を叩く。その瞬間閉じていた目が開き、黒々とした瞳が露わになる。綴喜の胸が、微かにざわついた。

「わ、びっくりした。真取くんか」

「最後の一人が来たから、お前にも紹介しないとって思って」

「あ、そうなんだ。私、秋笠奏子。奏でる子で奏子。十八歳。ヴァイオリンを弾いてるんだ。私は……音楽枠なのかな？　よろしくね」

「僕は綴喜文彰……同い齢だね。その、よろしく」

屈託なく差し出された両手を握ると、指先の硬さに驚いた。思わず彼女のヴァイオリンを見てしまう。弦は酷く硬そうだ。それを毎日押さえていたらこんな指になるかもしれない。

「音楽枠ってレベルじゃないだろ。秋笠はガチの天才だよ。小学生の頃から国内の賞総舐めでさ。ヴァイオリンの演奏CDなんか殆ど売れないのに、秋笠のCDは十数万枚売れてる。実際に聴いたら鳥肌立つぞ」

「へえ、そうなんだ」

「私はただ単に弾いてる時間が長いだけだよ。他に趣味も無いし。だから人より弾けるっぽく見えるだけ」

笑いながら謙遜しているが、談話室でまで熱心に練習している辺り、彼女は相当な努力家なのだろう。さっきの指の硬さからもそう思う。

次に真取が目を向けたのは、中央のカウチに礼儀正しく座っている青年だった。

「秒島さん。これ、最後の一人」

秒島、と呼ばれた彼がゆっくりと振り返る。

驚くほど色の白い男だった。見た目に頓着しない性質なのか、無造作に伸びた髪の毛の先には赤い絵の具が付着していた。高級そうな服も大分染みに侵されてしまっている。それなのに、手だけは石膏像のように綺麗で、汚れ一つなかった。

美しい手を差し出しながら、秒島は笑顔で言った。

「僕は秒島宗哉。帝都藝大の三年で、専攻は日本画」

帝都藝大といえば綴喜も知っている。確か、日本一と名高い美大だ。

「ここで初めて話したんだけどすごい人だぞ。何個も賞獲ってるし、有名な小説のカバーを飾ったこともあるし。ほら、知らないか？　あの本」

真取が言った小説のタイトルは勿論知っていた。直木賞まで獲ったベストセラーだ。カバーに描かれていたのは慈愛に満ちた女性の姿で、切なくも優しい内容とマッチしていた。あの絵を目の前のこの人が描いたのか。

「高校生の時の話だよ。たまたま縁があって使って貰えることになっただけ。ここにいるみんなからすれば大したことない」

「そんなことないですって。ああいうの俺には描けないから。余計にすごく感じる」

「ありがとう。いつかまた装画の仕事が出来たらいいなと思うけど」

装画、という小説に繋（つな）がる言葉を聞いただけで、ちくりと胸が痛くなった。綴喜の痛みは根が深い。思わず目を逸らすと、秒島がまじまじと綴喜を見ながら言った。

「でも、綴喜くんは何だか話しかけやすいよね。何か普通の子っぽくて。活躍してる子ってもっとギラギラしてるじゃない。僕でも気後れしないでいられるから安心したよ」

「え、」

自分でも顔が引き攣るのが分かった。まさか、まともに小説を書けていないことを知られていたのだろうか。どう答えればいいのか分からないでいると、フォローのように真取が「秒島さん、それ失礼でしょ」と言う。

「ごめん、何か駄目だったかな」

当の紗島は何が失礼なのかも分かっていないようで、小さく首を傾げている。

「紗島さんの言葉に悪意とかはないから。いるだろ、天才過ぎて周りとちょっとズレてる人」

真取は綴喜のことを引っ張りながら、小声で言った。

確かに、天才というのは空気が読めない人が多いイメージがある。ずっと絵画の世界で才能を発揮していた彼は、綴喜とは違う感性で生きてきたのかもしれない。そう思うと、さっきの言葉もあまり気にならなくなった。

「あとは……」

きょろきょろと辺りを見回す真取が、急に止まる。そして、溜息に似た声を漏らした。

「……次、ちょっとかなり癖あるけど、それこそ気にするなよ。マジで」

「癖がある？」

「そう。あれが近所に住んでた例の知り合いだから」

真取の視線の先には、ソファーに座った眼鏡の男がいた。こっちのやりとりにまるで興味が無いのか、スマホから目を離そうともしない。左手では何か石のようなものを弄んでいた。そのふてぶてしさと、それに似つかわしくない童顔。彼も何かの天才なのだろう。視線が煩わしかったのか、不意に眼鏡の奥の目がこちらを向く。

「御堂将道」

御堂は名前だけ名乗ると、さっさとスマートフォンに視線を戻してしまった。

「おい、それだけかよ」

真取が食ってかかるように言う。

「ならお前が言えばいい」

御堂はすげなく返した。御堂と真取はそれほど仲良くないらしい。真取はしばらく御堂のことを睨んでいたが、ややあって諦めたように口を開いた。

「あいつは将棋。ほら、知らない？　デビュー戦から二十七戦無敗だった最年少棋士」

言われてみれば聞き覚えがあった。確かその当時はニュースでも頻繁に御堂の特集をやっていた。スーツを着て盤面に向かう御堂の姿は目の前のふてぶてしい様とは似ても似つかない。

「昔ニュースで見た気がする。そのお陰で将棋がブームになったとか」

「そうそう。あいつ顔も悪くないしさ、とにかく御堂フィーバーだよ。天才棋士に影響されて子供を将棋教室に通わせる親もわんさかいた」

話を聞いているうちに、どんどん記憶が蘇ってきた。

天才中学生棋士のニュースを見た時、確か綴喜も中学生だった。ということは、御堂もまだ高校生か。あれからずっと一線で戦っていたのなら、人を寄せ付けない態度になるのも無理はないのかもしれない。

「残りの一人は……見当たんないな」

「その人は何の天才なの？」

「俺もまだ話してはない。だから何が専門なのかはわかんないな」

その時、談話室の扉が開いて一人の女の子が入ってきた。

見た目だけでいえば、ここにいる誰よりも個性が強かった。黒い革ジャンに真っ赤なスカート。縞模様のタイツは、まるで一人だけハロウィンを楽しんでいるかのようだ。爪は綺麗な色で塗られ、ボブカットの髪には、ピンク色のインナーカラーまで入っている。

「何？　トイレ行ってただけなんだけど。別に報告しなきゃいけないわけじゃないでしょ」

自らを取り巻く視線に気がついたのか、インナーカラーの彼女がうんざりしたように言う。初対面だというのに態度がやたらと高圧的だ。威嚇するように睨む彼女に、真取は臆せず話しかける。

「ちょうど今自己紹介タイムだったんだよ。俺は料理人枠の真取智之」

「料理人？　有名なの？」

「有名かは分からんけど、俺の作る料理は美味いよ。それにお前、ミシュラン以外の賞知らないタイプだろ」

　真取の言葉が屈託の無いものだったからか、それ以上何かを突っ込まれることはなかった。そのまま、秋笠と秒島も遠巻きに簡単な自己紹介をする。御堂について真取が説明したところで、ようやく目の前の固く閉じた唇が開いた。

「凪寺エミ。十八。映画監督」

　御堂に負けず劣らず素っ気ない自己紹介だった。それなのに、その声は怯えを隠すように張りつめていて、アンバランスに響く。

「凪寺って……あの『世界のナギデラ』の娘？　すっげー、有名人だ」

　真取が興奮した声で言う。その名前なら綴喜も知っていた。

世界のナギデラこと凪寺孝二は、日本を代表する映画監督だ。日本映画では珍しくカンヌ国際映画祭でパルムドールを獲り、アカデミー賞の外国語映画賞まで獲っている。黒澤明に続く日本映画の大家との呼び声が高い。インプットの一環として綴喜も凪寺作品は押さえているが、やはり彼の作品は邦画界で頭一つ抜けていた。

　凪寺監督に子供がいることは知っていたが、それがこんなに大きい娘であること、そして父親と同じ映画監督であることは知らなかった。才能は遺伝するのかもしれない。

「ここには『世界のナギデラの娘』枠で来たわけじゃないから」

凪寺は不服そうに唇を尖らせながら言う。

「私は個人でも日本新人発掘協会大賞を獲ってるし、ここに呼ばれるだけの実績はあるから。まあ、ここにいる人は映画とか詳しくなさそうだから知らないかもしれないけど」

「もう監督として映画を撮ってるってこと？　すごい！」

秋笠が目を輝かせて言うと、凪寺はそっけなく言った。

「今度撮るのが五本目になる」

「へえー、観てみたいな。どんな映画を撮ってるの？」

落ち着いていた秒島までもが目を輝かせて尋ねる。音楽や将棋に比べて、より自分の分野に近いからだろう。社会派とサスペンスの混ざった感じの、という凪寺の返答に、周りがまた沸き立つ。

「で、あんたは何なの？　ここにいるからにはそれなりの実績があるんだよね」

凪寺が綴喜の方を向いた。

「ここにいるってことは、あんたも何かあるんでしょ。言いなよ」

「そういえば、綴喜が何枠なのか聞いてなかったな」

真取も合わせてそう答えた。確かに言っていない。綴喜は『ギフテッド・チルドレン』に一緒に出ていたことを伝えただけで、何枠だったかは教えていない。

後頭部の辺りが急に熱くなる。逃げ出したい気持ちを抑えて、なんとか言った。

「……僕は綴喜文彰……その、小説を書いていて」

「小説？　何書いてるの？」

凪寺が鋭く尋ねてくる。まるで面接官か何かのようだ。

「知ってるか分からないけど……『春の嵐』とか」

本当は出したくなかったけれど、結局その名前を使う。

すると、秋笠が先に声を上げた。

「あ、私読んだことある！　すごい！　ベストセラーだ」

「ああ、あれ書いたんだ」

さっきまで値踏みするような目で見ていた凪寺も、ワントーン明るい声でそう返した。

「確かにそれはすごいじゃん。呼ばれるだけのことはある」

凪寺にそう言われ、心底安心する。四年前に書いた小説であろうとも、まだ名刺代わりになってくれるのだ。あるいは、世間の人間にとって小説家の四年のブランクなんて大したことじゃないのかもしれない。

「あれ書いたのって確か中学生の頃だったよね？　天才中学生現るってニュース見たことある」

「うん、まあ……そうだね」

「『春の嵐』なら僕も読んだよ。文章も綺麗だし、中学生が書いたとは思えないくらい内容もしっかりしていたから驚いた」

秒島もそう口を挟んでくる。口々に褒められると、まるで昔に戻ったみたいだった。

「じゃあ天才小説家枠ってことか。最近は何書いてるの？」

「その、高校生になってからは学業に専念してて、小説は書いてないんだけど……」

「へえー……小説のことはよく分からないけどすごいな」

真取がそう言ってくれたお陰で、場が納得に包まれる。担当編集の小柴が例に挙げていたフィッツジェラルドのことを思い出す。自分の感じ方はどうあれ、小説家の功績は息が長い。

「勿論、大学に行ったら本格的に活動を再開しようと思ってるんだけど」

「そうしたら凪寺に映画化してもらえばいいんじゃね？」

綴喜の内心を知らずに、真取が無邪気に言う。

「その小説が映像向きのものだったら考えなくもないけど」

「いいね！　私たちがここに集められたのも、才能の交流のためなんでしょ？　なら、私も演奏で参加出来ないかな……」

秋笠も満面の笑みで言う。それに対し、真取もひと懐っこい笑顔で応じた。

「あれ、それって料理だけ参加出来なくないか？　あ、将棋もか」

「改めて考えるとすごいね。ここには各分野の若き天才たちが揃ってるんだ。もっとも、僕はそんなにすごい人間じゃないけど」

「俺ならともかく紗島さんがそれ言うと嫌味にしか聞こえませんっての」

わいわいと楽しい想像が膨らんでいく。レミントン・プロジェクト。若き天才たちが集う交流の場は刺激的だ。もし真取の言う通りのことが実現したら、プロジェクトに相応しい成果が出るかもしれない。――小説家枠に潜り込んだのが、よりによって綴喜文彰でさえなければ。

『学業に専念したいから執筆をやめている』という嘘がバレた時、みんなはどう反応するのだろう。やけに功績にこだわっていた凪寺は口すら利いてくれなくなるんじゃないだろうか。秋笠や真取はそこまで極端な反応をしないだろうが、一線は引かれてしまう。同情なんかされたら最悪だ。

周りへの尊敬を覚える度に、自分の惨めさが際立っていく。自分が胸を張ってここにいられるような人間だったらどれだけよかっただろう。

綴喜は祈る。――せめて今だけは、昔の、才能が枯れる前の綴喜文彰の振りをさせてください。それが、今の綴喜に出来る精一杯だった。

ソファーでは、相変わらず御堂がスマートフォンで詰め将棋をやっていた。

その目が底冷えした暗い光を孕(はら)んでいることに、ここにいる誰もが気づかない。

5

自己紹介を終えて、綴喜は施設の中を一通り見て回った。

綴喜の部屋は個人の私室がある廊下の一番奥だ。左隣はあの御堂という将棋の天才だ。悪い人間じゃないのだろうが、何となくとっつきにくい。

用意された部屋は八畳ほどの広さで、大きなベッドと黒い机、風呂とトイレまでが備えつけられていた。まるで施設の一室というより、ホテルの一室である。

そして、机の上には見るからに高級そうなノートパソコンが鎮座していた。

パソコンには何のロックも掛かっておらず、電源を入れると簡単に起動した。ユーザーネームはご丁寧に『綴喜文彰』になっている。正真正銘、彼のために用意されたものだ。

パソコンには小説を書くために必要なソフトが一通り揃っていた。そこから発せられる無言の期待に目が眩(くら)む。やはりここで自分は小説を書かされるのだろうか。

また傑作を書ける、という言葉を思い出す。今は一文字も打てないこの指が、キーボードを滑らかに打つところが想像出来ない。

　じっと見つめていると息苦しくなったので、今度は例の中庭に向かった。

　備藤の言葉通り、中庭は結構な広さがあった。それぞれに与えられた部屋の数十倍ほどの面積に、所狭しと花が咲き誇っている。柔らかい土の上に大理石の敷石が配置されていて、ぐるりと中庭を見て回れるようになっていた。

　中庭の三分の一までは屋根が——というより、二階部分がせり出している。おそらく『レミントンの部屋』だろう。中庭の奥はガラスでできたドーム状の屋根で覆われていた。ガラスに透過されているお陰で、その辺りは赤々とした夕焼けに染め上げられている。中庭の一番奥には石造りのベンチがあり、そこでは目一杯陽の光を浴びられそうだ。

　ベンチに腰掛けながら、しばらく夕焼け空を見上げて過ごす。整備されているというのは本当のようで、枯れた花や葉が全く見当たらないどころか、土には小石一つ混じっていない。驚くほど完璧な庭だった。

　陽が沈んでいくのに比例して、ポツポツと中庭に光が灯っていく。低木の茂みや木の陰には、目立たないようにライトが設置されているらしい。景観を邪魔しない程度の柔らかい光で、植物がまた違った表情を見せる。

ぼうっとそれを眺めていると、中庭にチャイムの音が鳴り響いた。

施設では朝八時、昼十二時半、夜六時半に、食堂で食事が振舞われる。食事の時間の五分前にはこうしてチャイムが響き、参加者たちに時刻を知らせるのだ。

初日の夕飯から遅れたら、周りに妙な心配をかけてしまう。早く食堂に行かないと。

言い訳のようにそう唱えながら、綴喜は室内に戻る。

空に灯り始めた星が、箱庭宛ての光を注いでいた。


食堂に着くと、もう食事の用意は整っていた。

ここでの食事はビュッフェ形式になっているようで、六つのバットに肉料理、魚料理、サラダ、煮物などが入っている。隅のテーブルには炊飯器とパンの皿と汁物の鍋が、奥には飲み物の入ったガラス製のピッチャーが置いてあった。

「あ、綴喜くん！　好きなもの取ったら席に着いてって言ってたよ」

既に皿を手にした秋笠がそう話しかけてきた。見れば、もう全員が料理を盛り付けにかかっている。慌てて綴喜も皿を取った。

全部の料理をバランスよく盛り付けて、映画に出てくるような長テーブルに着く。

御堂がさっさと食べ進めてしまっているので、そのまま流れるように夕食が始まった。

長テーブルの中央に置かれた皿には、つやつやと光る長方形のゼリーのようなものが五つ載っていた。地層のようにいくつかの層に色が分かれていて、お菓子のように も見える。さっきのバットの中には無かったものだ。

「それは俺が作ったやつ。ビュッフェに水差すみたいで悪いけどさ、一番美味いだろ うから食ってみてくれよ」

綴喜の視線に気がついたのか、真取が言った。

「八種の野菜の煮凝り。前菜で出すやつ」

「煮凝りって？」

「魚の煮汁を固めたやつ。まあいいから食べてみろよ」

言われるがまま口に運ぶ。想像よりも固いそれを嚙むと、綴じられていた野菜が弾 け出してきた。魚の煮汁というから癖のあるものを想像していたのに、鼻に抜ける柑 橘の匂いと、微かなポン酢の風味が全体を爽やかに纏め上げている。

「美味いだろ。今色々、試行錯誤してんだけどさ」

「うん、本当にこれ、美味しい。煮凝りとか初めて食べたけど……」

「え、真取くん。私も食べていい？」

「ああ。秋笠の意見も聞きたい」

「私も貰う。別にいいんだよね？」

綴喜が呼び水になったのか、みんなも一斉に箸をつけ始める。そのことが少し惜しいくらい真取の煮凝りは美味しかった。名前すら知らなかった料理なのに、舌にすっと馴染む。あの御堂ですら煮凝りを皿に取り、ものの数分ですっかり皿が空になった。

「これってまだ完成じゃないの？　こんなに美味しいのに」

秒島の言葉に、真取が首を振る。

「いや、まだ駄目ですね。見た目も綺麗に映えるように八色のグラデーションにしたいんですけど、そうするとどうしても味が無難に纏まっちゃうんですよ。一旦蕪のムースを抜いて柚子のペーストにしたり、あとは刻み昆布の層を挟んだりしてるんですけど、そうすると色合いがパッとしなかったり。煮凝りだとどこで割っても美味くなきゃいけないから、まだ考え中」

「へえ、見た目にもこだわらなくちゃいけないんだ」と、秒島が不思議そうに言う。

「星を獲るならどうしても必要になってくるんですよ」

星、というのはミシュランのことだろう。料理人である以上、そこは意識しなければいけない目標なのかもしれない。

「秒島さんが見た目方面のアドバイスしてくださいよ。皿次第で見栄えが変わるとかってかなり美術センスの領域の話じゃないですか」

「僕でよければ手伝うけど……。そうか、ある程度のレベルまでいくと、料理を総合芸術にしなくちゃいけないんだね」

手元の煮凝りを見つめながら、秒島が溜息を吐く。皿の上の煮凝りは食べ物とは思えないほど綺麗で、しかも美味しい。けれど、これでもまだ世界に認められるレベルには届かないというのだから、果てしない話だった。

「これって結構手間掛かってるんだね。食材とかはどうしてるの？」

凪寺がそう尋ねると、少し悩んでから真取が言った。

「必要なものを言うと持ってきてもらえるっぽいんだよ。……って言っても、煮凝りは必要なもんが予め揃ってたんだけど。……俺が煮凝りやってるって知ってたんかな」

不思議そうに真取が言う。

「揃ってたって何？　なんか特別待遇があったの？」

凪寺が言うと、真取は真面目な顔で答えた。

「ああ。ここに着いてすぐに、部屋に厨房がついてるから、好きに使っていいって言われたんだ。冷蔵庫に入ってる食材も。それで、必要なものがあったら教えて欲しいって。すごいよな。正直、こういう練習で食材使うのもコストかかるからさ、ありがたい」

「ということは、このプロジェクトの目的って天才たちに十分な環境を与えることなのかな」

秒島の言葉で、部屋にあったパソコンを思い出す。確かにあれは最新鋭のものだろうし、執筆には不自由しなさそうだ。

「私の部屋もかなり設備が整ってた。談話室で弾けるようになのか、サイレントヴァイオリンまであったよ」

「さっき弾いてたのってここにあったやつなのか？　てっきり秋笠の私物なのかと」

「ううん。私は自分の練習用ヴァイオリンを一丁しか持ってきてないから。しかも、私の部屋、防音仕様になってたの。部屋でヴァイオリンが弾けちゃう」

「そういう然るべき用意なら、僕の部屋にもあったよ。岩絵具が五番から十三番、白まで揃ってた」

秒島の言葉に、真取が首を傾げる。

「岩絵具？　十三番？」

「ああ。岩絵具っていうのは、鉱石なんかを砕いて作られる絵具のことだよ。それを膠っていう溶液で溶かして使うんだ。番手は、石がどれだけ細かいかを示す値。決して安いものじゃないのに、僕の部屋にはふんだんにあった」

となれば、と自然とみんなの視線が綴喜の方に集まる。小説家に必要な『設備』のことが気になったらしい。

「……僕の部屋にあったのはパソコンくらいだけど」

「あ、やっぱりそうなんだ。高級万年筆に原稿用紙とかなのかと思った」

「あとはロッキングチェアとか？」

「ロッキングチェアは小説家っていうより名探偵っぽいけど……」

「私も大したものは無かったわ。パソコンくらい。まあ、ここにいたって何も撮れないから仕方ないのかもしれないけど」

綴喜に合わせて、凪寺もそう答える。

なら、将棋の天才である御堂の部屋には将棋盤があるのだろうか。探るように隅に座る彼を見たが、ひたすら食事に没頭していてこちらの方を見てもいなかった。

「じゃあ、本当にレミントン・プロジェクトは強化合宿みたいなものなのかもしれないね」

秋笠が明るく言うと、凪寺が怪訝そうに目を細めた。

「こんな山の中に閉じ込められたら集中出来るって？　私はどうなるの？」

「凪寺さんも綴喜くんも、こういう大自然の中にいたら集中出来るんじゃないの？」

「確かに誘惑が無いから集中出来るかもしれない……ですけど」

「そんな、受験勉強じゃないんだから」

追従するような綴喜の言葉を、凪寺が一蹴する。

「本当に、どういうことで集められたんだろう」

秋笠がぽつりと呟く。みんなは一様に顔を見合わせた後、ゆっくりと首を振った。

参加者たちが才能を発揮出来るように、ここには十分すぎる設備が揃っているらしい。

なら杪島の言う通り、集中出来る環境下に置くためにここに連れて来られたのだろうか。そのために？　それだけのために？

そんなことを考えながら、自分で皿に取った料理を口に運ぶ。

「あ、……美味しい。これって……」

ちらりと真取の方に視線を向ける。

「いや、俺が作ったのは本当に煮凝りだけ。残りは備藤さんが作ってるっぽい。結構美味いよな。もしかしてあの人も料理人なんじゃないかって思ったもん」

結構どころか、備藤の料理も真取に負けず劣らず美味しかった。真取の料理のように見た目が綺麗だとか工夫されているというわけじゃないが、味付けがとにかく絶妙だった。

「もしかして、この美味しい料理を各分野の天才に食べさせて、天才用のご飯を作るのが目的だとか」

「何、天才用のご飯って。飼料じゃあるまいし意味分かんない」

「そもそも、このプロジェクト名になってるレミントンって──あ、」

その時、食堂の扉が開いて備藤が入ってきた。

機械的に一礼してから、口を開く。

「お食事はいかがでしょうか」

　みんなが一様に料理を褒めると、備藤はさして嬉しそうな顔もせず「そうですか」とだけ言った。

「お食事中失礼しますが、皆さんがこうして揃っている間に、明日からのセッションについて説明させて頂きたいと思います」

「セッション？」

「はい。皆さんには、明日からレミントンとのセッションを行って頂きます」

「あの……、結局レミントン？　って何ですか？」

　全員が疑問に思っていることを、秋笠が代表して聞いてくれた。備藤は表情を変えずに答える。

「レミントンとは、雲雀比等久博士が開発した特別なＡＩです」

「ＡＩ？　じゃあレミントンってロボットのことだったのか」

「真取さんの仰っているロボット、とは少し違います。ＡＩとは人工知能のことです」

「じゃあ、自分の意思で考えられるコンピューターってこと？　スカイネットとか……あとは『Her』に出てくるサマンサとか、あとは……ＨＡＬとか？　どれもあんまりいい印象ないけど」

　凪寺が映画に出てくるＡＩを並べ立てる。綴喜にとってもＡＩといえばそういうイメージが強い。人間のように語りかけてくる、友人のようなコンピューターだ。

「いいえ、レミントンはそういった汎用人工知能ではありません。もっと限定的な用途のために開発されたものです」

「ああ、そういう汎用人工知能は開発が難しいって聞いたことがあるし、やっぱりまだ無理なんですね」

そう言ったのは秒島だった。意外だが、こういうSFじみた話が好きなのかもしれない。

映画や小説で見るよりはずっと地に足のついた人工知能。

「それで……どうしてその人工知能と僕たちがセッション……をするんですか？」

綴喜がおずおずと尋ねる。果たして、備藤は言った。

「一回目のセッションが終われば分かります」

あとに続いたのは事務連絡だけだった。午後一時から始まるセッションは最長で一時間半。順番は真取・秋笠・凪寺・秒島・綴喜・御堂の順番で行われる。順番が回ってきたら配布されたスマートフォンに通知が入るので、適宜、二階のレミントンの部屋に来ること。

「あと、秋笠さんはヴァイオリンを持ってきてください」

「え？　あ、はい。分かりました」

戸惑いながら秋笠が頷く。それだけ言うと、備藤はくるりと踵を返して出ていった。

食堂を妙な沈黙が支配する。ぎこちなく食事が再開されたものの、さっきまでの空気とはまるで違ったものになってしまった。

「……いきなりアニメみたいな展開だな」

そう口を開いたのは真取だった。謎の施設に連れて来られて人工知能とセッションすると大真面目に言われれば、そういう印象になるのも無理はない。

「ヴァイオリン持参ってことは、私はやっぱり弾くのかな」

「機械に音楽聴かせて分かるの？　植物じゃないんだし」

凪寺がばっさりと切り捨てる。しかし、そうでなければヴァイオリンを持参する理由が分からない。

「つーか、ここまできたんだから何やるかくらい教えてくれりゃいいのにな」

真取の言う通りだった。レミントンという特化型のAIと、天才たちの『セッション』。

これから何が行われるのか、誰にも想像がつかなかった。

「ねえ、御堂くんはどう思う？」

秋笠に尋ねられた御堂は、一瞬固まった後、苦虫を嚙み潰したような顔で目を逸らした。

「どうせ明日になったら分かるだろ。嫌でも」

御堂はすげなく言うと、そのまま席を立った。周りがあれこれ話している間に、すっかり食事を終えたらしい。

「何あれ、感じ悪」

御堂が食堂を出て行くなり、凪寺が呟いた。

「ああいう奴なんだよ」

本来なら庇いそうな真取も吐き捨てる。真取は御堂に対して明らかに当たりが強かった。勿論、御堂が周りと全く馴染もうとしていないせいもあるだろうが。社交的な真取にしてはいやに不自然だ。

「俺と御堂は近所に住んでたって言っただろ」

訝し気な綴喜の視線に気がついたのか、真取が自然と話し始めた。

「だから、よく一緒に話題にされてたんだ。分野は違うけど御堂も俺もそれぞれ頑張っててさ。天才少年ってことでプレッシャーもありつつ何とかやってたんだよな。でもさ、あいつサボり癖あんだよ。何が気に食わなかったのかわかんないけど、練習すっぽかしたり、大事な対局ですら遅刻しかけたりとかさ。才能に胡坐かいて調子に乗ってんだよ。そういうところが気に食わない」

その言葉を聞いて合点がいった。真取は天才だが、煮凝りのことから分かるようにに努力家でもある。そんな真取にとって、将棋にきちんと向き合っていない御堂は癇(かん)に障(さわ)る相手なのだ。

「こういうのよくないか。……でもまあ、だからあんまり反(そ)りが合わないんだよ。なのに、ちゃっかりレミントン・プロジェクトには参加するんだから、わかんねー」

「意外とこういう国からの要請とかが好きなタイプなんじゃないの。権力とか」

口を挟んできたのは、自分もそういうものに弱そうな凪寺だ。

「そうなのかな……」

綴喜は一人言のように呟く。

全然馴染もうとしない冷めた態度の将棋の天才。山の中に建てられた不思議な施設。そして、自分たちが関わることになる人工知能『レミントン』。

その中で、自分はどうなるのだろう。

それが全く見えないまま、レミントン・プロジェクトの一日目が終わった。

二日目　天才たちの後夜祭

1

昼食を終え、初めてのセッションを前に、御堂を除く参加者たちは自然と談話室に集まってきた。みんな一人で待っているのは不安だったのかもしれない。

「セッションってどのくらいかかるんだっけ」

綴喜の疑問に、真取が答えた。

「一コマ最長で一時間半って説明だったけど。目一杯やるかは分からないって」

ということは、やはり各分野によってセッションの内容に違いがあるということなのだろう。確かに、ヴァイオリニストと小説家が同じことをやるとは思えない。

そうこうしているうちに、トップバッターである真取のスマートフォンが鳴った。

「どうする？　セッションなんて嘘で、本当は脳改造とかされるんだったら」

「それはそれで、料理上手くなるんならいいんだけど」

凪寺の言葉を軽く流して、真取はいつもの調子で談話室を出て行った。

真取は四十分程度で戻ってきた。入れ替わるように、今度は秋笠がヴァイオリンを持って出て行く。

「で、どうだった？　脳手術は？」

凪寺が一目散に寄っていって、真取にそう尋ねる。そんなにかぶり付かなくても、と思ったものの、セッションの内容が気になるのは綴喜も同じだった。ややあって、真取が返す。

「されてない」

そう言った後、真取がどうにか笑顔を作る。

その表情が強張っているように見えて息を呑んだ。

「……何かあった？」

凪寺が驚いた顔でそう尋ねる。

「いや、別に何かあったわけじゃなくて。……多分、平気だよ。何するわけでもないし」

歯切れの悪い口調でそう言うと、真取はさっさと談話室を出ていった。何だか様子がおかしかった。

そして、一時間後に戻ってきた秋笠もまた、元気が無かった。ヴァイオリンケースを重たげに抱えて戻ってきた彼女は、不安そうに視線を彷徨わせると、一目散にサイレントヴァイオリンに飛びついた。

「……何なの。みんなおかしい」

凪寺が呟くと同時に彼女のスマートフォンが震える。指示に従って、彼女も談話室を出て行く。

戻ってきた時に、一番酷い狼狽を見せたのは凪寺だった。秒島は彼女の異変を全く気にせず、自分のセッションのために出て行ってしまう。

凪寺のセッションは最も短く、十五分程度で終了した。が、彼女の取り乱し方は凄まじかった。綺麗に塗られた爪を噛み、モルモットのように忙しなく部屋の中を歩き回る。挙げ句の果てに、凪寺は全員に宣言するかのように言った。

「帰る。こんなところにいられない」

「何があったの？」

思わず綴喜が尋ねると、凪寺は泣き出しそうな顔で言った。

「何があった？　じゃない！　だって、あんな――」

言いかけた凪寺が急に蒼白になって、ぱくぱくと口を開閉させる。その意味を尋ねるより先に、凪寺は勢いよく談話室を出て行ってしまった。

追いかけようか迷っているうちに、とうとう綴喜のスマートフォンが鳴る。

その音を聞いて、急に不安になった。

みんなの様子は明らかにおかしいし、その原因は明らかに『セッション』だ。一体、何をされるのだろう。

しばらく経ってから、談話室に秒島が戻ってきた。

他のみんなと違って、秒島は動揺しているようには見えなかった。いつも通りの顔をして、スケッチブックをぱらぱらと捲っている。まともに話が出来そうな彼に、勢いこんで尋ねる。

「あの、セッション……どうでしたか」

「うん？　ああ、不安に思うようなことは何もなかったよ」

あっけらかんと秒島が言う。

「多分、真取くんや秋笠さんは苦手だったんじゃないかな、こういうの。僕は平気だったから、感じ方の違いかもしれない。元々、僕は場違いな人間だし」

場違い？　天才らしからぬ言葉に更に不安が募る。

「それってどういうことですか？　だって――」

「まあ、行ってみれば分かるよ。大丈夫、そんなに気にすることじゃないから」

急かすようにスマートフォンが再び鳴った。後ろ髪を引かれながら談話室を出る。

何にせよ、行く以外の選択肢は無い。

　大階段を上って扉の前に立つと、やはり緊張した。浅く息を吐いてから扉を押す。扉を開いた中にはもう一枚鉄の扉があって、そこは既に開放されていた。重厚な扉の隙間から、中世の屋敷のような洒落た部屋が覗いている。そのアンバランスさに戦(おのの)きながら、綴喜はゆっくりと部屋に入った。

「ようこそ、レミントンの部屋へ」

　そう言ったのは、隅の椅子に座った、五十絡(がら)みの白衣の男だった。

かなり背の高い男のようで、長い足を持て余すように組んでいる。眼鏡の奥の瞳は眠たげで、いまいち感情が読み取れない。白衣の中はパーカーにジーンズというラフな格好で、西洋風の雰囲気のこの部屋からは浮いているように見えた。

「あなたは……」

「私は雲雀比等久(ひばりひとひさ)。ここで人工知能、レミントンの研究をしている」

　何でもないことのように雲雀が言った。ということは、目の前の男性が人工知能の権威なのか。秋笠や真取を前にした時とは別種のプレッシャーを感じる。緊張している綴喜を余所(よそ)に、雲雀はのんびりと尋ねてきた。

「改めて自己紹介をしてもらえるかな、綴喜くん」

「志野西(しのにし)高校三年の綴喜文彰(ふみあき)。……小説家です」

「そうか。座りなさい」

雲雀がそう言って革張りのソファーを指し示した。まさか、レミントンとのセッションはある種の比喩表現で、本当のところはこの雲雀博士との面談のことだったのだろうか。

「……その、雲雀博士。セッションは——……レミントンというのは？」

「レミントンはここにいる。これがレミントンだ」

雲雀が近くの壁を叩く。

当然ながら、壁はただの壁だ。八畳ほどの部屋の中にレミントンらしきものは無い。ここにあるのは雲雀と綴喜がそれぞれ腰掛けるソファーと、スクリーンとプロジェクターらしきもの。それに、古式ゆかしいダイヤル式の金庫くらいだ。おまけにこの部屋には窓が無い。息苦しさを感じるのは雲雀と向かいあっているプレッシャーのためだけではないだろう。

「さて、綴喜くん。君はこの四年の間、新作小説を出せていないが、原因は？」

単刀直入に尋ねられ、思わず言葉に詰まる。

「——……原因と言っていいのか分からないんですけど、その、何を書けばいいか分からなくなって」

「自分が今一番書きたいものをテーマに筆を執ればいいのでは？」

「書きたいものはないんです」

隠しても仕方がないので、素直に答える。雲雀の反応を窺(うかが)ったものの、彼の表情は依然として変わらなかった。

「なるほど。『春の嵐』は素晴らしかったが、あれの着想はどこから？」

「あれは従兄が実際に宇宙飛行士の訓練生になって、アメリカに行くことになったんです。その経験を基にして……」

「実際の経験を基にあれだけ綺麗に纏められるのだから、君の才能には目を見張るものがある。最近は着想を得られるような出来事に出合わず、それで書けなくなったのか？」

さながら問診のようなやり取りだった。同情も蔑(さげす)みも無いフラットさに心地よさを覚えた綴喜は、そのまま続ける。

「いいえ。……いや、そうかもしれません。どうでしょう。……『春の嵐』の後も、書こうとはしたんです」

それも、誰もが認めるだろうものを。商業的にも求められているものを。

『春の嵐』の続きを出さないか、という話が小柴から出たのは、映画の製作が順調に進む中二の冬のことだった。

「来年の公開に合わせて、その後の物語を書くのはいいんじゃないか。出版スケジュール的にも、今書き始めるのがベストだ」

「続編……」

「きっと、晴哉くんも了承してくれるんじゃないかな」

四冊目の見通しが立ちそうにない綴喜にとって、続編の提案はわかりやすい救済措置だった。

従兄の晴哉がアメリカに向かうところで終わる『春の嵐』は、十分に続きの書けるものだ。主人公である晴哉は、今もヒューストンで宇宙に向かう訓練を積んでいる。彼の努力の軌跡を取材して、それを小説にすればいい。ベストセラーになった『春の嵐』の続編は広く読まれるだろう。書きたいものが見つからない中で、手の届く四作目は魅力的だった。

「続編で弾みをつけて、小説を書く勘のようなものを取り戻したら、次に繋げられるかもしれない」

「……本人に相談してみます」

綴喜自身、それが一番いいのかもしれないと思った。新作を出さないと小説家ではいられない。次が必要なのだ。映画公開を前に目立った成果を挙げられていない罪悪感もこれで和らぐ。

訓練の邪魔にならないように、晴哉には電話はおろかメールすら殆どしていなかったが、『春の嵐』の続編のためだ。誰からも認められたベストセラーのためなら、頑張っている従兄の時間を奪っても赦されるかもしれない。綴喜はそんなことを思った。

『春の嵐』が出版された時、晴哉はとても喜んでくれた。

「自分がモデルって思うと恥ずかしいけどさ、本当にすごいよ。文彰、お前は本当に天才なんだな」

憧れの従兄にそう言われた時のことを今でもはっきりと覚えている。嬉しくて誇らしくて、胸がいっぱいになった。あの本は綴喜だけじゃなく、晴哉の想いも乗せた大切な物語だった。映画化の話を伝えた時は流石に驚いていて、公開の時には必ず日本に帰ると約束してくれた。

晴哉に話そう。もう一度だけ彼の物語の力を借りよう。そして、帰国した彼に四冊目の小説を渡すのだ。

晴哉が大事故に遭ったのは、その一週間後のことだった。

連絡を受けたのは晴哉に連絡を取ろうとした矢先のことだったので、最初は偶然に嬉しくなった。しかし、連絡の『中身』を知るなり、そんなことを言えなくなった。

宇宙を目指して日本を離れた晴哉は、映画の公開を待たずに帰国した。手術から三ヶ月が経った頃の話だった。

寂しすぎる部屋の中で、晴哉は右手だけを辛うじて震わせていた。

晴哉の事故は訓練中のものではなかった。街中を歩いている時、歩道に乗り上げた乗用車に運悪く撥ね飛ばされたのだ。事故は晴哉の全身の自由を奪った。

一命を取り留めた晴哉は自力で歩くことも、寝返りを打つことも、声を発することも出来なくなっていた。両足を失ったうえに動かせるのは右手だけだ。それすら自由に動かすことは出来ない。彼に許されたのは五本の指をまとめて上下させるくらいの単純な動作だけだった。

当然ながら、宇宙飛行士を目指すことは出来なくなった。

表情の無い顔でじっとこちらを見る晴哉に、どう声を掛けていいか分からなかった。帰国した晴哉を見舞うと決めたのは自分だ。ここに来るまでに何を話すか、あれこれシミュレーションを重ねてきたはずだ。なのに、小説家である綴喜の中には晴哉にかけるべき言葉の一欠片すら見当たらなかった。

立ち尽くす綴喜の前で、晴哉は右手を上下させ始めた。彼の右手の下には大振りのスイッチが置かれており、それを一定の間隔で押すことで文字の入力が可能になっていた。カチカチと音が鳴る度に、サイドボードの脇のモニターに文字が打たれていく。

『こ』

『これ』

『これも』

その三文字が表示されるまで、長い時間がかかった。

綴喜は動けないまま、息を詰めてそれを見つめていた。

最終的に画面に表示されたのは、シンプルな七文字の問いだった。

『これもかくのか』


「……書かない……」

綴喜は首を横に振り、泣きそうな気分で晴哉を見つめた。晴哉の目は凪いでいて、何を考えているかは分からなかった。当然だ。彼は綴喜の書く物語の中だけにいる存在じゃない。生身の人間だった。

その日以来、綴喜は晴哉に会っていない。晴哉からも連絡は来なかった。

綴喜が経済的な援助を申し出ても断られた。元より『春の嵐』の印税の数割は晴哉に渡していたのだが、それすら断られそうになって食い下がった。ただ、そうして支払う印税は何か別の文脈を孕んでしまったようだった。

『春の嵐』の続編は書かれなかったが、映画は滞りなく公開された。果たして晴哉がそれを観たかは分からない。綴喜ですら、その映画を一度しか観られなかった。指の隙間から震えて観たスクリーンは、控えめに言っても出来が良かった。晴哉をモデルにした主人公と、綴喜をモデルにした少年が、完璧なハッピーエンドを迎える。

自分が咎を負う理由なんて何も無いことは知っていた。凄惨な事故にも、それによって夢を奪われた晴哉にも、綴喜は正しく関係が無い。悲しんでもいい。辛く思ってもいい。ただ、綴喜がそれを理由に立ち止まっていい理由もなかった。

綴喜は四作目に向かう。けれど、小説に向かう際のスタンスは明確に変わった。

2

「同じメソッドでは上手くいかなかったのか」

雲雀の言葉に頷く。晴哉に何が起こったのかも、自分の心境にどんな変化が起こったのかも言わなかった。雲雀はどの程度まで参加者たちのことを知っているのだろう？

晴哉を襲った凄惨な事故については週刊誌が報じていたから、知っている人は知っているだろう。話題の移り変わりが激しいこの世界で、覚えている人は殆どいないだろうが。

「それで、今度は一から自分で創作することに決めたんだね」

「……そうですね」

「だが成果は出ていない。それなら君は、どうしてそうまでして小説家でいたいのかな」

「……え？」

「書きたいものがないなら、小説を書かないという選択肢もあるはずだ。そうまでして、君が小説家にこだわる理由は何だ？」

思わず言葉に詰まった。

「……僕にはそれ以外の選択肢が無いから、です」


先の話には続きがある。というより、全ての物事に『続き』があるのだと知った出来事が、ある。

「人の不幸で飯を食うのってどんな気持ち？」

晴哉の事故から少し経った中三の春に、学校からの帰り道で、綴喜は挨拶も抜きにそう声を掛けられた。驚いて振り返ると、目のぎょろっとした痩せた男が『春の嵐』を手に立っていた。

「重版おめでとうございまーす」

男の指がとんとんと帯を叩いた。そこには派手なゴシック体で『続々重版』の文字が躍っている。

「……なん、何なんですか、あなた」

「いや、ここまで来て何なんですかは無いでしょ。記者だよ、記者。この本の主人公が死にぞこなったこと最初に書いたの俺だから」

晴哉のことを知られてしまっている。そう思った瞬間、身が固くなった。知られてしまっている、なんて致命傷染みた語彙が出てきたことにもショックを受けた。晴哉のことを、弱みだなんて思いたくなかったのに。

「ねえ、この本の続編書くの？」

「…………あ、」

「いや、流石に後味悪いか。鬱過ぎてもう一度映画化とか無理だもんね。いや、やりようによったら一作目よりウケんじゃない？　実際、事故のお陰で重版かかってるしね」

「事故のお陰じゃありません」

晴哉が事故に遭った後にも『春の嵐』には重版がかかった。ロングセラーとして売れているものでもあるしタイミングとしては不自然ではなかった。

「ええ？　そうでしょ絶対」

なのに、この男の中では事故と重版が結びついているようだった。凄惨な事故で興味を引かれて、綴喜の小説を手に取った層がいると、本気で信じているのだろう。

「……書き、ません。続きは書かない」

「やっぱりあの状態だと素材としての価値が無いと思う？　ちょっと怒ってもいるでしょ。あいつが事故に遭わなかったら、あの小説にケチがついたりしなかったのにって」

「何が言いたいんですか」

「いや、否定しなよそこ。マジみたいじゃん」

そこから記者はいくつも質問を浴びせかけてきたが、まともに答えられたものは殆ど無い。人通りが多くなってきたところで、記者は去って行った。すぐに逃げればよかったのに、綴喜はずっとそこに立ちすくんでいた。一歩でも動いた瞬間、取り返しのつかないことが起こるんじゃないかと思って怖かった。

それから、週刊誌には新しい記事が出た、らしいが綴喜はその記事を直接読んではいない。SNSではその記事が根も葉も無い中傷で、未成年の綴喜のことを不当に貶めていると話題になっていた。良識的な世界の大部分は、綴喜に同情的だった。

けれど、このことがきっかけで『春の嵐』のモデルになった晴哉が事故に遭ったことは改めて大々的に知られてしまった。善意の人が否定の文脈で拡散したことで、狭い領域の話ではなくなってしまった。

『春の嵐』は傷のついた傑作になった。どれだけその本が素晴らしく明るい内容だったとしても、地続きの現実にある事故が全てを掻き消してしまう。あるいは、その苦しく陰鬱な現実と絡めて『春の嵐』が語られるようになってしまった。そういう時に付与される教訓は「一日一日を大切に生きよう、何があるか分からないから」なんて、日めくりカレンダーに書かれていそうな一行だ。綴喜が書いた時には無かった教訓だ。

この大きな流れを前に、綴喜はただ震えていた。自分が世に出したものが何なのか、もう分からなくなっていた。

『こうなってしまったからこそ「春の嵐」の続きを書くべきです。今の辛い現実から目を逸らしていたら、小説家として終わりだと思います。都合のいい時だけ使おうとする態度は「卑怯」ですよ』

『エリートの従兄がいないと小説書けないの？　想像力無いな』

『「春の嵐」って従兄の日記をそのまま出版させてもらったって本当？』

『ファンでしたが、騙（だま）された気分になりました。自分の言葉に責任を持てない人間が、自己顕示欲だけで作家を名乗っていていいのでしょうか？』

『あれから一度もお見舞い行ってないって雑誌に書いてありました。綴喜くん。あなたにとって晴哉さんとは何だったのでしょうか?』

そういった誹謗中傷がネットに書き込まれても、綴喜は頑なに見るのをやめなかった。むしろ、そういう意見が出るのは当然だとも思った。『春の嵐』は晴哉の人生を不当に搾取して出来たものだ。綴喜の小説とは言えない。小説であるとすら言えない。

『結局、こいつが好きだったのは従兄じゃなくて「小説のネタになる従兄」なんですね』

その言葉を否定する言葉を、綴喜は持っていなかった。

だから、新作を書き上げるしかなかった。誰かの人生を不当に借りるものじゃない、本物の小説を。

『耳に痛い言葉になるかと思いますが読んでください。あなたは小さい頃から天才と持て囃されてきましたが、実は才能なんてものは無かったのではないですか。だから、そこに潜む様々なことに目を向けず、人の人生を軽々しく物語に仕立てあげたのではないですか。あなたはちやほやされたいがあまり、焦りすぎたのだと思います。もっと真面目に書くことに取り組み、自己顕示欲から離れた作品作りをしてください。そうしないと、あなたは小説家としてどころか、人間としても終わってしまいますよ』

書けないはずがなかった。何故なら綴喜は天才小説家なのだから。

『やっぱ次作無理そうだな。こいつ小説家の肩書きにしがみついてそうだし、ここで擦(こす)られなかったら絶対事故のことも小説にしてたでしょ』

『春の嵐』に続くベストセラーを自分の力で書かなければ。そうしないと、この言葉たちが真実に変わってしまう。

「……親にも、好きにしろって言われましたし、なら僕は小説家でいたいです。そのために頑張るんじゃ駄目でしょうか」

「なるほど、分かった」

雲雀が頷く。綴喜の言葉はどう受け止められただろうか。

「ありがとう。これで今日のセッションは終わりになる」

その言葉で、綴喜のセッションは本当に終了した。結局、レミントンらしきものとは一言も会話していない。時間にしても十分も経っていない短いものだ。

当然ながら、小説を書けるようにはなっていなかった。

3

何とも言えない気分で談話室に戻ると、すぐさまみんなに囲まれた。経験済みの人間が増えたお陰で、色々憶測を呼んだのだろう。その隙に御堂が談話室を出る。

「綴喜くん、どうだった？」

おずおずと秋笠がそう尋ねてくる。どう、の意味が捉えられず、反射的に言葉が出た。

「雲雀博士がいた」

「え？」

「えっと、レミントンの開発者の人で……秋笠さんの時にはいなかった？」

「ううん。備藤さんと……レミントンだけ」

俺も、と真取が続ける。

ということは、綴喜以外の人間は雲雀博士ではなく備藤と共にセッションを受けたのか。どうして綴喜だけが雲雀との面談を行うことになったのだろう。

とにかく情報交換がしたかった。自分が何に巻き込まれているのかを知りたい。

意を決して、自分のセッションで何を話したのかを伝えようとした瞬間だった。

談話室の扉が荒々しく開き、凪寺が入ってくる。

「おかしい！」

悲鳴交じりの声だった。そのまま凪寺が縋るように秒島の服を掴む。

「ねえ、ここおかしい。絶対におかしい。ここさ……出られないの。入ってきたところから出ようとしたんだけど、鍵が掛かってる」

「え？　嘘だろ」

真取が呆れたように返す。すると、凪寺は嚙みつかんばかりの語気で言った。

「嘘だって思うなら自分で確かめなよ！　本当だから。私たち、閉じ込められてる」

閉じ込められている？　そんなはずはない。確かめるために、綴喜は近くにあった窓を開けようとしてみたが、びくともしない。よく見ると、窓にはそもそも鍵すら付いていなかった。開けることを想定していない嵌め殺しの窓だ。

「ほら！　そんな感じなの。全部そう。部屋の窓も開かないし、他に出口なんか一個もないし、通気口にも鉄格子が嵌ってるんだよ？　こんなのおかしい――」

「外に出られないようにしてあるのは、勢いで下山しようとすれば遭難の危険があるからです」

その時、場の空気を中和するかのような冷静な声がした。

「この山はかなり入り組んでいます。数百メートルも施設から離れれば戻れなくなります」

談話室に現れた備藤が淡々とそう説明する。背後には御堂が立っていた。セッションが終わって、一緒に戻ってきたのだろう。そのまま御堂は、初日と同じようにソファーに陣取った。

「外に出たい場合は私か雲雀博士の立ち合いが必要になります。外の空気なら中庭で吸ってください」

施錠の意図は納得出来るものだったが、気になるのは備藤の口振りだった。

勢いで下山しようとするのを防ぐため。

――それじゃあまるで参加者がセッション後に取り乱し、無理矢理帰ろうとするのを予想していたかのようじゃないか。

「じゃあさっさとヘリを呼んでよ。私はもうやめる。家に帰して。それか一度お父さんと話をさせて」

「それは無理です。凪寺さん、私たちは――」

「いいから早く出してよ！　それとも、ここを出せない理由があるっていうの⁉」

「ぎゃーぎゃーうるさいな。なら俺が言ってやるよ」

その時、ずっと黙っていた御堂が、吐き捨てるように言った。

「お前らがお互いを持ち上げてる時から気持ち悪くて仕方なかったわ。なけなしのプライドで見栄張っちゃってバッカじゃねえの。天才天才ってちやほやされてきたのかもしれないけどさ、俺ら全員落ちこぼれじゃん」

一瞬、言われている意味が分からなかった。

自分が落ちこぼれであるのは分かる。でも、俺ら全員とはどういう意味だろうか？

少なくとも、綴喜以外は全員、ここに呼ばれるくらいの人間なはずなのに。

そこで、とある可能性に気がついた。

前提が違うとしたらどうだろうか？

綴喜がここに来られた理由が、天才だと認められたからじゃなく、逆だったとしたら——。

答えは御堂の口からあっさりと告げられた。

「レミントン・プロジェクトはな、俺らみたいな使えない元・天才をリサイクルするためのプロジェクトなんだよ。ここにいるのは、もう才能の枯れた奴らだ」

ぐわんと視界が揺れ、思わず膝(ひざ)をついた。ここにいる全員が、誰かがその言葉を否定するのを待っていた。けれど、誰も否定しない。真っ青な顔のまま周りの顔色を窺うだけ。

この数秒の沈黙が、御堂の言葉の正しさを裏付けていた。

「備藤さん、今の話は本当ですか」

秒島がそう尋ねたことで一斉に備藤へと視線が集まる。

「本当は各セッションの経過を見て段階的にお知らせするはずだったんですが」

「段階的に知らせるとか日和ったことを言ってるから、凪寺が逃げ出そうとかしたんでしょう。そっちのミスですよ」

「一度セッションを終えないと、プロジェクトの話自体が受け入れられない可能性があります。それを避けるためです」

そう言って、備藤が綴喜たちに向き直った。

「それでは、多少予定とは違った形になりますが、レミントン・プロジェクトについて説明させて頂きます。疑問があれば適宜お尋ねください」

痛いほどの沈黙が了承の代わりだった。

「レミントン・プロジェクトはAIによる対人間用の教育実験です。皆さんはセッションを通してレミントンの教育を受け、その才能を伸ばすべくここに招聘されました」

「教育……？　人工知能を教育するんじゃなくて、俺たちが教わる側なんですか？」

真取が茶化すように言う。しかし、備藤は物々しく頷きを返した。

「ここにいる参加者の皆さんの共通点は、もうお気づきですね？」

またあの沈黙がやってくる。どことない気まずさ。所在無げに視線を彷徨わせ、周りを窺う。見るからに不安そうな態度は、ここに来た時の綴喜と似ていた。

この空気が耐えきれず、口を開く。

「…………かつて天才と呼ばれていたのに、今はもう活躍していない人間」

「才能が枯れたとは思っていません。かつて才能を発揮しながらも、今は成果を挙げることの出来ていない方々です」

それは才能の枯れた元・天才とどう違うのだ、と思う。

けれど、これではっきりした。

綴喜はヴァイオリンにも料理にも日本画にも、ここにいる誰の分野にも詳しくない。

他のみんなもそうだったのだろう。

誰も気づいていなかっただけで、全員が見栄を張っていただけで、本当はそうだったのだ。

ここにいる人間は、綴喜と同じ落ちこぼれだ。

「順を追って説明します。秋笠さん。レミントンのセッションで、あなたは何をしましたか？」

「えっと……演奏です。ヴァイオリンの」

ヴァイオリンケースをそっと撫で（な）ながら、秋笠が答える。

「……課題曲はメンデルスゾーンの『ヴァイオリン協奏曲』で、一回目は普通に弾くように言われました。それで弾き終わった後、今度はレミントンがその曲を弾いたんです」

「弾いた？……レミントンに楽器が弾けるのか？　腕も無いのに」

　真取が訝しげに言う。

「あれは合成音だと思う。レミントンは弾いてみせた。サイレントヴァイオリンに似た、電子的な……でも、それでレミントンの『ヴァイオリン協奏曲』は今までに聴いたどんな旋律より綺麗だった」

「はあ？　機械から流れた演奏なんだろ？」

「……それが、私よりすごく上手くて、なんていうのかな……すごく感動的に聞こえて。それで、レミントンは私に……」

「同じように弾くように指示しました。そうですね」

　備藤の言葉に頷いてから、秋笠が続ける。

「モニターには私の演奏を波形にしたものが表示されていて、それがレミントンの演奏の強弱と完全に一致するように……ほら、カラオケの精密採点ってあるでしょ？　あれみたいな感じ……。それより強かったり弱かったり、リズムが違ったり感触がズレてたり曲の解釈が別だったりするとやり直し」

「それで、上手くいきましたか？」

「七回目で、レミントンの演奏が再現出来ました。多分、もう少し響かせ方の練習をしたらアシスト無しでも出来ると思います。……完璧な再現が」

「流石は秋笠さんです」

言いながら、備藤が深々と頷く。そのやり取りを聴きながら、綴喜はただ呆然としていた。

秋笠は機械の演奏を何度も真似させられたというのだろうか。何でそんなことを？

その疑念に応じるように、備藤が続ける。

「秋笠さん。貴女が弾いた『ヴァイオリン協奏曲』とレミントンが弾いた『ヴァイオリン協奏曲』は、どちらが優れていましたか？」

「……レミントンのものです」

「ちょっと待ってください、秋笠さんの演奏が機械に負けるんですか」

思わずそう口を挟んでしまう。あれだけ熱心に練習していた秋笠の演奏よりも、無味乾燥な機械が奏でる音楽の方が魅力的であるはずがない。

しかし、備藤は少しも揺らぐこと無く、静かに問い返した。

「綴喜さん。上手い演奏とは一体どんなものだと思いますか？」

「……え、」

言葉に詰まる。そもそも、上手い演奏とはミスをしないことだろうか。それとも、人を感動させる演奏だろうか。

ただ、『人を感動させる』という言葉自体も曖昧で掴みどころがない。綴喜が秋笠の演奏を聴いて感動したとして、それが何に由来したものかは分からない。逆に、レミントンが秋笠の演奏を再現していたら、その時はレミントンの演奏にも感動するのだろうか？　そうはならないだろう。

「横からすいません。上手い演奏っていうのは失敗しないことじゃないですか？　コンクールなんかでも、ミスをすれば大幅に減点されるでしょう」

黙り込んだ綴喜に助け船を出したのか、真取がそう言った。

「確かにそうですね。しかし、実力のある音楽家は基本的にミスをしません。ミスをしないことは前提なんです。それを踏まえて、上手さとはなんでしょうか？」

「所謂、表現力でしょうか。絵画でも多く取り沙汰される観点ではありますが。とはいえ、これも明確な基準があるわけじゃないですけど」

「秒島さんの言葉は的を射ています。『ヴァイオリン協奏曲』は名曲で、今まで数多のヴァイオリニストが演奏してきました。しかし、その中でも長く残り人の心に訴えかける演奏と、そうではない演奏があります。二者間の大きな違いは弾き方——解釈によるものです。どこを強く弾き、どこを弱く弾くか。どの音をどれくらい響かせるか。音色一つを取っても、演奏者によって硬軟があります。音の圧が同じでも、音色の違いが出る場合があります。更には何を目立たせ、何を薄めるか。曲の解釈は無数にあります。どんな解釈で弾くかで、演奏はがらっと変わります。レミントンはその中で、人間が最も好む解釈を採用して弾き方のレシピに起こしているんです」

「そんなの本当に出来るわけ？」

ずっと黙っていた凪寺が突っかかるように言う。

「ＡＩには得意分野があります。ディープラーニングという言葉をご存知ですか？ＡＩの学習の基本は、大量のデータを学習させ、特徴量と呼ばれるものを学ぶことです。ＡＩに林檎（りんご）を学ばせたい時、どうするか分かりますか？」

「さっきの話からすると、林檎のデータを延々とＡＩに読み込ませて林檎の特徴を覚えさせるってことですか？」

「綴喜さんの仰る通りです。林檎は赤いもの、林檎は丸いもの。林檎は拳大（こぶしだい）の大きさのもの……。そうして、この条件に当てはまるものを林檎と判定させる。究極的に言えば、『ヴァイオリン協奏曲』も同じことです。この小節では五パーセントほど弱く、この部分は二十パーセントほど強く弾くのが、好まれている『ヴァイオリン協奏曲』の弾き方だ、と特徴を抽出する。強弱だけでなく、他の要素も同じように選り分けていきます。そうして導き出した〝最も好まれる確率の高い『ヴァイオリン協奏曲』の弾き方〟を使って、レミントンはヴァイオリンを弾いた」

だから、レミントンの演奏は秋笠の演奏よりもずっと素晴らしいものに聞こえる。

何しろ、聴衆に好まれる演奏を纏め上げたものだから。

大衆にウケる演奏が素晴らしいもの、というのはかなり乱暴な話だと思うし、それが間違っているような気も何となくはする。

けれど、それなら何が本当の名演奏なのか、という話に立ち戻ってくるのが難しい。綴喜だって、本の帯に謳われた何万部という数字を品質の証明のように見ている節がある。ならレミントンの『ヴァイオリン協奏曲』との間にどんな違いがあるだろう？

「勿論、これを実現するのは困難です。名演奏と呼ばれているものをサンプリングするだけではなく、実際のクラシック愛好家に協力を仰ぎ、脳波による『好ましさ』の測定を繰り返し、かなり精度の高いものを創り上げました。コンクールで演奏される曲は大方、弾き方を確立したと言えるでしょう」

備藤がそう詳しい説明をしているが、誰の頭にも言葉が入ってこないようだった。

レミントンがどんな原理でその演奏を実現したかは、正直どうでもいい話だ。

重要なのは、レミントンが自分たちよりずっと優れた『才能』を持っていることだ。

「そして、それはヴァイオリンだけに限りません。例えば料理でもそうです」

全員が一斉に真取の方を見る。

選ばれてしまった真取は、じっと備藤の方を見つめて動かない。

「基本的に、食事の用意は私が担当していますが、厳密にいえば、あれは私の料理ではありません。レミントンの料理です」

「えっと、それって……」

秋笠がおそるおそる尋ねる。

「レミントン自体は味を理解することは出来ませんが、どのような系統の味が人間の味覚に強く訴えかけるのか、五味のバランスをどのように取れば好まれる料理になるのかは学習出来ます」

ヴァイオリンの演奏と同じだ、と綴喜は思う。途方も無いデータ収集によって、人間の好みを腑分けしたのだ。

「私はレミントンの指示通りに味付けをするだけでいい。技術面では平凡ですが、味付けは真取さんに劣らないものではありませんか？」

言われてみればその通りだ。真取の作った煮凝りは確かに美味しかった。けれど、備藤の作った普通の料理はそれに負けていない。どこかで食べたような親しみのある味。それでいて洗練された味。

「もし技術のある真取さんがレミントンの指示通りに作れば、それこそ私よりもずっと優れたものが出来上がるでしょう。秋笠さんの演奏と同じ理屈です」

――だから、元・天才たちなのか。と、思う。

何の素養も無い人間を使うよりは、ある程度その分野で努力を重ねてきた人間の方がレミントンの要望に応えやすい。秋笠がレミントンの指示通りにヴァイオリンを弾けるのも、彼女に確かな演奏技術があるからだ。真取も同じことが言えるだろう。優れたレシピを再現するだけの腕前が無ければ、レミントンの力を十全に生かせない。

皮肉だ。思わずその言葉が浮かんでしまう。

「でも、なんかそれってズルっぽい気が」

真取がぽつりとそう漏らす。

「いいえ、レミントンはいわばシンセサイザーのようなものです。従来の楽器とは違い、あらゆる音色を引き出せますが、主軸は演奏する人間でしょう」

「違う。シンセサイザーなのは私たちだ」

凪寺が絞り出すようにそう言った。

「AIの手が届かないところをサポートして、AIの作品が世に出る手助けをする。これじゃあ私たちの方が道具だ。ふざけんな！　結局私たちは利用されてるだけじゃん」

綴喜たちが引っかかっていることを、凪寺ははっきりと言葉にする。

機械の言う通りに楽器を弾いて、機械の言う通りに料理を作る。

それは、本当に自分たちの成果だろうか。自分たちはレミントンに利用されるのか、それとも利用するのか、それすら見極められない。

「利用されているかどうかを決めるのも、凪寺さんです」

「何で？　何で私までこんなところに来なくちゃいけなかったの？　私は違う。落ちこぼれてなんかない。結果だって出してる！」

「凪寺さん」

備藤が冷たい声で返す。

「私の年齢であの賞を獲った人間なんていないでしょ。私の映画はちゃんと価値がある。レミントンの言いなりにするなら他の人間にして」

「凪寺さん、」

「こんなことして私の才能が潰れたら損失だと思わないの⁉　だって私は――」

「あなたのプロジェクト参加は、凪寺孝二様たってのご希望です」

その一言で、凪寺の時間が止まった。みるみるうちに顔色が悪くなり、見捨てられた子供のような、絶望的な目に変わる。

「今のこの国には世界的な映画を生み出せる監督がいません。私たちには次世代の黒澤明が必要なんです。このままではハリウッドはおろか、アジアの近隣諸国にも映画ビジネスで後れを取るでしょう。凪寺さんとレミントンなら、世界に通用する作品を生み出せる。だから、凪寺孝二様は、あなたをここに連れてきたんです。優れた後進を作るために」

ある意味で、備藤の言葉は希望に満ちていた。

もし本当にレミントンが優れたもの、大衆に受け入れられるものの法則を確立出来ているのだとしたら、停滞している映画産業も一歩先に進むのかもしれない。

しかし、凪寺の表情は変わらなかった。握りしめられていた拳がゆっくりとスカートを摑む。

「……お父さんが、私を捨てたんだ」

そのまま、凪寺はゆっくりと床にへたりこんだ。

4

備藤が出て行くと、部屋に戻った御堂を除く五人は、自然と車座になっていた。

セッション後の空気も酷いものだったが、今はそれを通り越して葬式のようだった。ある意味正しいのかもしれない。今行われているのは、天才であった自分の葬式だ。後に残るのはリサイクル待ちの抜け殻だけ。

本当は気まずいどころの話じゃない。自己紹介の時、ここにいる全員が自分の現実から目を背けていた。気づかれないように誤魔化して、ここにいていい理由を作っていた。コンクールも本のカバーも、ベストセラーも映画の賞も、もうずっと過去のことなのに。

逃げ出したかったが、扉は開けられないし、ここから出ても一人で下山する力も無い。プロジェクトが終わるまでの十一日間は、ここにいるしかない。

「いや、おかしいと思ってたんだよ。ここで言うのもなんだけど、最近の僕は本当に何の成果も挙げられてなかったから」

そう言ったのは秒島だった。困ったように笑いながら、小さく溜息を吐く。

「僕のピークは高校生の頃だったかな。日本画の分野で僕ほど上手い人間はいないって言われていて、完成した作品はすべて賞に絡んで話題になった。そうして特待で大学に入ったところまでは良かったんだけど……その後は全然。話題になるどころか佳作も取れない。何か変わったとは思えないんだけど。それとも、何も変わらなかったからいけないのかな」

『僕はそんなにすごい人間じゃないけど』と言っていた秒島のことを思い出す。あれは謙遜じゃなく、本当にそう思っていたのかもしれない。

「……そんなこと言ったら俺だってそうですよ」

秒島の告白を受けて、真取も口を開く。

「俺さ、昔は期間限定の店舗出させてもらったりとか、コラボフードの企画とかさせてもらってたんだけど。最近は全然無いんだよ。コンペティションの成績が振るわないと箔が付かないから、出資してもらえなくなるんだよな。俺のマネージャーはずっと困ってる。この間のコンペの順位何位だったと思う?」

「……二桁とか」

「選外だよ」

真取が空々しい笑い声を立てる。痛々しさよりも共感が勝った。そう笑うしかない気持ちを綴喜も知っている。

次に話し始めたのは秋笠だった。

「私もね、全然駄目なんだ。御堂くんの言う通り、最近の私は全然結果を出せてない落ちこぼれなの。コンクールでも全然残れないし、賞なんか夢のまた夢で……綴喜くんの前で見栄を張っちゃった形になるけど」

「そんな、だって、そんなこと言ったら僕だって……」

一瞬、言葉に詰まる。自分の傷を晒す痛みに耐えられなくなりそうになる。それでも、これ以上見栄を張ることの方が耐えられなかった。

「僕だって、『春の嵐』以来もう四年も新作を出せてない。……勉強に集中するために執筆をやめてるなんて嘘なんだ。本当は、傑作はおろか出版するに足るものすら全然書けてない。もう天才どころか小説家って言えるかも怪しいよ。……結局『春の嵐』しかない」

傷を晒すのは苦しかったけれど、言って楽になる部分もあった。少なくとも、騙していることへの罪悪感は軽減される。

「馬鹿みたい。それでレミントンの言うことを素直に聞くつもりなの」

凪寺が舌打ち交じりにそう言った。目はまだ赤かったが、もう打ちひしがれている様子はない。出会った時のような好戦的な雰囲気が戻りつつある。

「……何その目。私も同じ負け犬だろって？　分かってる。お父さんが私を認めてないんだってこと、ちゃんと知ってる。……でも、こんなの間違ってる。さっきも言ったけど、レミントンの作品を再生産するなんて創作じゃない。ただ使われてるだけだ」

「凪寺はレミントンに対してかなり敵意を持ってるみたいだな」

「当たり前でしょ。それとも、真取はレミントンに従うわけ？　機械に料理なんか分かるはずないのに」

「でも、真取くんに教えるのはレミントンの裏にあるビッグデータ、お客さんそのものなわけだよね。だとすると、レミントンの指導を受けるってことは、たくさんの人に美味しい料理を届けようっていう人間的な努力なんじゃないのかな」

秒島の言葉に、凪寺は舌打ちで返す。

「そんなのは詭弁（きべん）だ」

「……でも、私はこのプロジェクトに参加出来て嬉しいよ」

その時、意外にも芯の通った声で秋笠が言った。

「さっきも言ったけど、私は天才じゃない。才能も、もう枯れてしまったんだと思う。このままだと音大に進学しても埋もれるだろうし、……私は、その、経済的な支援を受けてるから、結果が出せなかったらヴァイオリンを続けることも出来なくなる」

言葉は苦悩に満ちているのに、秋笠の姿は凜（りん）としていた。

「ずっと言われてきたことなの。入賞するためには、ただ演奏が上手いだけじゃ駄目なんだって。私は毎日練習してるけど、どう弾けば誰かの心に届くのかは分からなかった。どれだけ努力しても、今の私じゃ誰かを感動させられない。でも、レミントンの力を借りたら、私はもっと上手くなれる」

「それだって商業的にウケる弾き方が分かるってだけじゃん。それって本当に芸術？　興行収入百億の駄作とアンドレイ・タルコフスキーのどちらに芸術性がある？　秋笠はそこを無視していいと思ってるの？」

「私は芸術のことはよく分からないよ。ヴァイオリンを弾くのは好きだし、それでたくさんの人が楽しんでくれたらいいと思う。……それを教えてくれるのがレミントンなら、受け入れないと」

睨みつけてくる凪寺のことを、秋笠は全く動じずに見つめ返していた。サイレントヴァイオリンを弾いている時の凜とした佇まいが、今の彼女と重なる。しばらくの沈黙の後に、先に目を逸らしたのは凪寺の方だった。

「……………ていうか、秋笠はいいよ。レミントンに教えてもらうにしても、弾き方とか曲の解釈の方なんでしょ？　真取だって、確かにビッグデータはお客さんそのものって言えなくもないもんね。……でも、私はさ、あんなの……無いよ」

そこでようやく、凪寺の拒否反応の元を理解した。

秋笠の演奏や真取の料理は、あくまで瞬間芸術の世界だ。その場その場のパフォーマンスで決まる。レミントンにメソッドを教えてもらっても、結局は自分の力量に拠るところが大きい。対する凪寺の専門は映画だ。……創作物をレミントンから教わるとは、一体どういうことだろう？

「大丈夫だよ。だとしたら僕も同じ穴の狢だし」

想像を巡らせるより先に、秒島が言う。

「僕だけセッションがやたら短かっただろ？　僕は殆どレミントンと会話してないんだ。僕は設計図を渡されただけ」

「設計図？　って何」

「構図とモチーフを指定した仕様書だよ。モチーフは冬椿。キャンバスのサイズも指定されていて、冬椿をどこに配置するか、どこに余白を置くか、色合いはどうするのかが事細かに書いてあるんだ。当然ながら、文字と記号で打たれているだけなんだけど。僕は次のセッションまでにこれを完成させて、講評を受けるみたい」

何でもないことのように秒島が言う。けれど、衝撃的だった。色も構図も描くものも指定されている絵を描くというのは、かなり話が変わってくる。

「レミントンの言った通りの絵を描くんですか？」

思わずそう尋ねると、秒島はいつも通りの笑顔で言った。

「どんなものかと思ってね。確かに機械に指示されたものをその通りに描くっていうのは、ぞっとしない話ではあるけど」

そこで一旦言葉が切られた。口元が皮肉気に歪む。

「でもね。分かるんだ。この通りに絵を完成させたら、きっといい絵になるってことが。余白をああも大胆に使うのは挑戦的だけど、多分これは正解だよ。レミントンは本当に日本画の伝統を──いや、日本画がどんな風に愛されてきたかを知っている。レミントンに高性能のロボットアームが付いていたら、僕なんか要らないだろうね」

本心からの言葉だった。レミントンが生み出した絵の素晴らしさは、日本画にずっと触れてきた秒島だからこそ分かる。だからこそ、秒島はここまで凪いでいるのだ。

「……悔しくないの」

凪寺が絞り出すような声で言う。認められない、という言外の思いが伝わってくる。

「悔しい、というのは少し違うかな。どうしてそう思うの？」

「だってそうでしょ。私とか紗島とか、……それこそ綴喜なんかはレミントンをゴーストライターとして使う羽目になるわけ。ありえない。ねえ、あのセッションで、私がされたことが何か分かる？」

秋笠が困惑したように首を横に振る。ややあって、言葉が続いた。

「……映画の添削。レミントン・プロジェクトに参加する時、私はショートフィルムと詳細なコンテを提出させられた。そのシーンのカメラワークにどんな意図があるかも記載してね。そうしたら、シーンごとの正解を見せられた。このシーンにこういう意図をつける時に一番適切なカメラワークとか、このシーンが何秒以上続くと観客が飽きるとか、そういうの。何あれ？　あんなのが本当に映画って言える？」

誰も答えられなかった。そもそも、レミントンを使って表舞台に戻ることが本当に正しいのかも判断出来ないくらいなのだ。そうして観客の反応の最大公約数で作った映画が芸術なのか。それを裁定出来るはずがない。

「それでも、僕と同じように凪寺さんにはその映画の良さが理解出来たんじゃないの」

「…………どう思う？」

凪寺が疲れきった笑顔で言う。

綴喜たちに分かるのは、凪寺がどれだけ傷ついているかだけだった。

「綴喜」

「……何？」

「あんたはセッションで何を言われた？　何をさせられた？」

恐らく綴喜は、この中で唯一、レミントンの才能に直接触れていない。小説家でいたいのはどうして、の声だけが頭を過る。

「僕はまだ、何個か質問をされただけで……」

「断言する。……あんた、レミントンに向き合うと壊れるよ。そうしたら、私の気持ちが分かるようになる。借り物の物語なんかで私たちは満足出来ないでしょ？」

凪寺の声は確信に満ちていた。

けれど、その言葉は的外れだ。

彼女は『春の嵐』自体が借り物の物語であったことを知らないのだ。機械のゴーストライティングに抵抗してまで書きたい物語なんて、綴喜には無い。

三日目　レミントン・プロジェクト

1

三日目のセッションから、順番が変わった。

トップバッターのセッションは、朝食後すぐに行われる。午前に二つ、午後に三つ、そして最後のセッションが夕食後に行われる。

並びも変わった。

真取(まとり)から始まり、秋笠(あきがさ)・御堂(みどう)・秒島(びょうしま)・綴喜(つづき)・凪寺(なぎでら)と続く。抵抗を覚えていた凪寺が最後だ。この順番は固定だが、日によって開始順はズレていく。四日目は秋笠から始まり、真取で終わる。五日目は御堂から始まり、秋笠で終わる。プロジェクト終了の十一日目まで──これの繰り返しだ。

昨日と違い、今回からは一コマ一時間半がきっちり定められている。前の人が早く終わっても繰り上がりはない。

昨日の今日だというのに、朝食に集まった参加者たちは落ち着きを取り戻していた。彼らはどれだけショックを受けようが、表舞台に上がってきた人間だ。あまり気持ちに引きずられないようにしているのだろう。

朝食の席には御堂の姿だけがなかった。勿論、朝食を取るかどうかも個人の自由である。ただ、御堂は進んで孤立しようとしているようにも見えた。それを感じ取ったのか、真取が不機嫌そうに言う。

「御堂のやついないじゃん。何やってんだ」

「また御堂の話？　好きだね」

凪寺が嫌味交じりで言う。

「だっておかしいだろ？　協調性が無さ過ぎるし、そもそもあいつだけ何でレミントン・プロジェクトの大枠を知ってたんだ？　元・天才のリサイクルだってことも。俺とか、最近成果出せてないのにいいのかよって思ってずっと気が気じゃなかったのに。あいつは知ってて裏で笑ってたんだぞ。信じらんねえ」

真取の言い方は露悪的だったが、確かに気になってはいた。

備藤の話に割って入った御堂の顔を思い出す。外から馬鹿にしているというよりは、自嘲気味だった気もするが、真意は分からない。

「御堂くんがレミントン・プロジェクトに深く関わってるからとか？　ほら、雲雀博士ともっと前に会ってて……」

「何で御堂が人工知能の博士と関係あるんだよ。将棋と関係ないだろ」

「いや、将棋だからじゃないかな？」

綴喜が言うと、秋笠が素直に首を傾げた。

「どういうこと？」

「後付けに聞こえるかもしれないけど、違和感は最初からあったんだ。ほら、僕らって料理と日本画と音楽と映画と小説だよね？　その中で唯一、将棋だけは趣（おもむき）が違う」

「残りは全部、芸術ってこと？」

凪寺が言う。それも間違ってはいないだろうが、もっと明確な違いがある。

「将棋には明確な勝敗があるんだよ。だから、将棋は人工知能の学習にずっと適している。大衆に受ける演奏や好まれる味よりも、勝利に貢献した一手の方がずっとはっきりしてるから」

頭に浮かんでいるのは、チェスを学び、人間のチャンピオンを打ち倒すスーパーコンピューターの存在だ。ディープ・ブルーと名付けられたスーパーコンピューターは二億手の先読みをして人間を圧倒したという。同じく将棋の分野でも電王戦というプロ棋士と将棋ソフトウエアとの試合があった。より優れた将棋を指すために、人間の棋士と人工知能が切磋琢磨する試みだ。

「だから、あながちレミントン・プロジェクトの関係者だっていうのは的外れじゃないのかもしれない。レミントンを作る時に、御堂くんが協力してたのかも」

推測でしかなかったが、そう言ってみる。人工知能と相性のいい分野の彼は、そもそも立場が違ってもおかしくない。

「じゃあ、御堂はそこまで追いつめられた落ちこぼれじゃないのかもね」

ぽつりと凪寺がそう呟いた。

それきり沈黙が下りる。

「あんまり落ち込んじゃ駄目だよ。とりあえず十一日間頑張ろう？」

秋笠がそう言うのに合わせて、各々がぎこちなく頷く。

ここでの『頑張る』の意味が、きっとまだ誰にも見えていない。

2

セッションまでの時間が空くからか、今日はみんなが一斉に談話室から出て行った。

綴喜はまだレミントンから何も『与えられて』いない。部屋に戻ってもやることが無かった。ぼんやりしながらセッションの時間を待つ。

午後になって自分の名前が呼ばれると、退屈だった分、沸き立つ心地にもなった。

大階段を上がり、レミントンの部屋に向かう。鉄の扉は昨日と同じく薄く開いていた。

「こんにちは、綴喜さん」

そこにいたのは、雲雀ではなく備藤だった。

「お掛けください」

「えっと、はい」

「まずは、レミントンのご挨拶から聞いて頂けると」

すると、綴喜が何か言うより先に、部屋の壁が鳴った。

『こんにちは。私はレミントンです』

部屋全体を包み込むように、声が下りてくる。

不意に昨日の雲雀の様子を思い出した。レミントンはどこにいるのか、という問いに対して、雲雀は壁を叩いてみせた。あれは極めて正確な答えだったのだろう。どういう原理かは分からないが、この部屋そのものが『レミントン』なのだ。

『綴喜文彰(ふみあき)さん。あなたと共作出来ることを、心より嬉しく思っております』

その声は男性のものとも女性のものともつかない、中性的な合成音声だった。けれど、何よりなめらかで、人間の話し方に近い。

「すごい、ですね。喋ってる」

「レミントンの合成音声技術は群を抜いています。そうでなくては、秋笠さんにヴァイオリンを教えることは不可能でしょう」

「その……レミントンは……意識があるんですか？」

「いいえ。残念ながら。この挨拶も、パソコンなどのウェルカムメッセージと変わりません」

そういえば、レミントンは所謂汎用人工知能とは違うものだという触れ込みだった。

「基本的にレミントンが話すことはありません。この音響設備は音楽指導用のものですから。その他のセッションはスクリーンを通しての画像の表示などで行われます」

確か、秒島が構図の提案と色合いの指示を行われたと言っていた。きっと名作になるだろう日本画の設計図。なら、綴喜は何を与えられるのだろう。

「前回のセッションでは具体的にどのようにしてレミントンとの共同作業を行うかは説明していなかったと思うので、今回は私から説明します」

「はい」

どことなく感じる不安を押し殺して答える。すると、思いもよらない質問がされた。

「そもそも綴喜さんは、何故自分が必要なのか分かりますか」

「えっと……『ＡＩの書いた小説』が人間が受賞することを想定されるような名だたる文学賞を獲ることはない。とか、そういうことでしょうか」

レミントン・プロジェクトの目的を聞いた時、最初に思いついたのはそれだった。たとえばノーベル文学賞の対象になるのは、今のところは人間だけだろう。レミントンがどれだけ面白く示唆に富んだ小説を書こうとも、突き詰めてしまえば国益にはならない。昨日の話を聞く限り、レミントン・プロジェクトの目指すところは対外的な評価だ。その審査に通らないようでは意味が無いだろう。

そもそも、大衆にすらAIが書いた小説が抵抗なく受け入れられるかも怪しい、と綴喜は思う。ロボットの板前や機械演奏のヴァイオリニストと同様に、AIが書いた小説という時点である種の偏見に晒される。人間の心に干渉するものだからこそ、芸術はどことなく神聖視されているんじゃないだろうか。

秒島は『レミントンに高性能のロボットアームが付いていたら』なんて話をしていたが、それもまた違うベクトルの話なのだ。

「ええ、それもあります。人間が書いた小説でなければ評価は得られない」

「考えてみればおかしな話ですよね。誰が――いや、何が書いたかなんて小説の中身に関係ないのに。機械が書いたって『人間失格』は名著でしょう？」

「いいえ、そうとは限りません」

「どうしてですか？」

「哲学者のシーン・ドーランス・ケリーは猿がシェイクスピアの『オセロー』を打ち

出したところで、猿を偉大なる劇作家と認めることは出来ないと言っています。猿が偶発的に生んだ『オセロー』には人間にとって好ましいビジョンの表現も、思索も何もありません。このため、AIは創造的な芸術家になり得ないのだと」

「それはあくまで建前でしょう」

「そうですね、撤回します。猿が書いた『オセロー』を読んで泣くのは馬鹿馬鹿しいでしょう。私は耐えられません」

備藤はあっさりとそう言った。そして「それだけではありません」と冷静に続ける。

「誤解を恐れずに言うならば、AIにはまだ小説が書けません」

「そうなんですか？」

「AIが自然言語を解釈するのは極めて困難です。この問題がある以上、AIに小説を書かせることは、現時点では不可能でしょう」

備藤はそう言うと、壁のリモコンを操作して、スクリーンを引き出した。

スクリーンには『トロフィーが茶色のスーツケースに入らないのはそれが大きすぎるからだ』『トロフィーが茶色のスーツケースに入らないのはそれが小さすぎるからだ』という二種類の文章が表示されている。

「この文章中の『それ』が何を示すかをAIは答えられます。しかし、それは膨大な量の文章から単語の使い方と議論の構造の統計的なパターンを見つけて正答に辿り着いているだけで、文章の内容を理解しているわけではありません。ＡＩは関連性のある単語を繋げた文章は生成出来ますが、小説は関連性のある単語を繋げるだけでは成立しません。名探偵と孤島は結びついても、名探偵と口紅を繋げることが出来ないと」

　なるほど、感覚的には理解出来る。

「勿論、技術はどんどん進化していますから、意味の通った短編小説を作れるＡＩも出来てきているんですけれどね。商業的に成功するためには、やはり言語面は人間に任せた方が早い、というのが今のところのプロジェクトの総意ですね」

「商業的な成功がこのプロジェクトの最終的な意義なんですか？」

「あくまでこれは国が出資しているプロジェクトですので、そうした目に見える成果が必要な面もあるということです。世間を席巻するようなベストセラーや、クラシックを再興するような素晴らしい演奏は経済を大きく動かします。また、優れた日本画が安定して生産出来るようになれば、海外からの需要も高まるでしょう。そうなった時のリターンは計り知れません」

　凪寺を宥める時に使われた、映画の話を思い出す。次世代の黒澤明が生まれなければ、邦画は世界市場で衰退していくのかもしれない。そうなれば、国家的な損失だ。

「話を戻しますが、レミントンはプロットを作るのは得意です」

「……レミントンは言葉の内容を理解出来るわけじゃないんですよね？」

「原理は文法の理解と同じです。レミントンに面白い小説を理解させるにあたり、まずは物語の要素を細かく分けて入力したんです。バーモント大学のアンドリュー・リーガン氏は同じように千七百もの小説をテキストマイニングし、物語の主なストーリー展開は六つしかないと結論付けました」

「それって本当なんですか？」

「これはかなり大雑把な分類ですから。レミントンは四十六万冊の小説を学習し、もっと細かい分類を行えることは確認済みです」

四十六万冊。途方も無い数だ。そこに綴喜の小説は含まれているだろうか、とどうでもいいことを考えてしまう。

「重要なのは、レミントンが『ベストセラーになる小説の展開』をある程度把握できるようになったことです」

「ベストセラーになりやすい展開……？　そんなものがあるんですか？」

「あくまで予想ではあります。レミントンが小説を創り上げるのはこれが初めてですから。しかし、どんなジャンルならどのような展開と親和性が高いのか、どんな単語と結びつければより効果的なのか。レミントンは求められる物語と親和性の高い要素の中で、なおかつ今まで用いられていない部品を選出します。そうして出来たプロットは新規性を備えていますが、読者を突き放すような物語にはなりません」

「……俄かには信じがたいですけど……だって、小説は、将棋とか囲碁とは違うじゃないですか。秋笠さんのヴァイオリンの演奏とかは、巨匠の演奏があるから、まだ分かるんですけど……」

そう言いながら、自分でも、あれ、と思う。

これじゃあまるで、レミントンが物語を作れるということを否定したがっているような口振りだ。綴喜の胸にじわりと嫌な痛みが走る。違う。ただ、難しいんじゃないかと思っただけだ。だって、言語はＡＩの得意じゃない分野だから。気になるだけだ。

「囲碁や将棋のＡＩが発展しやすいのは、そこにルールが定められているからです。勝ちという結果を迎えれば、それにポイントを与える。これを繰り返して行けば、より勝てる確率の高い手が打てる」

「それは聞いたことがあります」

「綴喜さんの仰りたいことは分かります。小説界にも巨匠は存在しますが、彼らの作風は多岐にわたり、そこに『ヴァイオリン協奏曲』の解釈、のような一定の尺度はない」

「そうです。だから、どうやって小説の良さを――」

「なので今回は、ある一定の売り上げを超えたものを勝ち、それ以下を負けとしたルールの中でレミントンを戦わせ続けました」

言いながら備藤は、綴喜の目の前に薄い冊子を差し出してきた。

「そして、これが残ったプロットです。その中でも、綴喜さんの作風に合うものを選びました。綴喜さんには、これを八十枚の短編小説にして頂きたい」

恐る恐るその冊子を捲る。そこにはいくつかのブロックに分かれた表のようなものが書かれていた。その中に、びっしりと『要素』が打ち込まれている。

「僕の作風って……」

「今まで世間が綴喜文彰に抱いていたイメージと、ベストセラーになりやすい展開を組み合わせました。この通りに書けば、きっと傑作が生まれるでしょう」

備藤はまっすぐに綴喜を見つめている。そして言った。

「そのプロットに可能性を感じたなら、貴方の才能を貸してください」

3

レミントンが作ったプロットの異質さは一目見て分かった。

冊子の先頭には物語の概要が付いていた。登場人物の属性と、この物語がどのような要素を含むかをシステマチックに書いたものだ。これを見るに、この小説はややミステリーの割合が多いヒューマンドラマのようだった。

そしてページを捲った先で、思わず目を剝いた。

一枚目・一から三行目・地の文。やってきた館の説明。
四行目・この館に来た登場人物Aの感想の台詞。
五行目・地の文。扉を開く。
六行目から八行目・地の文。内部の印象。
九行目・登場人物Aを見た登場人物Bの驚きの台詞。
十行目から十二行目・登場人物Bの描写。

そこにあったのは、まさに小説の設計図だった。これから綴喜が手を組むレミントンからの、行単位の詳細な指示。

この小冊子自体が全体のプロットになっているのだと思ったが、違う。渡されたのは序盤のほんの十数ページ分だ。予想した通り、このプロットは登場人物が一堂に会するところで終わっている。最後まで行単位の指示自体は変わらない。

レミントンのメソッドで作る小説とはこういうものなのだ。

これだけ無機質に並べられたものなのに、行間を想像力で補完する作業は苦痛ではなかった。これを小説に直すことはそこまで難しくないだろう。

この指示通りに小説を書けば、レミントンの望むものが出来上がるのだ。ビッグデータに裏打ちされた、ベストセラーになる確率の高い小説が。

まだほんの序盤しか読んでいないのに、綴喜は既に傑作を予感していた。たくさんの本を読んできたからこそ、感覚で分かる。描写の量も台詞の位置も極めて適切に配置されているのだ。一ページ目の概要からして、綴喜にはまるで思いつかないストーリーラインだ。発想の段階が違う。

紛れもなく、レミントンは綴喜よりもずっと才能のある天才小説家だった。

十数ページ分しかない物語の設計図を、綴喜は何度も通して読んだ。

これが、綴喜文彰の小説になるのだ。恐らくは、ずっと焦がれていた四作目に。

これが出せたら、きっと綴喜は返り咲ける。両親にも気を遣わせないで済むし、小柴だって喜ぶだろう。

そして、綴喜を誹った人間にも復讐してやれる。

ちやほやされたくて小説を書いていたわけじゃない。自分に才能が無いから、穴埋めのために晴哉のことをネタにしたわけじゃない。この新作を発表すれば、その言葉に説得力を持たせられるだろう。何にも頼らなくたってこれだけの小説が書けるのだと、綴喜はようやく証明出来る。どうせレミントンのことは誰も知らないのだ。

これ一作きりじゃなく、これから何作もレミントンのプロットがもらえたらどうなるだろうか。そうなればいよいよ、綴喜は本物の『天才小説家』だ。

恐らく、凪寺が提示されたものも、これと同じなのだ。大衆に広く受け入れられる面白い映画。正解が分かっている映画のレシピは、一体何秒刻みで指定されているのだろう。

これは綴喜文彰の小説だろうか？　それは凪寺エミの映画だろうか？

否定したから、凪寺はあれだけ拒絶反応を示したのだ。きっと彼女は自由に映画を作るのが好きなのだろう。

自分の手元にある冊子を見ながら、綴喜は考える。果たして、自分はどうだろうか。

食堂に向かうと、テーブルには初日と同じ煮凝りが載っていた。

いや、よく見ると、色合いが少し違う。初日の時の上品な色使いはそのままに、より鮮やかで端正に仕上がっている。

思わず真取の方を見ると、彼は何とも言えない照れ笑いを浮かべながら「まあ食べてみてくれよ」と言った。

言われるがまま煮凝りを口に運ぶ。嚙んだ瞬間、胃が震えるような感覚がした。嚙む度に柑橘類の爽やかな風味が鼻に抜け、舌が喜びに包まれる。その味わいを長く堪能出来るよう、煮凝りには前回よりもしっかりとした歯ごたえが加えられていた。

「どうだった？」

真取が緊張した面持ちで尋ねる。

「美味しくなってる。……いや、正直前のも美味しかったし、どこがどう違うってわけじゃないんだけど」

「あー、そうか。マジかよ」

真取は興奮と困惑が混じったような声を上げた。

「それ、レミントンのアドバイス通りに調整加えたやつなんだよ」

そんな、と口に出す代わりに、綴喜はみんなを見回した。周りはもう煮凝りの実食を終えているのか、気まずそうな顔で綴喜を見つめている。あの御堂ですら、何も口を挟まずにじっとこちらを窺っていた。

「あ、でも僕は正直よく分かんなくて、プラシーボ効果かもしれない」

沈黙に耐え切れなくなったのか、秒島だけがそう口にする。けれど、真取自身が否定した。

「いや。プラシーボじゃないですよ。だって、俺も今日の方が美味いって感じるし。見た目だって今日のがいいでしょう？」

「それは……確かにそうかもしれない」

「そうなんですよ。俺よか、レミントンの味つけの方がいい」

散々悔しそうな顔をしていたというのに、結局真取は自分でそう結論づけた。

秋笠の時と同じだ。

煮凝りの差が誰より分かるのは真取智之（ともゆき）自身なのだろう。料理に人生を懸けてきた彼だからこそ、この分野では嘘が吐けない。

「でも、本当に美味しいよ。これってどういう風にレミントンのアドバイスを受けてるの？」

イメージがしにくかったのか、秋笠が尋ねる。

「まあ基本的には統計？　だよ。ビッグデータっていうんだっけ？　この系統の味付けなら、この部分を強めに出したら、より広い層にリーチ出来るっていう。ここまでくると好みの差っていう感じなんだけど、どうせ好みの差なら、より広いとこに向けた方がいいよなって話。でもまあ、大衆にウケる味と批評家にウケる味っていうのも違うんだけどさ」

まあ、レミントンは多分そういう批評家向けの味にもリーチ出来るんだろうな、と真取が苦笑する。

「これで突き出しは出来たわけだから、あとはここにいる間に残りのレシピも考えれば、秋の大会には出られるし、多分優勝も出来る」

他人事（ひとごと）のように真取が言う。期待や楽観ではなく、そこにあったのは確信だった。

自分の選外を伝えた時と同じ、冷静な分析。

「大会って？」

「その名の通り料理の良さを競う大会だ。出場者はお題に沿った献立を考えて、実際に作って試食審査を受ける。味だけじゃなく、料理人の創造性も試されるコンペティションだ。色々言ったけど、スポーツの大会と意味合いはそう変わらない。ここで結果を出せれば箔が付く。優勝したら尚更だな」

「ちょっと、まさかレミントンに頼って大会に出るつもりなの？」

凪寺が早速そう噛みついてくる。

「だって、一番美味しい煮凝りの作り方を知ったってのに、それを作らないなんておかしいだろ。手ぇ抜けってことになるし」

「レミントンを超えるレシピを自分で考えて作ればいいでしょ？」

「いや、あれ以上を作ることは、俺には出来ないと思う」

真取がきっぱりと言った。

「可能性はゼロじゃないかもしれないけど、少なくとも秋までには間に合わない。思うに、試行錯誤の過程っていうのは引き算だ。必要な物だけ残して無駄なものを極限まで削っていく。今の俺がレミントンのレシピに何を足しても何を引いても過不足が生まれるだろう」

「じゃあ、ズルして勝つっていうの？」

「ズルって何だよ？　作ってるのは俺だぞ？」

「それは、そうだけど……」

「是非について語りたいのは山々だけどな。今の俺はスポンサーに見放されかけてる落ちこぼれだ。後がない」

最後の言葉はこの場全員に——目の前の凪寺にも通じる話だった。

「そんなの、」

「まあ、凪寺は親が金持ちだからさ。あんまりピンとこないだろ？　俺って普通の家庭の出身なのよ。結果を出して金を稼がなきゃ。食材を買い込んで試行錯誤なんて出来ない。料理を作るのにも金が必要なんだ」

真取のその言葉で、凪寺がいよいよ黙った。

「その……、変な話だけど、僕たちってこれからどうなるのかな。プロジェクト中に受けた教育は身につくだろうけど、その先は」

不安を覚えた綴喜が言う。

「基本的にはここを出た後もレミントンによる教育は継続して行われるって聞いたけど」

そう返したのは秒島だった。

「レミントン・プロジェクトは一生続くってこと？」

「でも、秋笠さんや真取くんはともかくとして、僕や綴喜くんみたいなタイプはレミントンから離れてもいいものが作れるかは分からないじゃない」

あっさりと杪島がそう口にする。料理の腕や演奏技術と違って、自分たちに残るものは何もない。その事実を、杪島は恐ろしいほど素直に受け入れているようだった。

「この十一日間が終わっても定期的にレミントンとのセッションは行うってことですか？」

「そうなるだろうね。綴喜くんは抵抗がある？」

「抵抗があるっていうか……ここを出たら普通に人と会えるようになるし、ネットも使えるようになるから、僕らがレミントンのことを口外するんじゃないかって、国の偉い人は心配するんじゃないかなと」

「運営側はそんなことは心配しないと思うよ。僕らは立場的にレミントン・プロジェクトを口外出来ないだろうし」

「どういうこと？」と凪寺が口を挟んだ。

「レミントンというAIがあり、そのAIが僕らに効率的なメソッドを教えてくれたと口外したとしよう。そうすると、もう逃れられない。これから僕らが為した功績や発表した作品には全て疑いの目が向けられる。どんなに素晴らしいものを描いても、美しい演奏をしても、実はレミントンの力を借りているんじゃないのか？　ってね」

秒島の言う通りだった。

綴喜だって当然口外しないだろう。それを言ってしまえば、これから発表する小説はおろか、今まで書いたものだってレミントンによるゴーストライティングだと疑われかねない。そうなったら、綴喜文彰自身の価値はなくなってしまう。

「ていうかさ、聞いてよ」

その時、凪寺のやけに明るい声が響いた。

「私さ、今日のセッション、ボイコットするって備藤さんに言ってやった」

「え？」

「何も聞かない何も見ないで通しますって言ったら、今日のセッション無くなってさ。いい気味だったよ」

まるで武勇伝でも語るように凪寺が言う。それを受けて、場の空気が俄かに緊張した。

「それで、私は明日帰して貰えることになった」

「は⁉　お前、マジで言ってんのかよ」

「ちょっと待って、凪ちゃん。プロジェクトの間は降りられないんじゃなかったの？」

真取と秋笠が慌ててそう言ってくる。

「さあ。結局あんなの単なる方便だったたってことなんでしょ」

そのまま、凪寺がこちらを向いた。

「綴喜は？　言ったら帰れるかもよ」

「え、」

「だって、綴喜だってこんなの納得いかないでしょ？　本当に小説が好きなら、機械の物語を代筆するなんて嫌なはず」

凪寺の言葉には何の迷いも無かった。鋭い言葉で締めあげられて、異端審問でもされているような気分になる。

「おい、綴喜を巻き込むなよ。プロジェクトが嫌なら一人で出て行けばいいだろ」

真取が止めに入る。しかし凪寺はキッとそちらを睨みつけると、吐き捨てるように言った。

「あんたは秋の大会に出なくちゃいけないんでしょ。だったらそれに集中すれば？　そこで上手く審査員を騙せれば、天才料理人として返り咲けるんだから」

明らかに強すぎる言葉は、さっきの意趣返しのようにも聞こえた。世界的な映画監督の娘として、一番突かれたくないところを突かれた凪寺の復讐だ。あるいは、あっさりとレミントンの力を借りると宣言した真取が気に食わなかったのかもしれない。

「綴喜。今から備藤さんのところに行こう。ちゃんと話をすれば分かってもらえるはず」

凪寺は今にも綴喜の手を引っ張って、無理矢理備藤のところに行ってしまいそうだった。彼女の髪から覗く華やかなインナーカラーが目に痛い。

彼女の気持ちは理解出来る。この四年余り、綴喜はずっと小説のことだけを考えて過ごしてきたのだ。

けれど、と思う。

「……ごめん。僕は行けないよ」

綴喜の言葉に、凪寺は本気で驚いているようだった。大きな目を丸くして、綴喜の言葉の真意を探っている。やがて、綴喜の言葉が本気であることを悟ると、その顔には分かりやすく軽蔑の表情が浮かんだ。

「……へえ、あんたもそういうタイプなんだ」

「レミントンの作ったプロットは本当に面白いんだ。……僕が自分で考えるより、レミントンと一緒に小説を作った方が、いいものが出来ると思う」

「それって結局実力じゃないじゃん。あんた、ちやほやされたくて小説書いてたわけ？　小説家でいる自分が好きなだけ？　最悪。作品を自己顕示欲のために使うなよ」

その時、自然と言葉が漏れた。

「純粋に小説を書くのが楽しくて、誰かに読んで欲しいと思っている人間にしか居場所はないの？」

口に出しながら、自分はこんなことを考えていたのかと他人事のように思う。凪寺の顔がどんどん歪んでいくけれど、止められなかった。

「ちやほや持ち上げられたいわけじゃない。これ以上、下に落ちたくないだけなんだ。たった一回天才だって持て囃されたお陰で、僕は一生そのツケを払わされる。ただ生きているだけで消費期限を突きつけられるんだよ。終わった人間相手には何を言ったって赦されるとみんな思ってる。過去に書いたものもあげつらわれて、お前は偽物だったって言われ続けるんだ」

もういい、綴喜。と、真取が言うのが聞こえる。自分がどんな顔をしているのかも分からなかった。動揺する凪寺をまっすぐに見つめ返す。そして綴喜はとどめの一言を口にした。

「それに凪寺さんだって、映画を踏み台にしてるよね」

凪寺の顔が分かりやすく引き攣る。

「お父さんに見てもらうために、映画を使うなよ」

自分だけが純粋だなんて言わせてやらない。絶対に。

凪寺が執拗に綴喜を連れ出したかった理由も、責める理由も、今は分かる。自分たちは同じところに傷を持つ同士なのだ。だから触れられたら痛い場所も分かってしまう。

これ以上何を言いたくも言われたくもなかったので、ひとり席を立った。

食堂の扉を閉めて息を吐くと、何故かじわりと涙が滲(にじ)んできた。

どうやら自分は傷ついているようだ、と、わざわざ心を突き放して思う。

目を閉じて、レミントンが書き上げるだろう完璧な物語を想像すると、少しだけ落ち着いた。情けない溜息が、廊下に吸い込まれる。

四日目　スポットライトの熱度

1

翌朝の目覚めは最悪だった。夕食を抜いてしまったので、お腹が減りすぎて胃が痛い。

凪寺を傷つけた負い目はあるのに、憤り自体はまだ残ったままだった。

もし綴喜に本物の才能があって、一から書いた新しい小説で成功出来ていたら、話は変わっていただろう。そもそも、本当に小説を書く才能があったなら、晴哉を題材にしたりしなかった。周りに急かされたことに焦り、必死で書くものを探していたのは本当だ。

それは、ただの自己顕示欲に拠るものだったのだろうか？

朝食の席に凪寺は来なかった。彼女はもう帰ってしまったのだろうか、と一瞬思う。

しかし、施設を出るならヘリコプターが来るはずだ。それに気づかないことはないだろう。

今日のセッションは秋笠始まりで、綴喜は四番目だった。おやつ時にスマートフォンが鳴り、レミントンの部屋に向かう。

そこには昨日と同じように備藤がおり、姿は見えないが『レミントン』がいた。

挨拶もそこそこに本題に入る。

「プロットはどうでしたか」

「概要だけでも面白かったです」

渡されたのは、ミステリー小説のプロットだった。

奇妙な館に閉じ込められた六人の男女。出口を探しているうちに彼らの中の一人が殺され、犯人捜しが始まるという典型的なクローズドサークルになるらしい。

「古典的な筋立てですが、興味を引くものになっていると思います」

「このプロットは十数ページ分しかありませんが、先はどうなるんですか？」

「お渡しした分の執筆が終わったら、次の分をお渡しします。印刷されたプロットは金庫の中にありますが、先にお渡しすることはありません」

「……えっと、その理由は？」

「先を知ってしまえば、その結末を踏まえた描写を入れたくなってしまうからです。

勿論、そうして遡って伏線を張っていくのはオーソドックスなやり方ですが、そのことによってレミントンの構成からズレることは避けたい。なので、一度通しで完成させるまでは、このやり方で」

行ごとに厳しく指定された描写の分量を見れば、そこからズレるのを避けたくなるのも当然だろう。もし先に犯人が分かっていれば、書く側の綴喜にも余計な先入観が生まれてしまう。

このプロジェクトにおいて、綴喜は書き手でもあるが、読者でもあるのだ。

「それで、お引き受け頂けますか？　……このやり方で、綴喜さんが書けるなら、ですが」

書けることは書けるだろう。このプロットを読むに、レミントンに出来ないことは本当に自然言語による執筆だけのようだ。綴喜はこの指示に従って、適切な文章を綴れるだろう。

「……一つだけ聞いてもいいですか」

「私たちに答えられることであれば」

プロットのページを一枚捲る。そこには、簡単に纏められた登場人物表があった。

「この登場人物の設定欄にある『ヴァイオリン奏者』『棋士』『映画監督』『料理人』『画家』そして『小説家』っていうのは、ここにいる参加者のことですよね？」

プロットで気になるところはもう一つあった。
登場人物の個性も、そのままレミントン・プロジェクトの参加者と同じだったのだ。
勿論、関係性は違う。この中の映画監督とヴァイオリン奏者は異母姉妹になっている
し、棋士は料理人に強い恨みを抱いている。これは明らかに現実とは違う設定だ。
けれど、それ以外——綴喜が補完しなくてはいけない人物描写の部分は、そのまま
ここにいる彼らをトレースすれば済むだろう。知らない専門分野だって、彼らに学ぶ
ことが出来る。
「『春の嵐』の主人公、晴哉さんは実在の人物なんですよね？」
「……そうです」
「素晴らしい才能です。綴喜さんの観察力と文章力は天性のものでしょう。その武器
は十全に生かすべきです」
「でも、抵抗はあります」
レミントンの力を借りて、その上でまた誰かの人生を素材にしろというのだろうか。
きっと、傑作を書く上ではそれが一番効率がいい。
その時、綴喜は初めてレミントンの恐ろしさを知ったような気がした。
この機械は、天才小説家なのだ。小説以外を切り捨ててしまえるような。
「このプロット自体がものすごく面白いですし、わざわざみんなをモデルにする必要

なんて無いですよね？　このヴァイオリニストはピアニストでいいし、何なら弁護士でもいい。それでも面白いですよね？」

「ええ。ただ、綴喜さんはどちらがいい小説になると思いますか？」

「え、」

「何のモデルもなく、一から人物を創造するのと、ここにいる皆さんを取材して書くのとでは、どちらの方が完成度が高くなると思いますか？」

あまりに分かりきった話だった。綴喜が想像で生み出したキャラクターよりも、この個性豊かな元・天才たちを流用してしまった方がずっといいものが仕上がるだろう。

綴喜の答えを待つことなく、備藤は言った。

「であれば、作品をよりよいものにすることだけを考えるべきではありませんか？」

「……そうかもしれませんけど」

おずおずと綴喜は答える。それに、綴喜が考える部分が多くなるほど、この小説の完成度は落ちる。これはレミントンが算出した最善の小説なのだ。綴喜はそれを邪魔するべきじゃない。ややあって、彼は言った。

「レミントンは、僕のことをどのくらいまで知っているんですか？」

「参加されている方の、大抵のプロフィールは入っています」

「僕が十五歳の時の『火事』のことも？」

その時、備藤が制止するような目を向ける。

彼女は答えなかった。ここでの沈黙は肯定だ。

小柴は綴喜が小説を書けなくなった理由を、どこまで伝えたのだろう。

その結果、綴喜が何をしでかしてしまったのかも教えたのだろうか。そう思うと、気恥ずかしさと居たたまれなさで顔が熱くなった。

「……わかりました。やります。でも、流石にみんなに許可を取らないと……」

「そうですね。小説の概要を皆さんに見てもらって、どうしても同意頂けない方だけ調整しましょう。まずはそのプロットを小説にしてください。完成させられなかったらそれでも構いませんが、なるべく間を空けずにセッションを行えるといいかと。そうすれば、プロジェクト終了時までに完成するはずです」

「大丈夫だと思います」

「分かりました。完成を楽しみにしています。私も雲雀博士も、そしてレミントンも」

頷いて、もう一度プロットに目を落とす。その時、ふと登場人物欄の設定にある『映画監督』の文字が目に留まった。

「凪寺さんがここを離れるって本当ですか」

「はい。十七時には迎えのヘリコプターが到着する予定です」

「プロジェクト終了までこの施設を出ることは叶わないって聞いていましたが」

「そもそもレミントン・プロジェクトは参加者とレミントンの協力関係が不可欠です。彼女がここにいる意味はもうありません」

備藤がゆっくりと首を振る。

「残念です。凪寺さんの才能がこのまま埋もれていくのは」

果たして、才能とは何だろう。と、綴喜は思う。

2

談話室に向かうと、そこには渦中の凪寺の姿があった。

「……あ、」

隣では秋笠が顔を真っ赤にして泣いている。まずいところに出くわした、と思ったものの、逃げ出す場所もない。

すると、硬直している綴喜を見つけた凪寺の方から寄ってきた。気まずそうに目が伏せられたまま、彼女の口が開く。

「昨日はごめん。正直、八つ当たりだった」

「……いや、それは。僕の問題だから」

それ以外に言うべき言葉が見当たらない。それは彼女の方も同じようで、そこから先が続かない。

本当は聞いてあげるべきなのかもしれない。

本当にここでプロジェクトを降りていいのか。まだ迷っているんじゃないのか、と。

ここで帰ったら、凪寺はどうなるのだろう。また評価されない自分に焦り、本物の天才である父親にコンプレックスを抱きながら生きていくのだろうか。それは苦しいことじゃないのか。

その苦しみは、綴喜だって知っているものなのに。

小説家であるはずなのに、彼女の本音を引き出す言葉がまるで出てこない。思わず傍(かたわ)らで泣いている秋笠に視線を向ける始末だ。自分の代わりに何か言って欲しい、と情けない思いが過る。

「あ、凪寺さん。探してたんだ。ちょっといいかな」

沈黙を裂いたのは、談話室に入ってきた秒島(びょうしま)の声だった。

「……何」

「凪寺さんが本当にプロジェクトを降りるって聞いて。その前に見せたいものがあるんだ」

泣いている秋笠も、困惑している綴喜も気にしない、驚くほどフラットな声だった。

「僕の部屋に来てくれないかな。良かったら、秋笠さんと綴喜くんも」

紗島の言葉に従って、四人でぞろぞろと談話室を出る。廊下がやけに長く感じられた。透明なエントランスドアの向こうは天気が崩れているからか、暗く、風まで吹いている。その中で、紗島だけはやけに落ち着いていた。

「少し散らかっているけど、気にしないで」

そんな言葉と共に開け放たれた紗島の部屋は、綴喜の使っている部屋より二倍ほど広かった。入るなり油っぽい独特な臭いが鼻をつき、連鎖的に美術室を思い出した。

「ピアノの匂いがする。懐かしい」

秋笠がそう言うと、紗島が「膠の臭いだろうね」と言った。

部屋の床には青いビニールシートが敷かれており、等間隔に何本もの筆が乾かされている。近くに纏まっているのは、紗島が熱っぽく語っていた岩絵具だろうか。

「ここで寝泊まりしてるの？」

思わず、といった風で凪寺が言うと、紗島が笑った。

「奥に寝るだけの部屋があるよ。もっとも、まだ使ってないけど」

その意味を深く考えるより先に、紗島がイーゼルを運んでくる。

「ちゃんと完成したんだ。モチーフも構図も色合いも決まってるのに、再現には時間がかかった。でも、レミントンは褒めてくれたよ」

そう言って、秒島がイーゼルに載っていた絵を晒す。

その瞬間、人の心に漣が立つところを見た。

凪寺の目が大きく見開かれ、まっすぐに秒島の絵を射抜く。

キャンバスに描かれているのは、美しい冬椿だった。

大ぶりな枝に雪が積もり、重みで枝がしな垂れている。しかし、枝の先に咲く椿の花は重みに抗うようにほんの少しだけ天を仰いでいた。独特な構図だ、と思う。主役であるはずの椿は中心に無く、端の方で震えている。

けれど、日本画に詳しくない綴喜ですら、これが正解だと思った。火照る肌のような椿の赤も、夜の底を染めるような白も、多分これ以上のものはない。

「すごい。すごい絵だよ、凪ちゃん」

圧倒されているのか、どこか呆然とした口調で、秋笠が言う。

凪寺はまばたきすらしていなかった。見開かれた目に椿が反射して、目の中に花が咲く。

「どうかな」

秒島が控えめに、けれど、はっきりと尋ねる。

凪寺が信じられないものを目にしたという表情で、秒島の顔を見た。

「これは、レミントンの描かせた絵？」

「そうだよ。初日のセッションで設計図を渡された」

その言葉を受けて、凪寺がもう一度椿に目を向けた。

凪寺は否定しないといけないはずだ。

レミントンの設計図ありきで作られた絵は、凪寺が一番否定しなくちゃいけないものはずだ。それなのに、彼女の口からそんな言葉は出てこない。

レミントンを否定したい気持ちと、目の前の冬椿を肯定したい思いの間で、凪寺が引き裂かれそうになっている。

「凪寺さんは僕の絵見たことないって言ってたし、正直最初の自己紹介からあんまりよく思ってなかったでしょ。まあ、逆の立場だったらこんな十把一絡げな美大生のことなんかよく思わないよね」

「そんなの、……思ってたけど、でも私」

「素直でいいな」

秒島が笑う。そして言った。

「僕はレミントンの力を借りて、プロジェクトが終わるまでずっと絵を描き続ける。多分、最終日に描き上がる絵は、これよりもずっとすごいと思う」

「ずるいよ、そんなの」

噛み締めるように、凪寺がもう一度「ずるい」と言う。

秒島は引き留めるような言葉を一言も発しない。代わりにこの絵を見せたのだ。その意味が、凪寺に伝わっていないはずがない。

「本当に傑作を見せてくれるの」

「うん、約束するよ」

「……楽しみにしてる」

その言葉を口にするのに、どれだけの勇気がいっただろう。

それでも、彼女は秒島の絵に感動したのだろうし、その感動に報いようと思っている。

3

「私、残ることになったから」

談話室に戻ると、凪寺は残る御堂(みどう)と真取(まとり)に向かって高らかに宣言した。

「どうしたんだよ、急に」

真取がどこか不安げに尋ねる。その決断が原因で彼女が不安定になったり、新たな癇癪(かんしゃく)が起こることを危惧しているのだろう。

「決めたの」

はっきりと言うと、凪寺は文句でもある？と言わんばかりに胸を張った。あまりの切り替わりぶりに、御堂までもが目を丸くしている。真取が不思議そうにこちらに目配せをしてくるものの、綴喜は小さく首を傾げた。どう答えていいか分からなかったからだ。

「映画撮る時に使うライト知ってる？　あれさ、すごい熱いの」

不意に、凪寺がそう呟いた。

「現場にいると、光って熱いんだなって思う。だからかな、ライトの外は寒くて」

凪寺が何の話をしているのか、ここにいる全員が分かっていた。

「……業界って狭いからさ。少しずつ自分が期待されなくなってるのが分かるの。だから、寝る間も惜しんでコンテを切った。どんなカメラワークならこのシーンの意味が伝わりやすいかなとか、脚本家さんに台詞の意図を一言一言確認して……。でも、いい映画になってるかは全然分かんなくて。つらくて、逃げたかった」

「それでも凪ちゃんは逃げなかったんだね」

秋笠が静かにそう言った。それに対し、凪寺が微かに笑う。

「だって、映画好きだもん。だから、悔しい。知ってる？　アカデミー賞の作品賞をこの国の映画が獲ったことはないんだよ」

「そうなの？」

　思わずそう声が出てしまう。

「世界のナギデラ――お父さんの映画だってそう。ノミネートされるのも精々外国語映画賞で、今でも日本映画の黄金期は黒澤監督がいた一九五〇年代と言われてる。私はそれが屈辱だし、悔しいと思ってる。……まあ、これもお父さんの受け売りではあるんだけど、この悔しさだけは、私とお父さんは同じものを持ってる。この国の映画じゃ届かないってずっと言われてたところに、触れたい」

　凪寺が大きな目を細め、ぎゅっと服の袖を摑んだ。

「でも、レミントンの力は借りたくない」

「それが一番アカデミー賞に近いかもしれないのに？」

　痛いところを突いてきたのは御堂だった。柔らかいところに触れるように、言葉が続く。

「見放されるのとかも怖いんじゃないの。ライトの外は寒いんだろ」

「怖いよ」

「じゃあ変な意地張るのやめろよ」

「一つはやめた。ちゃんと言うよ。私、ここにいたい。レミントンがみんなにどんな影響を与えるのか知りたい。レミントンがみんなと協力して、どんなものを作るのか見てみたい。だから、その意地は捨てた。でも、レミントンに対してはまだ意地が張れる」

凪寺の表情はどこか清々しさすらあった。

「不実なことだって分かったから、ボイコットとかもうしない。このプロジェクトが終わるまでレミントンに向き合う。その間に意地を張れなくなったら、大人しくレミントンに従うよ。私、天才じゃないし」

それでどう、と凪寺が挑むように言うと、今度は御堂の方が言葉に詰まった。そんな御堂に対し、彼女がふっと笑う。

「あんたが反感覚えるのも分かるよ。私、やってることブレブレだもんね」

「いや、そこまでは思ってないけどさ……」

「でも、結局逃げられなかった。私の名前、エミってさ。映画の映に深いって書いて映深なの。生まれた時から、私は映画のために生きるようにって宿命づけられてる。だから無様なくらい執着してるの。みっともないけど赦してよ」

憑き物が落ちたかのように笑う凪寺は、吹っ切れていて眩しい。

こうして凪寺は改めて、レミントン・プロジェクトに『参加』することになった。

＊

二本立て、計四時間にわたる映画鑑賞の間、凪寺映深は殆ど海の底にいるような気持ちでいる。

隣には父親が座っているし、これから何を尋ねられるかも分かっている。集中しなければいけないと思うのに、窮地に立たされた主人公よりも、彼女の方がずっと焦っている。

たまにスクリーンから目を離して父親の姿を窺うけれど、険しい表情からは何のヒントも貰えない。三十分もすれば、この映画は終わってしまう。どうしよう。何とかしなければ。必死で画面を観察して、台詞を端々までよく聞いて。

「映深」

エンドロールが流れると、満を持してそう声を掛けられる。引き攣った顔で父親の方を見ると、間髪を容れずに尋ねられた。

「映深、どちらがいい映画だった？」

必死で頭を働かせる。ちゃんと観ていたはずなのに、一本目の映画の細かいところをもう覚えていない。それどころか、集中が切れた状態で観た二本目の筋もあやふやだ。躍動感のある映像、歴史的に価値のある主題、出ている役者の上手さやカメラワーク。断片的な良さを思い出しながら、飛び降りるような気持ちで答えを言った。

「……えっと、最初に観た方……」

「理由は？」

選んだのは、細かい部分がうろ覚えながらも、全体的に面白かった気がするからだ。けれど面白かった、ではいけない。ただ面白いだけでは、映画の価値は測れない。少なくとも、凪寺孝二の中ではそうなのだ。

うろ覚えの中で、必死に褒めるべきところを探す。それも、父親が認めてくれるだろう、はっきりとした、客観性のある、映画的に価値のある部分でなければ。忙しなく指先をすり合わせながら、映深は言う。

「……脚本の筋道がはっきりしていて、観客に新しい価値観を提示出来るようなメッセージ性があって、それを補強出来るようなカメラワークが——」

「もういい」

うんざりしたような父親の声を聞くと、身体が凍りつくようだった。

「そんな聞き齧ったような知識を並べ立てて恥ずかしくないのか。挙げ句の果てに、あんな駄作を褒めるなんて」

間違えた。——そう思った瞬間、身体から血の気が引いて顔に集まる。

「いいか。二本目の映画はカンヌ国際映画祭創造大賞を獲っている。対する一本目は何の評価もされていない。また間違えたな」

大袈裟に溜息を吐かれると、どうすればいいのか分からなくなる。でも、これで泣くのは最悪だ。更に父親を失望させてしまう。泣いたからって赦されることではないのだ。

『クイズ』は凪寺孝二の考えた独創的な教育法だった。何本かの映画を連続して観せて、その中のどれが名だたる賞を獲ったのかを当てさせるのだ。小学校に上がってから、映深はかなりの頻度でクイズに答えさせられている。今回のように二本の中から選ぶのはまだいい方で、多い時には四、五本の中から選ばされることもある。しかも、その中に凪寺孝二が認める名作がある保証もないのだ。

五年生になってからというもの、クイズは日に日に難しくなっている。父親が家を空けている間も必死になって勉強しているが、正答率はどんどん下がっているのだ。そうなると、映画の内容よりもその後のクイズのことが気になってしまって、余計に正答率が下がってしまう。酷い悪循環だ。

「なあ、映深。こんなに簡単な問題なのにどうして分からないんだ？」

間違えてしまうのは、どちらも同じくらい複雑で、どちらも同じくらい面白いからだ。映画の中に面白いものとそうじゃないものがあることは、分かる。けれど、凪寺孝二が提示してくるのはいつもその先だった。その面白い映画がどんな風に評価され、何の賞を獲ったのか。それが絡むと、判断はどんどん難しくなっていく。

二つとも面白い映画では駄目なのか。つまらない映画でも評価を受けていたらそれでいいのか。そもそも、私はその映画の対象年齢層なのか。そんな疑問を口にしただけで、父親はまた映深に軽蔑の眼差し（まなざ）しを向けるだろう。それが怖くて、ごめんなさいしか口に出来ない。

「いいか、お前より優れた審美眼を持った人間ならいくらでもいるんだよ」

それから、彼は数人の名前を挙げた。どれも歳若い映画監督の名前だ。彼らはもう既にスポンサーが付いていたり、動画サイトに自分の作品を発表していたりする。映深はまだ何も発表していない。コンテの書き方や映画がどうやって出来るかは学んでいるけれど、何の力も無い自分がどうすれば人を集めて『映画』を作れるのかが分からない。

「それなのに、どうして映深にこうして時間を割いてやってるか分かるか」

「あ、ありがとう、ございます」

「お礼を言えって言ってるわけじゃないんだよ。いいか。俺がお前に時間を割いてやってるのは、感性というのは血に宿るからだ。お前は俺と同じくらい映画の神に愛されているはずなんだ」

それはそうだ、と映深は思う。幾度となく言われてきたことだ。感性は血に宿る。才能は受け継がれる。バイオレンス色とシビアなストーリーは、小学生の自分にはまだ過激だけれど、凪寺孝二の映画が優れていることは理解出来る。洗練されていて面白いし、何より国内で彼ほどたくさんの賞を獲っている人間はいない。他の映画を断罪するに足るくらい、父親には映画の才能がある。

世界のナギデラ。黒澤明に続く日本映画の大家。その娘が、その才能を受け継いでいないはずがない。一人娘なら、いい映画を見抜く目を持っているはずだ。それなのに、映深は正解が出来ない。

「……まあ仕方ないか。お前は橋の下から拾ってきた子だから」

それは凪寺孝二が娘に失望した時によく使う言葉だった。脅し以上の意味は無い単なる嘘だ。けれど、それを言われる度に彼女は喉の奥を引き攣らせ、泣きながら赦しを乞うた。

「ごめんなさい、ごめんなさい。次は大丈夫だから。絶対、絶対当てるから」

父親が頷く。もう一本、追加で再生が始まる。映深は必死でスクリーンを見つめるけれど、その光が滲んでいる。

最後に映画を楽しく観たのはいつだろう。

生まれた時から、凪寺映深は映画と共にあった。内容が理解出来なくても、家に設置されたスクリーンではいつも名作映画が流され続けていた。鮮やかな色彩と目くるめく物語が、凪寺映深の揺り籠だった。ベッドメリーの代わりにスクリーンに手を伸ばした。

初めて感動した映画は、父親の膝の上で観た『サウンド・オブ・ミュージック』だ。まだ背景はおろか、台詞の意味すら分からなかった。それでも映深は歌にはしゃぎ、クライマックスに涙を流した。映画の力とはこういうことなのだ、と自分なりに理解する。

少し大きくなってからもう一度観た時は、なおのこと感動した。あの明るく楽しい映画の中に編みこまれた力強いメッセージ。マリアが戦っていたものの正体。観客に伝えたいもの。

理解が追いついた瞬間、凪寺映深は一目散に父親の元へ向かい、この映画がどれだけ素晴らしいかを言葉にした。すると、父親は笑って彼女の頭を撫でてくれた。

「あの映画の素晴らしさが分かるなんて、映深はセンスがいい」

それは、初めて正解を貰った瞬間だった。

父親は相変わらず正解を通してしか彼女を見てくれず、世界のナギデラの妻としての立場を弁えている母親は、娘の教育方針に一切の口を出さなかった。

悲しいとは思わなかった。ただ、不思議には思った。

『サウンド・オブ・ミュージック』の素晴らしさが分かるのに、どうして私の寂しさには気づかないのだろう。あの映画の中で、父親に目を向けてもらえない子供たちがどんな気持ちでいたのか知らないはずがないのに。

それでも、才能ある父親の視界に入るには、正解を引き当てなければ。

中学生になると、映深は突然企画書を提出するように言われた。

凪寺映深の監督デビューが決まり、第一作を撮ることになったのだ。

とある配給会社が全面出資を申し出て、どうすればなれるのかも分かっていなかった映画監督への道が急に開けた。

映深にすら知らされていない突然のデビューだったが、願ってもないチャンスだった。ずっと憧れていたあのスクリーンに、凪寺孝二の娘として作品を発表出来る。このところはもうクイズを出されることも減っていたが、それは自分に実力がついたからなのだろう。

寝る間も惜しんで企画書を書いた。名作映画なら人より何倍も見てきた。何が良くて何が悪いか、どんなものが賞を獲るのか。お父さんが割いてくれた時間は、私の映画を良くしてくれるはずだ。

何十枚と提出した企画書の中で、ようやく一枚が通った。通った企画書を基に脚本家に執筆を依頼し、脚本についても何度も打ち合わせを重ねた。コンテを切り、父親が褒めていた画面作りを意識して撮影の予定を組んだ。ストレスから何度吐いたか分からない。中学校も休みがちになり、進級すら危うくなってもなお映画に全てを注いだ。

伝えたいメッセージも映画自体の面白さも、凪寺孝二の娘であるプライドも全て詰めた第一作は、新人監督の登竜門と呼ばれる賞を獲得した。最年少受賞、天才映画監督の誕生だった。

嬉しかった。誇らしかった。これが正解でなくてなんだろう。

海外の映画祭に招聘されていた父親が帰国すると、『サウンド・オブ・ミュージック』の感想を伝えに行った時のように、凪寺映深は一目散に父親の元に走った。

「そうか、よかったな」

凪寺孝二は淡々とそう言うと、さっさと家を出ようとした。当然だ。彼は日本で一番多忙な監督で、世界のナギデラなのだから。ただ、よかったな以上のものが欲しくて、映深はその背を引き留めてしまった。うんざりした顔で振り返る父親に、不正解の文字が過る。でも、やめられなかった。

「もう行っちゃうの？　久しぶりに帰ってきたのに……」

「何か用があるのか？」

「あるわけじゃないけど……その、映画祭のこととか、最近の映画のこととか話したいし」

自分で言っておきながらまた映画の話か、と他人事のように思う。映画以外にこの人と自分を繋ぐものは何もない。

「お前は二作目を作れ。会いたいなら同じ場所に呼ばれるくらいになってみろ。同じ血が流れてるんだから」

突き放された気分にはなったが、納得もした。彼の正解リストにこんな小さな賞はなかった。まだ不正解なのだ。

浮かれていた気持ちを抑え、中学生にして天才映画監督の凪寺映深は次の映画の企画書を書く。今度は自分が脚本を書いたらどうだろう。もっと個性的なカメラワークをしたらいいんじゃないだろうか。賞を獲ったことでメディアへの露出も増えた。凪寺孝二の娘として相応しいよう、なるべく強く、個性的な女の子でいなければ。

コンテを描く時、脚本を書く時、凪寺の後ろにはいつも父親がいる。

何が面白いのか、何が優れているのか。カメラを覗いている時、正解と不正解が曖昧になって身体がふらつく。それでも、撮らなければ。

凪寺孝二の娘だから受賞出来た。凪寺孝二は娘のために手を回している。

その誹りを受ける度に、確かに傷ついたし腹も立った。けれど、こうも思った。

そうであったらどれだけよかっただろう。


凪寺映深の二作目は都内の数館で封切られ、そこそこの盛況を見せた。中学校を卒業した彼女は、高校には進学せず映画監督業に集中するようになる。

三作目、四作目を一年おきに発表。上映館が増えることはなかった。

凪寺映深はまだ映画祭に呼ばれない。

呼ばれないから、凪寺映深は父親に会えない。

4

綴喜の足が中庭に向いたのは、何となく部屋に戻りたくなかったからだ。

凪寺が残ると決めてくれたことは嬉しかったし、そのきっかけが秒島の絵であることも嬉しかった。だから、まだ余韻に浸(ひた)っていたかったのかもしれない。

そうして、何の気無しに中庭へと向かって、驚いた。

広いはずの中庭に、音楽が響き渡っている。

囲われているとはいえ、ここは屋外だ。音は山に抜けていってしまうはずなのに。

けれど、ここで鳴っている音は、しっかりと耳に届く。音が抜けるよりも早く大地に根を張って、この場ごと共振する。

音に誘われながら、一歩一歩敷石を踏みしめて奥へ進む。先にいる人間なんて一人しか思いつかない。音楽枠かな、と笑う彼女の姿が過る。

期待通り、そこには秋笠奏子(かなこ)がいた。

こちらに背を向けたまま、一心不乱にヴァイオリンを弾いている。

初めて聴いたその旋律は、春の嵐を髣髴(ほうふつ)とさせた。

穏やかな日差しの中を、激しい暴風が吹き荒れていく。人間はその気ままで自由なメロディーに為す術(すべ)なく叩き伏せられ、飛ばされないように必死でしがみついているしかない。圧倒的で力強いメロディーに、身体の芯がびりびりと震えた。

音は澄んでいて明るいのに、奏でられる旋律は切ない。自分より遥か大きなものに揺さぶられ、言葉を求められているような気すらする。何か言え、と嵐がねだる。近くにいるだけで落ち着かなくさせるその音は、粗削りと呼ぶことさえ憚(はばか)られた。

ヴァイオリンを弾く秋笠の後ろ姿からは、当然ながら何の表情も読み取れない。こんな狂おしい旋律を、彼女はどんな気持ちで弾いているのだろう。何か言わなければ。嵐に掻き消される前に、自分の言葉を発しなければ。彼女のヴァイオリンの音は、酷い焦燥を煽った。胸が詰まって息が出来なくなる。嵐に呑み込まれていく。

泣きそうになったすんでのところで、不意に旋律が止んだ。

途端に嵐が止み、中庭に平穏が戻ってくる。肩で息をする秋笠の荒い息が、静かな夜に響いていた。

凄まじい、と綴喜は思う。さっきのは、世界を丸ごと書き換えてしまうような演奏だった。聴いている人に食らいつき、無理矢理揺さぶるような感情的な音。秋笠の背は、そんな演奏が出てくるとは思えないほど小さかった。サイレントヴァイオリンの中で、彼女はあんな音を奏でていたというのだろうか。

荒い息がゆっくりと整い、秋笠がもう一度ヴァイオリンを構える。

そして、躊躇いがちに弾かれた旋律は、一転して優しく美しいものだった。

さっきとは違う曲だった。綴喜もどこかで聴いたことがあるくらいだから、きっと有名な曲なのだろう。

伸びやかな音が空に抜けていく。同じ楽器を使っているはずなのに、今の音はさっきとはまるで違っていた。繊細な音の糸がゆっくりと編み上げられていくような、丁寧な旋律が響く。さっきの荒々しく不安定な演奏と比べると、余計にその端正さが目立つようだった。こちらは落ち着いて音楽に身を任せられる。反面、その生真面目さはどこか機械的だ。ただただ美しい音が、美しいままに連なっていく。

これがレミントンの教えた弾き方なんじゃないか、と綴喜は直感した。

統制の取れた旋律は、こちらを優しく導いている。この曲を聴いてどう感じればいいか、何を思えばいいかをしっかりと教えてくれる揺り籠の音だ。この音を聴いていると、もう何も恐ろしいことはないのだと優しく諭されているような気分になる。さっきの身勝手にこちらを振り回すような演奏とは正反対だ。

どちらも優れた演奏であることは間違いなかった。今の抑制の効いた演奏も、さっきの全てを薙ぎ倒すような演奏も。けれど、今の音を聴いていると不意に物足りなさを覚えてきた。確かに美しいし、この演奏なら大会で入賞出来るんじゃないかと思う。けれど、さっきのように、もっと身勝手に、自由に弾いて欲しい。秋笠の内面の激しさを、そのまま剝き出しで晒すような演奏を聴いてみたい。どこまでも端正な音よりも、秋笠の内面に触れられるような音が聴きたい。

やがて二曲目の演奏が止むと、綴喜は自然と拍手を送っていた。控えめなその音に誘われて、秋笠がこちらを向く。

「……あ、聴いてた？　どこから？」

「えっと、一曲目から」

「そこからか……」

秋笠が恥ずかしそうに首を傾ける。さっきの威風堂々とした姿とはうって変わって、年相応の姿に見えた。

「すごかったよ、感動した。クラシックには全然詳しくないんだけど、なんていうか……震えたし、圧倒されたよ。何て曲なの？」

「一曲目がバッハの『無伴奏ヴァイオリンのためのソナタとパルティータ』のパルティータ第2番ニ短調。二曲目は『G線上のアリア』だよ」

「あ、二曲目の方……どうりで聴いたことあると思った」

「有名な曲だもんね」

石造りのベンチに腰掛けながら、秋笠がそう言って笑う。飴色（あめいろ）のヴァイオリンは近くで見ると重そうで、これをずっと肩に乗せているのか、と改めて驚いた。よほど熱中して弾いていたのか、秋笠の額には微かに汗が浮いていた。

「その……本当にすごかった。どっちも綺麗だったけど、特に一曲目が、すごくて。秋笠さんの感情が伝わってくるみたいで――」

その言葉を聞いて、さっと秋笠の顔つきが変わる。手の甲で汗を拭（ぬぐ）うと、彼女はどうにか笑ってみせた。

「気に入ってもらえて嬉しい。……あの演奏、私も好きだよ」

その言葉で、綴喜は一瞬で自分の間違いを悟る。弁解するよりも早く、秋笠が言った。

「一曲目の方がレミントンに教わった方。荒々しくてこっちの気持ちなんか少しも気にかけてくれない、ずるいくらい自由な音」

「それじゃあ、あの『G線上のアリア』は……」

「まだレミントンに弾き方を教わってないから、あれが本当の私の音ってことになるのかな。……優等生で綺麗なだけの、つまんない音」

秋笠が自嘲するように呟く。それを見て、綴喜は慌ててつけ足す。

「つまんなくはないよ。だって、僕は『G線上のアリア』だって確かに綺麗だと思ったんだ。感動したし……」

「いいんだよ。両方とも弾いているのは私なんだから」

「そう言われると……そうかもしれないけど」

「そうだよ。だから綴喜くんが気を遣う必要なんてない」

しかし、違和感は拭い得なかった。二つの演奏の違いは明らかだったけれど、その二つはどちらも同じ指から生まれているのだ。

「でも悔しくはあるよ！　あー、本当に悔しい！　真取くんもこんな気持ちだったんだ。自分でも分かってたけど、綴喜くんに言われると堪えるよ」

「ご、ごめん。そこは本当にそんなつもりじゃ……」

「でもね、あれでもまだ足りてないの。レミントンの部屋で聴かせてもらった合成音のパルティータは、私じゃ届かないくらい綺麗で美しくて、もっと自由だった。私は自分が劣化コピーだなって思うから、弾いている間ずっと悔しい」

レミントンの演奏は、中庭を満たしていたあの音よりも素晴らしいというのだろうか。ヴァイオリンでもない合成音で、人間でもない機械が奏でる音は。

綴喜の疑問を汲み取ったかのように、秋笠がゆっくりと話し始める。

「コンテスタント――つまり、同じコンテストに出る競争相手の中には、他の人の演奏を聴かない人もいるの。他の人の演奏が自分の演奏を塗り潰して、自分の中の正解を上書きしてしまうから、って。私は今までそんな風に思ったことはなかったし、人の解釈は人の解釈で分けて考えられてたんだけど……レミントンの演奏はレベルが違うの。これが正解なんだって、無理矢理にでも納得させられてしまう感じ」

「演奏に正解があるの？」

「あったんだなって、今は思う」

秋笠が腕の中のヴァイオリンを優しく抱きしめる。

「悔しいけど、今の私にあそこまでの正解は思いつきそうにない。だから一生懸命レミントンに追いつく。きっと追いついてみせる」

秋笠の言葉はこの状況下にあってもまっすぐで、こちらが気後れしてしまうほど眩しい。それは多分、彼女がずっと努力を重ねてきたからなのだ、と綴喜は思う。それが決して褪せるものではないと、彼女はちゃんと知っている。

「それに、ちょっとした弾き方の違いでここまで差が出るっていうのは燃えると思わない？　ヴァイオリンにはまだまだ可能性があるんだって、レミントンが教えてくれたんだよ」

「秋笠さんはレミントンに出会って幸せだった？」

「うん。私はヴァイオリンが好きだから」

その言葉を聞いて、美しい、とただ思う。

予想外に真面目になった空気が恥ずかしいのか、秋笠が不意に笑った。

「……まあ、部屋に籠って弾いてたら何だか落ち着かなくて、わざわざ中庭に出てきちゃったんだけど」

「お陰ですごくいいものを聴けたよ。……僕も何だか、一人じゃ集中出来なくて」

「もう小説を書いてるの？」

秋笠の目が輝いて、大きな瞳に綴喜の鏡像が閉じ込められた。

「ま、まだ、全然出来てなくて……レミントンとプロットを……どんな話にするかだけは決めたんだけど、本格的な執筆はこれから」

「そうなんだ」

「でも、書けると思う」

秋笠の表情が綻ぶ。小説を書けていないと告白した時に、一番心配そうな顔をしていたのは彼女だ。安心したのかもしれない。

「でも、正直迷ってて……僕は、どうにかして小説を書かなくちゃいけないけど、レミントンの力を借りて小説を書くのがいいことかは分かってなくて」

「それは、凪ちゃんが言ってたみたいなこと？」

「そう。……秋笠さんのヴァイオリンはすごく素敵だと思う。どれだけレミントンの力を借りたって、あれは秋笠さんの音色だよ。でも小説は……どこまでが僕の力か分からなくて」

「それで悩んでるんだ」

秋笠の言葉に、素直に頷く。こんなに素直な弱音を吐いたのはここに来てから初めてだった。秋笠は真剣な顔のまま、じっと綴喜のことを見つめている。

「私には何とも言えない。レミントンの力を借りるべきなのか、それとも一人で戦うべきなのか。だから、私に言えることだけを言う」

ややあって、秋笠は穏やかな笑みと共に続きを言った。

「私は綴喜くんの小説、読んでみたい。完成楽しみにしてる」

その瞬間、霧が晴れたような気がした。

それから先、自分がどうやって部屋に帰ったかも覚えていない。

気づくと綴喜は、新規ファイルを立ち上げ、そこに冒頭の数枚を書き上げていた。登場人物たちが館に集められ、自分たちの状況を把握するシーンを、数行の乱れもなく書き上げる。

その時、綴喜の頭の中からは晴哉のことも、自分を値踏みするような言葉も、消費期限のことすら無くなっていた。

綴喜の中にあったのは、秋笠の「読んでみたい」の言葉だけだった。

彼女はレミントンという圧倒的な『才能』の前でも腐らず、それと渡り合おうと必死に喰らいついている。みんなが気まずさに押し黙る中、一番にレミントンを肯定し、真っすぐに向き合ったのは彼女だ。秋笠はヴァイオリンを愛しているし、その旋律をよりよいものにするために立ち向かっている。

そんな彼女に、自分の小説を読んでもらいたい。

どれだけ悩んだとしても、差し当たってその思いが自分の中にあれば、書き出せる気がした。

勿論、書けなかった期間のツケは重く、たったの数枚を指示通りに書いただけで疲労を感じた。最初の三行を何パターン書いたことだろう。レミントンが決めた完璧な分量の中で、一番いいものを探さなければ。

椅子に座ったまま目を閉じる。心臓が大きく鼓動を打っていた。

迷うのは今はいい。まずはこれを書き上げてみよう。あまり深いことは考えられない。だから、この小説を書いて、ここのみんなに読んでもらってから考えよう。

綴喜はもう一度キーボードに指を置く。あと十行だけ埋めてみよう。

物語の中で、ヴァイオリニストの少女が目を醒ます。

物語を紡ぐ指は軽やかで、気がはやった。早く先が書きたくてたまらない。文章を綴っていくことに楽しさすら覚えた。与えられた題に、必要だと思う言葉を与える作業だ。

こうして、レミントン・プロジェクトの夜が更けていった。

けれど、この平穏はそう長くは続かなかった。

五日目　惑う参加者たちの問題

1

目の前で小さな鍋が煮えている。蒸気口から立つ白い湯気は幸福の形そのものだ。陶器製の焚火台には紅葉の形をした固形燃料が燃えている。こうして燃え尽きてしまうものにまで気を配るのが一流の料理なのだろうか。

朝食をしっかり食べたのに、自分の前に並んだものを見ると不思議とお腹が空いた。優れた料理は満腹中枢すら操ってしまうのかもしれない。

「これ、旅館とかで出てくるやつだよね。なんて言うのか分からないけど」

「一応それ自体に、小鍋仕立てって名前付いてるんだけど、そのままだよな」

真取はけらけらと楽しそうに笑うと、手元の鍋の蓋を取って瑞々しい生姜を載せた。

火に掛けられて出されたものの他に、テーブルにはそれぞれ中身の違う四つの小鍋があった。つみれと蓮根が入ったものや、大ぶりの甘海老に白髪葱と蕪を合わせたものなど、入っているものはどれも違うが、見た目が凝っている部分は共通している。見ているだけで楽しいというのも賞を獲る上では大切な要素なのだ。

開けていいぞ、という真取の言葉とともに蓋を除(ど)ける。すると鯛(たい)と葱、そして揚げた赤い花弁に迎えられた。

「この花は？」

「椿だな。……まあ、杪島(びょうしま)さんの絵見て影響されたんだけど」

「あの絵、真取くんも見たんだ」

「ああ。レミントンの絵がどんなもんなのか気になってたから。凪寺(なぎでら)があれ見て帰るのやめたって聞いて納得したわ」

杪島の描いた冬椿の絵は、一日経った今でも脳裏に焼き付いている。

あの絵のお陰で凪寺はここに引き留められた。真取の料理にも椿が現れた。それは、参加者たちが最初に思い描いていた健全な交流を想像させた。分野の違う天才たちが集まることで、互いに刺激し合っていいものを生み出すのだ。

今やそれすら、レミントンを通したものになりつつあるのだが。

「椿の花はさ、伊豆大島(いずおおしま)とかではよく食べられてんだよ。まあ、食べてみ」

言われるがまま口に運ぶと、しゃく、と小さな音がした。意外にも歯ごたえがあり、薄い筍(たけのこ)のような食感がする。鯛の出汁(だし)を吸った衣と赤い花弁は味の面でもよく合っていた。

「……美味しい」

「だよな、知ってる。見た目的にも有力候補だし、そう言って貰えて安心する」

「鯛の赤と椿の赤が合ってて綺麗だし、いいと思う。ここに揚げ物を入れるっていうのにびっくりしたけど、考えてみたらお出汁に揚げ玉とか合うもんね」

「それだよ。馴染み深い味なんだわ。そういう意味でも、レミントンってみんなが好きなものをごく自然に取り込んで提供するんだよな」

そう言うと、真取は手元で転がしていた人参を台に置いて溜息を吐いた。

「椿の花を使いたいと言ったのは俺だ。でも、実際にレシピでそれを実現させたのはレミントンだ。それでも、これは俺のものか？」

「これは真取くんのものだよ」

間髪を容れずに綴喜が言うと、真取は畏まった顔で頷いた。気を遣わせてしまった、と気がついたのは数秒遅れてからのことだ。話題を変えようと、真取の手元の人参を指さす。

「それは？」

「飾りでも作って入れようと思ったんだけど、まあこれ以上やると蛇足になるかもしれんわな。ここから足しても引いても駄目なんだ、これは」

そう言うと、真取は包丁を取り出して、そのままスッと人参に滑らせた。『ギフテッド・チルドレン』で見せた流れるような手捌き（てさば）は衰えていない。むしろ、今の方が綺麗だった。当然だ。あれからも真取は料理を続けていたのだから。

見る見るうちに人参が解体され、手元で小さな花になる。

「すごい、そんな風になるんだ」

「小説に使えそうか？　もう何個かパターンあるけど」

そう言って、真取が再び包丁を構える。観客の期待に応えてのアンコールは、カメラを前にした真取智之（ともゆき）の手つきだ。

朝食の席で、綴喜は例のプロットを参加者たちに配った。まだ概要と序盤しか載っていない簡素なものだが、全員が食い入るように見つめていた。レミントンがどのように小説を書こうとしているのかも気になっていたのかもしれない。

「みんなのことを参考にさせてもらうことになるから……ちゃんと断っておきたくて。勿論、嫌だって言うなら絶対に無理強いはしない。備藤（びとう）さんもそれで納得してくれてるし」

「私はいいよ」

一番最初にそう声を上げたのは秋笠（あきがさ）だった。

「綴喜くんの役に立てるのはプロジェクトの仲間としても嬉しいし」

「いいの？　これ、まだ結末を渡されてないから……秋笠さんが犯人になるかもしれないのに」

「それだったらむしろ楽しみだな。だって、犯人って殆ど主役だもんね？」

秋笠が悪戯っぽく笑う。

「私もそう思う。ていうか自分っぽいキャラが出てきて端役だったらそっちの方が嫌じゃない？」

凪寺がそう言って唇を尖らせる。ある意味とても彼女らしい言葉だ。

「物語に貢献してないキャラに厳しくなるのは職業病なのかな。映画監督って大変なんだね」

「そう言う秒島さんはどうです？　犯人役だったら」

「動機が気になるな。真取くんもそう思うでしょ」

「いやー、俺は別に。どうせ小説の中のことだし、名前も違うんだから俺のことだって分からないだろうし」

あれこれ話しているが、モデルになること自体は全員が了承した。一番の懸念対象だった御堂には備藤を通してもう既に許可を取っている。これで、レミントンの小説を申し分ない形で書けてしまうだろう。

天才小説家・綴喜文彰の、第二の『春の嵐』として。

「本当にみんな嫌じゃないの？」

「天才ってのはコンテンツだから。消費されるのなんていつものことでしょ。まあ、この状況すら利用しようとするレミントンの貪欲さには気圧されるけど」

インナーカラーの入った髪を掻き上げながら、凪寺がそう言った。ふと、彼女の計算され尽くしたようなファッションに目が留まる。『天才映画監督の娘』という肩書きに、派手過ぎる彼女の格好はよく似合っていた。むしろ、そこから組み立てられたようにすら見える。

凪寺映深の格好は、その肩書を通して見る人の期待を満たすためのファッションなのだ。

「それにしても、レミントンのプロットは面白いね。行単位で指定して小説を書かせるなんて、まるでプログラミングだ」

秒島が改めてプロットを捲りながら嘆息する。

「でも、人間にウケがいい料理がデータで分かるんなら、小説だってそうなのかもな。ウケるベストセラーって似たような話ばっかじゃん？」

真取はそう言ってから「いや、読んだことないんだけどさ」と慌ててフォローを入れてきた。物語に流行りや時流があるのは間違いない。けれど、普遍的に好まれる要素も多分ある。それらを過不足なく組み合わせられるのがレミントンの非凡なところなのだが。

「でも、これはまだラストまで明らかになってないから、そこに至るまでに駄作になる可能性はある。最初だけが面白かった映画なんてタイトルだけでしりとりが出来るくらいあるんだから」

凪寺が知った風に言う。そうなってほしいという気持ちと、レミントンの作る物語でそんなことはありえないだろうという気持ちが綯い交ぜになる。綴喜に知らされていないだけで、レミントンにはこの物語の結末までが見えているのだ。一本通った筋の先が、先細っているようには思えない。

「第一、この物語には伝えたいテーマが無いじゃん」

「結末も知らないのに何でそんなことが言えるんだよ」

「真取こそ分かんないの？　たとえどんな高尚なテーマがこの物語に盛り込まれてたとしても、それはレミントンがそのテーマなら共感を得られると判断したからでしょ。深い洞察も高い共感性も、レミントンが心の底から伝えたいことじゃない。レミントンには心が無いんだから。私はそれが気に食わない」

凪寺がきっぱりと言い切る。

「……でもまあ、悔しいけど、普通に売れるとは思う。そういう作り方をしてるんだから、当然」

苦々し気に、凪寺がそう締めくくる。この小説がどんな結末を迎えるにしろ、それはある程度消費者の好みを反映するものになる。それに、伝えたいことがあればいい小説だ、というわけでもない。この物語はどういう形でどんな風に影響を与えるのだろう。一読者のように綴喜はそう思う。

「まさか、御堂のやつにも許可取ったのか？」

その時、真取が咎めるような、恐れるような調子でそう言った。

「そうだね。みんなより先に」

「よくあいつが了承したな」

「御堂くんはむしろ好きなように、って感じだったみたい。関心が無かったのかもしれない」

「……へえ」

そのまま真取は何やら考え込む。どうかしたの、と尋ねるより先に、真取が口を開いた。

「なあ、取材したいんだろ？　俺、今日のセッション午後だし、良かったら部屋来るか？」

いきなりの申し出だった。強引に話を変えたような様子にどぎまぎしながらも答える。

「真取くんが嫌じゃなければ、確かに行ってみたいけど」

「ついでに試食とかもしてってくれよ。それに俺の部屋の設備、見てるだけで面白いぞ」

そう言った後、真取が不意に「――あ、」と声を漏らす。

「でもお前のセッションいつだっけ。ほら、順番変わってって」

「ああ、そのことなんだけど、僕のセッションは執筆時間の確保のために間隔が空いてるんだ。だから今日は無いみたい」

渡されたプロットの分は明日には書き終えられそうだから、予定通り次のセッションは明日行われるだろう。この空いたセッションの時間を参加者たちへの取材にあてるのはいいことのはずだ。

「じゃあ、俺たちのセッションも一コマずつズレるのか」

「でも、基本的に僕らってスマホの連絡を受けてセッションに向かうから、あんまりローテーションを意識しないよね」

その通りだ。一コマ一時間半が取られていても、それが最大限に使われるとは限らない。

「そう言われると確かに……ほら、私のセッションは時間ギリギリまでやりがちだけど、凪ちゃんのセッションとか、真取くんのセッションとかって終わる時間がバラバラだもんね？」

秋笠の言葉に、真取が頷く。

「俺はレシピの提案されただけで終わった回と、どんな料理のレシピを求めてるかをレミントンにたっぷり説明する回があったからな。あとは実食パートの報告とか」

「私は毎回目一杯ヴァイオリンを弾くから、あんまり変わらないんだけど。そういえば御堂くんも毎回一時間半近くやってる気がする」

言いながら、秋笠の目が自然と御堂を探す。朝食の席に彼が現れないのは毎度のことだ。五日も同じ施設で過ごしていれば、ほぼ会話をしていない御堂相手にも仲間意識は芽生えている。むしろ、全く打ち解けていないことが不自然に感じるくらいだ。

「というか、これで謎が解けたんだけど」

「凪ちゃんの言ってる謎って？」

「ほら、御堂が将棋の対局すっぽかすって言ってたじゃん。あれって、朝起きれないからなんじゃないの」

「……そうなのかな？」

「絶対そうでしょ。これで説明つくもん」

凪寺は名探偵よろしく言い切ると、朝から元気にカツサンドを頬張った。

残り一週間で、御堂が周りと打ち解けることはあるのだろうか。お節介ながら、綴喜は思う。

2

そういった経緯で訪れた真取の部屋は、秒島の部屋と同じく二間が繋がった構造になっていた。一部屋目が豪華な厨房となっており、奥が寝室になっている。広々とした厨房は、カメラを入れればすぐに撮影が始められそうだった。

「冷蔵庫の食材は使い放題だし、包丁もいくらでも揃ってる。器具は泡立て器から蒸籠まで揃ってるぞ。金かかってるよな」

「蒸籠って和食だと何に使うの？」

「和食でも使わなくもないけど、これは他の奴らのものだろうな」

竹で出来た蒸籠を抱きながら、真取が続ける。

「多分、ここは料理人のための汎用的な部屋なんだよ。和食用っていうか、むしろ洋食に寄った造りになってたし」

その言葉に息を呑む。

「やっぱり、僕らの後にもレミントンとセッションをする人が来るのかな」

「そりゃそうだろ。レミントンの力は本物だ。これを利用しない手は無い。幸いにも、元・天才なんてたくさんいるしな。実は俺らが最初じゃなくて、ここを出て活躍している人間もいるのかも」

真取がそう言ってくつくつ笑う。

天才小説家も天才料理人もいくらでもいる。書店に並ぶベストセラーの中に、既にレミントンの本が紛れていたらと想像するが、それを確かめる術は無い。

「こんだけデカい施設なんだから、俺らが最初で最後ってことはないと思うんだよな。備藤さんが言ってた国際的な競争力だって、持続出来なきゃ意味が無い。この国にも、もっと多くの星を！　才能を！　夢がある話ではあるよな。お前だって、何かの文学賞とか、それこそノーベル賞なんか獲った暁には、大分楽になると思うぜ」

「楽になる、……うん、そうかもしれない」

果てしない話だが、ノーベル文学賞はフィッツジェラルドも獲っていない。そこまでいけば、もう誰も綴喜文彰のことを落ちぶれたとは思わないだろう。今までの作品だって綴喜の実力だと思わせられる。

「多分そこが安息の地だ。もう二度と書かなくてもいい場所」

綴喜が言うと、真取は何とも言えない顔で笑った。

「でも、俺の方は一生作らなくちゃいけない気もするんだよな。ミシュランは毎年あるし。ていうか店を開くなら普通にずっとやるか」

「あ、そうか。……フィッツジェラルドとは違うのか」

「フィッツジェラルド？　まあいいんだけどさ。俺、料理は好きだし」

何の気無しに真取が言う。

「というわけで、さっそく小鍋仕立てから見てくれるか」

あれこれ意見を言い合いながら残りの小鍋を片付けると、すっかりお腹が膨れた。このままだと昼食は入らないかもしれない。「美味しかった」と言うと、真取は「だろうな」と頷いた。

「今回の秋の大会のテーマは『食の喜び』なんだ」

「え？　そんなに抽象的なの？　もっとこう……料理大会のテーマって食材とか味の傾向とか、そういうものなんだと思ってた」

「そういうタイプのもあるぞ。けど今回は多分、作り手の感性も問うているんだと思う」

感性。――食の喜び。単純な四文字だというのに、綴喜にもそれが何なのかが分からない。単純に美味しいだけでは駄目なのだろうか。……駄目なのだろうな、とすぐさま思い直す。真取の料理は、きっとずっと美味しかっただろうから。

「だから俺は、とりあえず見ても楽しめるものを作ろうと思ったんだけど……。ここに来るまでは結局突き出しすら完成させられなかったな。美味いけど、それだけだ」

きっと秋笠の演奏と同じなのだ。間違えない。完璧に弾く。それと人の心を動かすのはまた別で、その前提があまりにも厳しく感じた。

「これで俺が大会で優勝したら、レミントンの方が俺より食の喜びを理解してるってことになんのかな」

「……それはちょっとおかしい気がする。上手く言えないけど。負けたらレミントンは所詮(しょせん)機械ってことになるのかな」

「でも、俺もレミントンも食の喜びが分からないのは同じだから」

小鍋を食洗機に並べる音だけが響く。その後、真取は余った大根を手に取った。白く光る肌に刃を入れながら、彼は静かに言った。

「俺はレミントンに負けたのかもしれないけど、和食の未来は明るいぞ。今の俺より若くて有望な天才料理人なんてごろごろいる。思うんだけどさ、そいつらとレミントンなら世界でも結構いい勝負出来んじゃないかな。俺には想像も出来ないような発想で料理を作る、あの才能なら」

「……悔しくないの？」

「悔しいに決まってるだろ。でも、勝敗はつく。料理に命を懸けてても、星一つ獲得出来ない人間は山ほどいる」

勿論、星だけが大事なわけじゃないけどな、と真取は丁寧に言い添えた。

「俺が初めて料理ってすげえんだなって思ったのは、銀座にある『当月堂』って和食屋の料理食った時だったし。それがもう震えるくらい美味かったんだよ。なのに、そこは別に星を獲ってるわけじゃない」

きっと、優れた料理が押しなべて見出されるわけじゃないのだろう。あるいは、「優れた」の基準が別なのだ。

「でも、結果は必要だ。この環境を失わないために」

「……真取くんは強いね。尊敬してる。昔からずっと、今でも」

「お前はどう？　レミントンとは上手くやれそう？」

「……多分。少なくとも、凪寺さんほど抵抗は無いよ」

ただ、真取ほど割り切れているわけでもない。

それは多分、自分たちの歩んできた道が違い過ぎるからだ。

綴喜は才能に人生を懸けるように生きてはこなかった。彼らほどの覚悟もなく小説家として過ごしてきた。レミントン・プロジェクトが無ければ、綴喜と真取の人生は二度と交わらなかっただろう。

「それに、レミントンの書く小説の続きが気になるんだ。だから、少なくとも完成させたいと思う。上手くやるよ」

「ああ。まあそうだな。あの話の続き、気になるもんな」

まな板の上には花と白い蝶が互い違いに並んでいる。それらを愛おしそうに見つめながら、真取が頷く。

「小説の中の料理人がどうなるのかも楽しみにしてる。調理シーンがあったら気合い入れて書いてくれよな。俺が天才だったことを、俺自身が忘れないように」

真取の部屋を出てから、綴喜はもう一度ノートパソコンに向かった。相変わらず指は重かったが、一回目のプロットは今のうちに小説に起こしてしまいたかった。幸いなことに昼食は取らなくて済みそうなので、そのまま執筆に向かう。

真取によく似たリーダーシップのある少年は、パニックに陥りそうなみんなを宥め、事態の打開策を探る。彼が調理をするシーンは出てくるだろうか。もしそのシーンが数行しかなくても、筆を尽くそうと決めていた。あの手つきを覚えていられるように。

初回のプロット部分を書き終えたのは、十六時ちょっと前のことだった。

ドキュメントファイルには五千文字あまりの『冒頭』が綴られている。指示通りに言葉を重ねたものが、ちゃんと小説として成立していた。それも、過不足の無い、とても美しいものに。プロットの状態ではただの予感だったが、こうして小説に直してみると分かる。

これは、面白い小説なのだ。

自分で書き上げた傑作の欠片を、何度も通して読み直す。他人の作品のようで他人のものではない。それは不思議な感覚だった。書かされているだけではなく、手応えも確かにあるのだ。参加者たちを模した登場人物であることもいい方向に作用しているのかもしれない。ここには綴喜の感じたこともちゃんと含まれている。だから馴染む。ここまでレミントンは計算していたのだろうか？

信じられないような気分で、パソコンの画面に触れる。

爪が微かな音を立てるのと、スマホがけたたましい警告音を発したのは同時だった。

サイレンの合間に、冷静な機械音声が告げる。

『火事です。火事です。談話室から出火がありました。落ち着いて玄関ホールに集まってください』

火事、という単語に一瞬で身が固くなった。──火事？　この施設の中で？　この密閉されている場所で？　考えるより先に身体が動き、ノートパソコンをしっかりと抱えて部屋を出た。そのまま玄関ホールへと走る。

ホールには凪寺と真取、それに秒島と御堂が揃っていた。四人。四人しかいない。

「秋笠さんは!?」

る……」

「奏子なら……順番的にセッションじゃない？　ほら、レミントンの部屋、閉まって

凪寺がそう言って階段の上を指差す。確かに、扉には誰かの在室を示す赤いランプが灯っていた。あの中にいて、秋笠は大丈夫なんだろうか。

「ねえ、ここ開かないのかな⁉」

エントランスドアを叩きながら、凪寺が焦ったように言う。強化ガラス製のそれは、いつも通りぴったりと閉じていた。その瞬間、呼吸が浅くなった。

「落ち着いてください！　大丈夫です。火は既に消し止められました！」

その時、白衣を着たスタッフが、ばたばたと走ってきてそう告げた。

「問題ありません。安心してください」

スタッフの言葉に嘘は無いのだろう。頭では理解出来る。なのに動悸が治まらない。

「なんだ、大したこと無かったんだ――って、綴喜？　大丈夫？」

凪寺が心配そうに声を掛けてくる。あの彼女がこんな声を上げるくらいだから、今の綴喜は相当酷い顔をしているのだろう。取り繕わなければいけないのに、さっきのサイレンがまだ耳に残っている。

「まだあの時のことを覚えているのかな」

そう言ったのは、二階からやって来た雲雀だった。彼は観察対象を見る目で冷静に

綴喜を見つめている。雲雀は明らかに、綴喜文彰のことを知っていた。

視界が段々と暗くなっていく。肺が引き攣るように動いて、いつから息を止めていたのだろう？　と、自分でも不思議に思うくらいだ。

幻の熱さに焼かれながら、綴喜は意識を手放した。

3

誰かに手を握られている。

ぼんやりとした意識の中で、冷えた手は心地よかった。全てが曖昧に溶けていく中で、その手に出来たペンダコの感触だけがはっきりしている。

「綴喜、気がついた？」

その声と共に、世界の焦点が合っていく。

目の前で凪寺が、今にも泣きそうな顔をしていた。

「……あれ、凪寺さん」

「全然目覚めないから、死んだのかと思った」

ペンダコ塗(まみ)れの手に力が込められるのに合わせてつい「ごめん」と言ってしまった。

「血管迷走神経反射性失神だと思われます。強いストレスを感じられたんでしょう」

近くについていた備藤が説明する。そうか、過呼吸を起こして失神したのか。状況が分かると、視界が一気にクリアになった。

一面が白で統一されたここは医務室のような場所なのだろう。

「みんな呼んでくる」

凪寺がそう言って駆け出すと、ものの数分で全員が医務室に集まった。玄関ホールに集まった時よりもずっと不安そうな顔を見て、申し訳なさを覚える。あの時いなかった秋笠もちゃんといる。

「秋笠さんも大丈夫だったんだ。……良かった」

「うん。レミントンの部屋の方が安全だからってスタッフさんに言われて。ごめん、心配させちゃったかな」

「心配どころの話じゃないんだけど！　綴喜はいきなり倒れて動かなくなるし……。備藤さんが運んできたんだからね」

「え、備藤さんが……」

ちらりと彼女の方を見ると、備藤は静かに頷いた。じわじわと顔が赤くなるのが分かる。一人で焦ってストレスでぱったり倒れるなんて、失態もいいところだ。気まずさに目を瞬かせていると、凪寺が不安そうに言った。

「それ、火傷したの？」

彼女が見ているのは、綴喜の手の甲の引き攣れたような傷跡だった。

「いや、これは今回じゃないんだ。ごめん、大丈夫」

「え？　そうなの？　……というか、こんな早くに傷跡になるわけないか。……私も混乱してんのかな」

「今回じゃないっていうのは？」

尋ねてきたのは秒島だった。

「綴喜くん、玄関ホールでもかなり動揺してたよね。それはその火傷と関係があるの？」

「……そうなのかもしれません」

少しだけ迷ってから、綴喜はもう一度口を開いた。

「中学三年生の時に、火事に遭ったんです。まだギリギリ天才小説家でしたから、結構話題になったんですけど」

「まさかそれが原因で書けなくなったのか？」

御堂が眉を顰めながら言う。

「逆だよ。あの火事は僕が小説家でいられる最後のチャンスだったんだと思う」

声が震えていないかが心配だった。あの時のことを思い出すと、綴喜はいつもこうなってしまう。

凪寺が言っていた通り、スポットライトの外は寒かった。

だから綴喜は、あの日、火を求めた。

4

晴哉（はるちか）の事故と『春の嵐』がスキャンダラスに報じられてから、担当編集者の小柴は綴喜に小説を書かせなくなった。

「少し小説からは距離を置いた方がいいと思う。周りの言葉を気にして無理矢理四作目を書くのは、綴喜くん自身にとっても良くないんじゃないかな。受験も控えているし、書くのは高校生になってからがいい」

今思えば、小柴の提案は正しかった。けれど、その時の綴喜にとってその言葉は受け入れがたいものだった。

「勿論、書きたくて書いたもので、どうしても見て欲しいというものがあればいくらでも読むし、出版出来るものであったら本にする。ただ、焦らないでほしい」

口では分かりましたと言いながらも、納得なんて出来るはずもなかった。

そこで綴喜は他の出版社の編集者とコンタクトを取った。幸い綴喜文彰の消費期限は切れておらず、依頼自体は色々な出版社から貰っていた。その中の一人を選んで、早く四作目を出版してくれるように原稿を渡した。

けれど、結果は芳しくなかった。

「なんか求めてるものと違うんだよね。気取ってるっていうか、君の路線はこっちじゃないでしょ。そもそも綴喜文彰の四作目としてファンタジーを読みたいかっていう話で、僕はそうは思わない」

編集者はそう言って、綴喜の書いた四作目をばさりと机に置いた。

「中編でもいいから『春の嵐』系統のリアリティーのある話を書いてくれたらまだ出せると思う。この四作目をウチから出してコケたら、ウチが戦犯になるでしょう。ただでさえ今の綴喜くんはちょっと立場が危ういんだから、変に路線変更したら余計に逆風になるんじゃないかな？」

「……この小説は、そんなに駄目ですか？」

「まあ、君の名前があるから、二、三回は重版かかるんじゃない？　でも、パッとしなかったなで終わる危険性は頭に入れておいて」

初めて書いた私小説じゃない小説は、きっと面白くなかったのだろう。これでも綴喜は必死で書いたけれど、それはちょっと文章の上手い中学生の書くものでしかなかったのだ。

それじゃあやっぱり意味が無い。誰かを素材に使わなければこんなものだ、と思われてはいけないのだ。綴喜文彰には才能があると証明しなければならないのに。

「だから、やっぱり晴哉くんのことを書くべきだと思う。今書かなければいけないことから逃げているから、筆に迷いがあるんじゃないかな？」

「……でも、それは晴哉本人から拒絶されてるんです」

「それも言い方次第だと思うよ。どうして書きたいのか、それで何を伝えたいのかをちゃんと理解してもらえば、晴哉くんの気持ちも変わると思う。というか、身近な人すら説得出来ないのに、小説で人の心を動かせるもんなのかね。僕はそうは思わない」

言い含めるような声で、新しい編集者はそう言った。

「分かりました。……頑張ってみます」

怖くてたまらないのに。別の正解を教えて欲しいのに。綴喜はそう言ってしまう。

この編集者とは、それきり連絡を取らなかった。あっちから連絡が来ることもなかった。

綴喜はそれから、何本か新しい小説を書いた。けれど、誰に見せるまでもなく、その小説が足りていないことは分かっていた。

中学三年生になると、親に言われるがままに塾に通い始めた。思い詰めた様子でパソコンに向かう姿を心配されたのだろう。

推薦で高校には入れるだろう。けれど、小説を失った綴喜にはその先が見えなかった。これから何者にもなれなくても、綴喜が天才小説家であった過去はついて回る。きっぱり引退して別の道を歩むには、晴哉の存在が重すぎる。解放されるためには、才能に満ちた四作目が必要だ。落ちぶれて筆を折ったのだと、誰にも言わせないために。

それに、塾に通うことになって将来のことも考えるようになった。

綴喜の人生は、小説家としての人生だった。心の形が出来上がるより前に、綴喜文彰は小説家だった。果たして、それを失ったら自分に何が残るのだろう。得意なことは文章を書くこと。好きなことは、思いつかなかった。そう思うと、蹲りそうになるほど不安だった。

もし綴喜が普通の中学生だったら、ここまで苦しまなかっただろう。でも、数年前の綴喜には今よりもずっと価値があった。目減りしていく自分と向き合わされるのは想像を絶する地獄だった。

綴喜の日常は小説にもならない凡庸さのまま過ぎていく。塾に行く道すがらに魔法の扉が現れることも、死体が転がることもなく、原稿用紙は埋まらない。

自分の日常に何の彩りも無いことを噛みしめる度に、晴哉がどれだけすごい人間だったのかを思い知る。もし晴哉が事故に遭わなかったら、きっと自分なんかよりもずっとすごいことを成し遂げていただろう。彼は宇宙に行ける人間だった。そんなことを日々考えるようになった。

外を歩く度に、不意に飛び出してくる車のことを想像した。意識を向けてみれば、見通しが悪い場所はいくらでもあった。事故に遭うというのは不思議なことじゃないのだ。

しかし、車が綴喜を撥ね飛ばしてくれることはなかった。

通っていた塾は小さなビルの二階にあった。何の変哲も無い大手塾の分校だ。ここで、数学と理科だけを週二で学ぶ。万が一推薦に落ちてしまっても、一般入試で十分受かる成績を維持するためだ。

真面目な性格が幸いして、塾に通うとすぐに成績は伸びた。ゴールデンウィークが明けるころには一番上のクラスに入れるくらいになっていた。

けれど、気持ちは晴れないどころか、どんどん沈んでいった。

この頃になると、何だか家に帰りたくなくて、塾の授業が終わるとこっそり空き教室に入り込むようになった。いけないことだとは分かっていても、外は暑いし時間潰しの当ても無い。

一人ぼっちの教室で、ずっと持ち歩いている小型のワープロを開く。

どれだけ逃げようとも、満たされるためには小説が必要だった。

書きたいことは何も浮かばず、ただただ今朝見たものを描写し続けていく。すれ違った自転車の赤さや、早く出てきすぎた蟬（せみ）の声を、小説未満の文章に直していく。売り物にならないと自分でも分かっているのに、渇きが癒（い）える感覚があった。まだ自分が世界と繋がっていると確かめるための祈りだ。数行しかない断片が、今日も綴喜を小説家でいさせてくれる。

名前を付けて保存を押す。そして、浅く溜息を吐いたその時だった。

バタバタと誰かがやってくる気配があり、咄嗟に荷物を摑んで使っていないロッカーの中に隠れた。こうして空き教室に入り込んでいるところを見られれば、きっと叱られるに違いない。そう思ったのだ。

それが間違いだと気がついたのは、ものの数秒後のことだった。

「誰かいるなら出てきて！　――火事だ！」

火事、の単語が出た瞬間、綴喜は一気に動転した。急いでロッカーを開けようとする。

なのに、扉は開かなかった。立て付けの悪い扉は焦る手では開けられず、声を上げて助けを求めようにも、喉が詰まって声が出ない。そしてすぐに足音と声が遠ざかっていった。遠くでサイレンの音が聞こえ、誰かの泣き声が聞こえる。半狂乱になって扉を叩いていると、数十秒経ってからようやく開いた。

ロッカーから出た時には、もう塾内は一変していた。

廊下は既に炎が侵食しており、スプリンクラーの水を撥ね退けるかのように勢力を伸ばしていた。逃げようにも出入り口は既に炎に捲かれている。それでも逃げ出したい気持ちが勝って、思わず廊下に出てしまった。

そこでまず右手がやられた。焼けつく痛みと共に、教室に逃げ戻る。

軽く炎に撫でられただけなのに、手の甲には痛々しい火傷が出来ていた。沁み込んでくるような痛みに、じわりと涙が滲む。こんな小さな火傷でさえ痛いのに、焼け死ぬのはどれだけ苦しいのだろう。

空気も段々と熱を帯び始め、息苦しさも増していく。冷静にならなければ死ぬのに、身体が恐怖に搦め取られて動けない。どんどん熱くなっていく教室の中で、綴喜は蹲りながらワープロを抱えていた。結局まだ一文字も世に出せていない新作のこと、忘れ去られていく小説のこと。自分が死んだら本はまた売れるようになるだろうか？ そんな、あまりにも病んだ悲しい期待のこと。

そして、晴哉のこと。

炎に焼かれるのと、車に轢き潰されるのはどちらが苦しいだろう。晴哉は両足を失った。自分は何をどこまで失うだろうか。それとも何一つ残らないのか。

綴喜が助け出されたのは、火事が起こってから二十二分後のことだった。教室内で蹲っている綴喜を消防隊員が見つけ、彼は速やかに外に出された。

大丈夫か、と呼びかける声。初めて乗った救急車の天井。手の甲の火傷に塗られた冷たい薬。酸素マスク。泣きながらこちらに寄ってくる母親、仕事を早引きしたのだろう父親。診察。入院。

助け出される瞬間も、救急車に運び込まれた瞬間も、ベッドに寝かされ眠りに落ちる瞬間すら、綴喜は全て覚えていた。

炎がどのように自分を襲い、全てを飲み込んでいったかも。あの炎がどのように色を変え、煽るように揺れていたかも。全部だ。


塾が入っていたビルの一階は設備が古い定食屋で、そこからの出火だった。

『天才中学生小説家』の肩書はまだ生きているようで、死人がゼロの火災としては、やや大きく報じられた。新聞に載った綴喜の写真はメディアによく出ていた頃のもので、今よりもずっと幼い。

インタビューの類は両親が全て断った。十五歳の少年が襲われるには、あまりに惨いものだからだそうだ。なるほど、そうなのか。

火事から二日が経つと、粗方の検査も終わり、事態が落ち着いてきた。

綴喜は大した怪我もしていなかった。手の甲の火傷が多少目立つくらいだった。小説を書くために必要なものは何も失っていない。

検査が終わると、綴喜は久しぶりにノートパソコンを開いた。ワープロソフトを立ち上げ、新規ドキュメントを作成する。

そして、火傷に痛む手を無視して、勢いよく小説を書き始めた。

勿論、題材はこの傷の源、あの火事のことだ。

熱心にキーボードを叩く綴喜のことを、最初はみんな応援していた。天才小説家の立ち直り方としてそれらしいのがいい。

ところが、内容を知られてからは風向きが変わった。自分が巻き込まれた火事を克明に描写することも、休むことなく一心不乱に書き続けることも周りの不安を煽った。やめた方がいい、休んだ方がいい。そんな言葉に、綴喜は真剣な顔で返す。

「僕はこの経験を小説にすることで乗り越えたいんだ」

その言葉を何度も口にした。正直な話、何を乗り越えるのかも乗り越えた先に何があるのかも分からなかったが、差し当たってそう言っておいた。事件をハードルのように捉えて、綴喜は求める場所に走り出す。

一章を書き終えた時点で、小柴にも話をした。長年パートナーとして働いてきた編集者は、当然ながら綴喜の『新作』に懸念を示した。

「本当に大丈夫なのか？」

「大丈夫です。お医者さんにもこうして自分の思いを吐き出した方がいいって言われてますし」

息をするように嘘を吐く。心配そうにこちらを見る目が煩わしかった。

心配してくれるのはありがたいけれど、今欲しいのはそれじゃない。ここで変に慮（おもんぱか）られて、出版が決まらない方が怖かった。

「勿論、小柴さんが読んで違うな、と思ったり駄作だと判断したら、それでもいいです。全部小柴さんの判断に委（ゆだ）ねます」

天才小説家の実体験を基にしたセンセーショナルな小説だ。出版したいに決まっている。きっと売れるだろう。小柴だってそのキャッチコピーの魅力は知っているのだから、本当は僕の精神状態なんかに構わず本を出したいはずだ。そうに違いない。挑むように笑いかけると、小柴はゆっくりと首を振った。

「……綴喜くんは小説家で、僕は編集者だ。仕上がりが良ければ、僕は出すよ。それが編集者だ。けれど、君は小説家である前に、被害を受けた中学生だ。君の心に悪影響を与えるような事態になってほしくない。だから、医者の判断に任せよう。医者がノーと言うなら出さない。ゴーサインを出すなら出す。それでいいか」

「構いません」

小柴からその言葉を引き出せただけで、綴喜は殆ど勝ち誇っていた。大丈夫。

自分は書ける。あれだけのことがあったのだから。

自分を見る晴哉の目を思い出す。ベッドの上で、綴喜を試すように見ていた彼を。

『これもかくのか』

晴哉が打ったあの文字の意味を、晴哉は今でも考えている。

責める言葉だったことは間違いない。

お前にとってはこのことすら小説のネタに過ぎないんだろう。

お前にとって小説のネタにもならない俺には価値が無いんだろう？

どちらの意味でも通る。どちらで責められても仕方がなかった。

綴喜は晴哉の人生を不当に消費していたことに、あの時ようやく気がついたのだ。まるで、周りの人間が綴喜を天才小説家として消費していたのと同じだ。悔やんでも悔やみきれないが、綴喜はもう同じ過ちを犯したりしないだろう。

火事は、そんな綴喜にもたらされた天啓だ。

酷い事故だけど命までは取られず、恐ろしかったけれど後遺症も無い。なんて都合のいい事件だろう。地震ではなく火事であるところもいい。何しろ見た目が派手だから。そんなことまで本気で思った。

千載一遇のチャンスだ、と綴喜は繰り返し唱えた。

誰にも文句は言わせない。この事件は自分が被害者なのだから、僕にこそ書く権利がある。誰かを素材にしたりしない。同じ過ちは繰り返さない。

未だに火事のことが記事になっているのを見ると腹が立った。どんなに小さなものでも赦せなかった。——僕の素材で楽しむな。この事件を消費したいなら、もう少しだけ待て。今自分が小説の形で提供してやる。

綴喜の筆はよく進んだ。あの時何が起こり、自分がどうして恐怖を覚えたのか。あの時の何に絶望し、何をきっかけに助からないと思ったのか。綴喜は全部覚えていた。手の甲の火傷はまだ微かに痛むし、痕も残っている。ショックだったが、小説の種になるなら、これすら愛おしいと感じてしまうほどだった。

書き上げられた小説は傑作だった。今でも胸を張って言える。出来上がった原稿を読んで、小柴だって素晴らしいと言ってくれた。あとはトラウマを乗り越えるために書き上げたこの作品を、医者に認めてもらうだけ。

けれど、ゴーサインは出なかった。

「結論から言うと、これの出版に賛成は出来ません」

医者は分厚い原稿の束を大切に抱きながら、含めるようにそう言った。その言葉を聞いた瞬間、綴喜は殆ど平静を失った。君は本当に文章が上手いんだね、という言葉すら耳に入らない。どうしてだ？　完璧にやったはずだ。トラウマ克服のために体験を小説にするなんて、いかにもありそうな筋書きだ。なのに、何が響かなかったのだろう？

「どうしてですか？」

「本当にわかりません。……本当に駄目ですか」

医者がじっとこちらを見る。その顔は複雑そうに歪んでいた。何かとても悲しいものを見る目だ。小柴が向けてきたのとはまた違うその目を見た瞬間、綴喜は急かされたように言葉を吐き出した。

「僕、大丈夫なんです」

「大丈夫とは？」

「それがトラウマになってるとかも全然無いんです。怖くて眠れなかったりとか、火が怖くなったり一人になるのが怖くなったり、そういうのも本当にありません。その場凌ぎの嘘じゃなくて。……僕は、僕はこの小説を出したい、です。そもそも、そうじゃないとあんな目に遭ったのが全部無駄になる」

火傷は痕が残ってしまった。元から綺麗な手なわけじゃないけれど、傷が残ったのはショックだった。これが何の糧にもならないただの傷になるなんて耐えられない。

けれど、医者は首を縦に振らなかった。

「自分の患者の人生がみすみす壊されるのを見過ごすわけにはいかない」

「……どういう意味ですか」

「君はこれからも生きていかなくてはいけない。今回のことを許せば、小説は君に対する要求をもっと激しくするでしょう。このままだと、人生を丸ごと小説に食い尽くされることになる」

まるで小説が暴君であるかのような口振りだった。

けれど、その感覚には覚えがある。

「そんなことにはなりません」

「それを決めるのは君じゃない」

「ここで書けなかったら、それこそ僕は小説家でいられなくなる」

「それでも生きてはいられる」

取り付く島がなかった。医者の考えは断固として決まっていて、どうしたって綴喜の傑作を赦さない。

「それじゃあ意味が無いんです。小説家でいられない僕なんて何の意味もない」

晴哉の目が頭に焼き付いている。あそこにいるのは自分だったんじゃないかという思いが抜けない。

「スポーツ選手は自分の人生を懸けて才能のために人生を差し出すじゃないですか。それを僕がやっちゃいけない理由を教えてくださいよ。ピアニストが指と指の間を切るような努力を、僕がしてはいけない理由を教えてください」

最後は殆ど悲鳴のような声だった。ここで引いたらもう戻れない。

「ピアニストが演奏のために指の間を切るというのは迷信ですよ」

その一言で会話は打ち切られた。

それでも、綴喜は諦めなかった。小柴さえ言いくるめられれば、四作目は世に出せたかもしれない。


その小説が刊行されなかったのは、少しの偶然に拠るものだった。

綴喜は小説をチェックする時、紙に一度印刷してから見直すようにしている。自宅に戻った綴喜は、出来上がったところまでを印刷して自分の机に置いたところで急速に眠気が襲ってきた。

目を覚ますと、母親が机の上の原稿を読んで泣いていた。

部屋の電気が点けっぱなしなのを見て、やってしまったなと思う。多分、扉の隙間から漏れ出る明かりを見て、消しにきてくれたのだろう。そして、自分の子供が今何を書いているのかを知ってしまった。読んでしまった。

「文彰」

起きていることに気づかれて、そっと名前を呼ばれた。原稿を持っている手が、べッドの上からでも分かるくらい震えている。

「ごめんね、文彰。……本当にごめんね」

「……お母さん……」

「あの時、私が止めていたら、こんなことにはならなかったのに」

「こんなことって、どういう意味？」

「……わからないの？」

　母親の言葉に、静かに首を振る。本当はわかっていた。ただ、綴喜の頭は無理矢理目の前の現実を拒絶する。そんな彼を諭すように、母親は続けた。

「痛いって言葉も怖いって感情も、本当はあなたのものなのに。これ以上、明け渡さなくていいの。……これ以上、もう」

　出来上がった初めての本を、一番喜んでくれたのは母親だった。ハードカバーの表紙が擦り切れるほど、繰り返し読んでくれたことを思い出す。表紙の色味が抜けてしまった本を、今でも大切にしまってくれている。それをちゃんと知っているのに。

「私が、あなたの人生を壊してしまった。本当にごめんなさい」

　――もしあの時、綴喜を小説家にしなかったら。文章が上手いだけの子供を天才にしなかったら、こんなものを書かなくて済んだかもしれないのに。

　何と言っていいか分からなかった。ただ一つ理解出来たことは、この小説を出したが最後、自分は母親に対してすら消えない傷を残すという事実だけだった。

原稿は取り下げることになった。

それから綴喜は、一本の小説も書き上げられていない。

5

晴哉のことから火事のことまで、随分と長い語りになった。

なのに、話し終えるまで誰も一言も口を挟まなかった。

この話を他人にしたことはない。相手が誰であれ、きっと困らせてしまうからだ。

さて、この物語から、一体どんな教訓を得ればいいだろう？ 小さい頃から持て囃された人間は、あっさりと精神の均衡を崩しがちだということだろうか。

それとも、ただ身を焼かれたり、ただ骨を折るのではなく、それをネタにして昇華出来るだけ小説家は恵まれているということだろうか？ 狂気に満ちた福音だ。まともじゃなかった、と自分でも思う。火傷に頼って小説を書き上げるより、レミントンの力を借りる方がよっぽど健全だ。

けれど、あの時ほど小説を愛していた瞬間は他にない。

あの時、綴喜の全ては小説のためにあった。

「……僕の成功は、全部晴哉のお陰だった。なのに、僕は……」

　言葉に詰まる。ここから先を口にするのが、ずっと怖くてたまらなかった。それでも、綴喜はなんとか口を開いた。

「本当は、僕が事故に遭うべきだったんだ。偽物の才能しか無い僕じゃなくて、晴哉が無事でいるべきだった。あの日から、ずっとそう思ってた。だから火事に巻き込まれた時も、こうなるべきだったんだって思いが抜けなくて」

「そんなのおかしい。晴哉さんの事故と綴喜くんは何の関係も無いのに」

　秋笠が噛みしめるように言う。けれど、綴喜は沈鬱な面持ちのまま言った。

「でも、怖かった」

　涙が溢れてくる。止まらない。

「……死ぬことも、大怪我を負うのも、それで小説が書けなくなって、自分に価値が無くなるのも」

「……綴喜くん」

「晴哉は誰もが認める主人公だった。その晴哉が、可哀想だって言われてたんだ。誰からも認められてた、将来だって期待されていた晴哉なのに。それを見た時に、……あんな風になりたくないって、そう思った」

　自分でもおぞましさに胸を焼かれそうになる。

悲しみと苦しさと痛ましさと、——どうしようもない恐怖で身が千切れそうになった。

小説を書けない自分とベッドの上の晴哉を重ねることに意味なんか無いのに。

「完璧な四作目だけが、生きていい理由になるんだ。僕は、誰かの人生を消費しなくても小説が書けるって、それを証明しないと」

「馬鹿じゃないの」

凪寺が鋭く言う。彼女の言葉には迷いが無かった。不快さを隠そうともしていない。

「小説が書けなくても、生きてていいんだよ」

その言葉があまりに正しくて、涙が止まらなくなった。綴喜はきっと、あの病室で凪寺の言葉を聞くべきだったのだ。

耳に痛いほどの沈黙が落ちる。

それを破ったのは、秒島ののんびりした声だった。

「それじゃあ、綴喜くんも目を醒ましたし、本題に入ろうか」

秒島がいつものののんびりとした口調で言う。予想がついてもおかしくないのに、浮かされた綴喜は「本題って？」と何の構えもなく聞いてしまう。

「この放火事件を解決しようって話なんだけど」

全く調子を崩さないまま、秒島は推理小説のような言葉を発した。

医務室を出た綴喜は、半ば流される形で談話室に向かった。談話室には立ち入り禁止のテープなどは張られていなかったし、食堂に行くためにはどのみちこの部屋を通る必要がある。

この閉鎖空間で犯人を捜すということがどういう意味か、秒島は分かっているんだろうか。ここには自分たちしかいない。つまり、この中の誰かが犯人として糾弾されることになるのに。四人もそれを意識しているからか、ただひたすらに押し黙っていた。

燃やされたのは、初日に御堂が座っていたソファーだった。座面にあたる部分が黒く焦げている。でも、本当にささやかな被害だ。火事とも呼べないかもしれない。

「それ、御堂が座ってたソファー？」

凪寺の質問に、御堂が頷く。

「じゃあ御堂が犯人かもね」

「は？　何で俺だよ」

「映画とかだとさ、自分のものを狙うことで疑いを逸らす展開があるわけ。お気に入りのソファーを自分で焼く人間はいないってみんなが思うから」

「あー、はいはい。じゃあ天才映画監督の娘の推理によって俺が犯人、これで終わりでいだろ」

御堂が溜息を吐いて投げやりに言う。そのまま凪寺は、挑むように杪島を睨みつけた。

「だから、そう。これでもう終わり。馬鹿馬鹿しいでしょ？　大事に至らなかったんだから探偵ごっこもほどほどにしないと。各々部屋に戻ってやることあるでしょ。折角のレミントン・プロジェクトなんだからさ」

「それはそうなんだけど、気になるじゃない。だって、もし火事が広がってたら、僕の絵も燃えていたかもしれないし、綴喜くんだってノートパソコンを持って避難してきたくらいだ。大ごとだよ」

杪島は自分が責められていることに気がつかないのか、淡々とそう答えた。

「じゃあ、杪島さんは俺が犯人だとして何したいんです？　哀れなソファーと同じく火炙(あぶ)り？」

「犯人が御堂くんなら、動機を聞いてみたいかな。それで納得がいく場合もあるかもしれないし。君は何で火を点けたの？」

まっすぐに尋ねられて、御堂が言葉に詰まる。数瞬の沈黙の後に「俺は犯人じゃない。火を点ける動機なんかない」と答えが返ってきた。

「じゃあ、やっぱりまだ探さないといけないよね。この中に他に火を点けた人はいる？」

　誰も答えない。

　その様を見た秒島が、二度頷いた。

「僕も火を点けてないよ。そもそも、談話室を燃やして得することもないしね」

「えっと、私は……やってないってことでいいのかな……」

　秋笠が恐る恐る言った。すかさず、綴喜が応じる。

「うん。秋笠さんにはアリバイがある。火事が起きた時、秋笠さんはレミントンの部屋にいたわけだから」

「ということは、秋笠さんを除いて残りは五人か。じゃあ固形燃料を使う機会があった真取くんかな。他に火を点けられそうなものとかないし。固形燃料は部屋にもあるんでしょ」

　秒島は矛先を真取に定めて、無邪気に言った。この険悪な空気の中で、秒島だけがまるでゲームでもして遊んでいるように見える。普通だったら顔を顰めてしまいそうな『空気の読めなさ』を責められないのは、綴喜の頭を過るものがあったからだ。

　――秒島さんは悪意はない人だから、と庇われていた時のこと。

「マジでそんなんで俺が犯人になっちゃうんですか？」

　真取が引き攣った笑顔で言う。

「あの時は部屋で一人で料理してましたっつーの。でもまあ、それを見てたやつはいないんだけど。参ったわ。あの時間に綴喜を呼んどきゃよかったのにな」

「本当に真取くんじゃないの？　僕は固形燃料を持ってた人間が犯人の可能性高いと思うんだけど」

「勘弁してくださいよ。俺に火を点ける理由なんて無いでしょう」

「でも、ストレスが溜まっててとかもあるし。談話室に火を点けるなんて普通じゃないよ。理由が気になる」

「いい加減にしろよ」

　その時、冷ややかな声で御堂がそう言った。

「あんたさ、そうして犯人捜ししてどうしたいの。真取のことを吊るし上げて、こいつのこの後のセッションに影響が出るとか考えないわけ？」

「ああ、ごめん。本当に、そういうつもりじゃなかったんだけど」

　意外にも、秒島はわかりやすく動揺していた。今になってこの空気の悪さに気がついたかのように狼狽えている。

　そんな彼に刃を突き立てるかのように、御堂は続ける。

「あんたにとっては推理ゲームなのかもしれないけど、こっちは気分悪いんだよ。なあ、元・天才。今まで他人の気持ちを想像したことあるか？」

「本当に、そんなつもりじゃない。最近、よく怒られるんだ。人の感情を逆撫でしてるとか、空気が読めないとか。前まではこんな人間じゃなかったのに」

秒島はすっかり弱っていて、震えながらそう答える。さっきまでの暢気な態度とはまるで違った雰囲気だった。

「そう言われるようになった理由が分かるか。分からないよな。だから教えてやる。あんたが天才じゃなくなったからだよ」

秒島だけじゃない。ここにいる殆ど全員が息を呑んだ。

「多分、性質自体は昔と全然変わってない。ずっとあんたはそうやって人を傷つけてきた。それでも、昔のあんたは絵が描けたから許されてた。見逃されてたんだ。どんな欠点も、天才だと愛嬌になるんだよ。そういう欠落ですら、天才であることの証しのように崇められる」

　そういう部分は確かにあるのかもしれない。

「逆に可哀想だよな。ずっとそうやって、ちゃんと人と関わらせてもらえなかったんだから。でも、絵が描けないあんたのことなんか、もう誰も守ってくれないんだから」

　あまりの言い草に、聞いている方が唇を噛んだ。

　素行不良のヴォルフガング・アマデウス・モーツァルトを引くまでもなく、才能が持つ特権の話はいくらでも知っている。

それが、どれだけ無慈悲に奪い去られるかも。

言われた秒島の方は、ただ黙り込んでいた。そうなると、視線は自然と御堂の方へと向かう。

「何だよ」

興奮しているのか、御堂は肩で息をしていた。獰猛でぎらついた目が、真取を捉える。

少しの間を置いて、御堂が吐き捨てるように言った。

「俺がやった」

え、と真取が間の抜けた声を上げる。

「俺があそこに火を点けたんだ。これでいいか?」

突然の告白だった。敵意に満ちた言葉に周りが気圧される。御堂は「ああそうだ、動機だったな」と、冷たい声で言った。

「俺は昔から、お前が嫌いだった」

「……いきなり何だよ」

「だから、お前が疑われて責められればいいと思った。ここに来た時から、お前はやたら仕切ってたよな。そうすることで前みたいに一目置かれると思ったか?」

「そんな言い方しないで!」

秋笠が珍しく声を荒らげる。けれど御堂は臆することなく「本当のことだろ」と言った。秋笠は罵（ののし）られた本人よりもずっと、泣きそうな顔をしていた。

最悪の空気の中で、綴喜だけは別のことに気を取られていた。

御堂の言葉が、わざと真取を傷つけようとしているように聞こえたのだ。

違和感の正体を突き止めるより先に、御堂が出て行ってしまう。

あとに残ったのは、探偵ごっこのツケを払わされた惨めな五人だけだった。

六日目　動機を辿る軌跡

1

気疲れからか早くに目が覚めた。

寝不足が身体に直接的な影響を与えてきている。ただ、昨日の御堂に対する引っかかりが、健やかな眠りを妨げていた。

御堂は真取のことを嫌っていた。だから、罪を被せるために固形燃料を使い、わざと火事を起こした。

御堂の目論見は一応は成功したといっていいだろう。実際に、秒島は真取が犯人だと言って糾弾しようとした。証拠も何もない事件だから、もしかすると本当にそれで通っていたかもしれない。にもかかわらず、御堂はすぐに自白してしまった。真取に濡れ衣を着せるのが目的だったとするなら、それは不自然過ぎる。

それに、時間のことも疑問だった。もし本気で罪を着せようとするなら、真夜中にやった方がいい。誰かに見られる心配も少なくなる。火事自体を大ごとにしたくなかったから早く消し止められるようにしたのだろうか？

もしくは、あの時間ではないといけない理由があったのだろうか。

火事があった十六時二十分は、丁度秋笠のセッションを行っている時間だった。彼女だけは容疑から外れるようにしたのだろうか？　考えられない理由じゃないが、動機が分からない。火事が燃え広がっても秋笠だけは無事でいられるように？　それもまた不自然だ。ソファーの表面を焦がすだけの火で、そこまでの惨事が起こるとは思えない。

火事自体で何か得することがあったのだろうか。全員が避難しようとして玄関ホールに集まることが、御堂の目的だったのかもしれない。綴喜がいきなり倒れることまでは想定していなかっただろうけど、と自嘲気味に思う。だから、つまり——。

その瞬間にとあるひらめきが降りてきて、ベッドから跳ね起きた。もしこの想像が正しいとしたら、御堂の動機も断片的に分かってくる。……あまりに不可解な動機の、一部分だけではあるが。

お誂え向きにスマートフォンも鳴る。朝食の時間だ。

分かったことはある。でも、ここからどうしたらいいんだろう。

考えが纏まらないまま、綴喜はのろのろと支度を始めた。

「昨日はごめんね、綴喜くん」

食堂に入るなり、秒島に謝られた。

「御堂くんに言われて反省したんだ。僕、全然周りが見えてなくて。今の自分は唯一の長所である絵すら振るわないんだから、もっと気をつけなくちゃいけないのにね」

「いや、秒島さん、それは……」

気にしなくていいです、と言おうとして言葉に詰まった。御堂の言葉は正面から受け止めなくていい。だが、これから秒島が生きていくにあたって、周りとの摩擦は少ない方がいい。たとえ秒島の絵が再評価されるとしても。悩んだ末に、綴喜は言った。

「……あんまり気にしなくていいです。これからは、その言い方が嫌だなって思ったらちゃんと言うので」

「そうだね。ちゃんと言ってくれた方がこっちも助かるよ。今までは後出しで言われてたから困惑してたわけで。あ、こういうのもよくないかな」

「……うーん、それはまあいい……のかな？」

「よかった。真取くんには一番手厚く謝ったよ」

「一生分謝られた気がします」

食堂に先に来ていたらしい真取が、そう言って笑う。少なくともここの確執はすっかり解消されたようで安心した。残るみんなも一通り謝られたのだろう、通過儀礼を終えたような空気が満ちていた。

「あとは、色々あったし御堂くんにも謝りたいんだけど、彼は朝食に出てこないから」

「今日くらい来いよ。あんなこと言ってきたんだからさ」

ぽつりと真取がそう呟く。やはり、昨日のことは真取の中に深い傷を残していたらしい。

「……俺、御堂に相当嫌われてるんだな。あんなこと、されるくらい」

真取の声は、今までに聞いたことがないくらい暗く沈んでいた。それを聞いて、思わず言う。

「そうじゃないかもしれない」

「え？」

「ずっと考えてたんだ。御堂くんが真取くんに濡れ衣を着せるためにあんなことをしたとは思えない」

「じゃあ、何で——」

その時、食堂の扉が開く音がした。

視線の先に、御堂が立っている。見計らったようなタイミングに緊張が走った。

「どうしたんだよ、急に朝来るなんて」

真取が言うと、御堂は試すような視線のまま答えた。

「今までは野暮用があった。今日から無くなった。俺がいると不都合か？」

「そういうわけじゃない」

真取が苦々しく言う。

それにしても野暮用とは一体なんだろう。気を取られているうちに、真取は御堂に摑みかかれる距離まで近づいていた。

「何でそんなに俺のことが気に食わないんだよ。こんなことした癖に、あっさりと自白したのはどうしてだ？　お前、理由もなくあんなことする奴じゃないだろ」

言われた御堂の表情が、一瞬歪んだ。けれど、それもすぐに掻き消えて、代わりにいつも通りの露悪的な表情が戻ってくる。

「お前の求める理由なんかない」

「お前、いい加減に……！」

「待って！」

今にも摑み合いのけんかが始まりそうな気配に、思わず口を挟む。少しだけ逡巡してから、綴喜は言った。

「多分、……御堂くんは、真取くんに罪を着せるつもりなんかなかったんだ。だから、御堂くんはあの時間に火事を起こしたんだ。真取くんのアリバイを作るために」

「はあ？　どういう意味だよ。俺にアリバイなんか無かったろ」

真取が訝しげに言う。傍らの御堂は、ただ押し黙っていた。

「そうだよ、むしろアリバイが出来てたのは奏子の方じゃん」

「そうだね。……私だった」

「うん。あれを見て、もしかして明るいうちに火事を起こす一番のメリットはそれなんじゃないかと思った。固形燃料を使って火事を起こしたら、まず間違いなく真取くんが疑われる。だから、真取くんにアリバイがあるだろう時間を——セッションの時間を狙った」

アリバイ作りを狙った。あの時間に火事を起こす理由はそれくらいしか考えられない。

「でも、それならおかしなことになってるね」

「紗島さんの言う通りです、多分計算が狂ったんだ。でも、考えてみて。本来のセッション周期なら、あの時間は真取くんのセッションが行われてたはずなんだよ。セッションは一コマ一時間半。本来なら、あの時間は真取くんのセッションの時間だった」

「何で時間がズレたんだ？」

そう尋ねたのは御堂だった。きっとずっと気になっていたんだろう。その理由を知らないのは彼一人だ。ややあって、綴喜は言う。

「僕のセッションが行われなかったからだよ。僕はレミントンからプロットを受け取って、書いて、完成した後に続きをもらう予定だった。中間報告まで執筆に専念することって言われたんだよ。だから、あの日の僕のセッションは飛ばされたんだ。午後一番は凪寺さんで、十四時半からが真取くんだった」

御堂の顔が微かに強張る。

「朝食の席で、僕はみんなにそのことを話した。君だけが僕のセッションが行われないことを知らなかったんだ。だから、十六時二十分に行われているのが真取くんのセッションじゃなくて秋笠さんのセッションだってことに気づかなかった」

「なるほどな。知らないわけだ」

御堂がそう言って皮肉げに笑う。

「じゃあ、本当に俺のセッションを狙って火を点けようと思ったのか？」

「まあ、固形燃料イコールお前って思われる可能性がなくはなかったからな。俺は元々適当に疑われて、最終日まで適当に躱そうと思ってたのに。秒島にお前が名指しされてたから、わざわざあんな自白をする羽目になった」

「俺を嵌めるつもりじゃなかったなら、なんでこんなことしたんだよ」

「……俺は、」

御堂はさっきとはうって変わって所在無げな顔をして、視線を彷徨わせていた。ずっと隠し通していたことを話そうとして、唇が震えている。どう切り出していいか分からないのだろう。それを導くように、綴喜は言う。

「……これは僕の考えなんだけど、御堂くんは外に出たかったんじゃないかな」

――火事を起こすことで起こり得たこと。簡単に予想が出来たこと。

それは、外への避難だ。

「は？　ここから外に出たところで下山なんか出来ないでしょ」

凪寺がそう言って不服そうに顔を顰める。それについては、彼女の例もあってみんな重々知っていることだ。秒島も合わせて首を傾げた。

「外の空気が吸いたかったにしても、中庭で我慢出来なかったのかって話になるしね」

「そう。だから正直分からないんだ。なんで外に出たかったのか、でも、中庭じゃ駄目なら、こんなことをしなくちゃいけなかった理由も分かる。……違うかな」

その言葉を受けて、さっきまで視線を彷徨わせていた御堂がふ、と笑う。まるで、憑き物が落ちたような顔だった。

「中庭じゃあな。石ころ一つ落ちてねえんだもん」

「……石ころ？」

言われてみて思い出す。確かに中庭には石の一つも落ちていなかった。綺麗に整備された庭には、そんなものは入る余地すらないのだろう。ただ、それの何がいけないのかが分からない。呆気に取られている綴喜を小馬鹿にしたように、御堂が言う。

「一日一個、外で拾った真っ白い石を捨てる。一度に拾えるのは五つまで。無くなったら、俺の将棋の才能はおしまいってわけだな。だから、五日に一度はどうしても石を探さないといけない」

「……何の話をしてるの？　石って？」

「ジンクスだよ。ルーティーンでもいい。どっちにしろ意味合いは変わらないからな。野球選手とかでもあるだろ。投げる前に帽子の鍔を斜めにするとかさ」

ルーティーンについては知っている。緊張をほぐすためのリラックス法の一つだ。決まった行動をなぞることで、精神状態を一定に保つことが出来る。御堂は道で石を拾って、捨てることを自分のルーティーンとして定めているのだろう。

「プロとして将棋を指すようになってから、俺はずっと同じことをしてる。だから、外に出たかった」

御堂が淡々と言う。それに対し、真取が食ってかかった。

「お前、そんなことのために火事起こしたのかよ！　迷惑にも程があるだろ」

「そういう反応になるよな。だから言いたくなかったし、言えなかった。実際は外に出られることはなかったけどな。放火損だ」

「そんな石で勝てるようになるわけないだろ。普通に考えろよ」

「俺にとっては必要なことだった」

御堂はなおも薄ら笑いを浮かべていたが、その目には隠しきれない絶望と諦念があった。

何の根拠も無いおまじない。不合理な行動をしてまで、それに縋らなくては生きていけなかったし、将棋だって捨てられなかった。人生がそれに食い尽くされていくことを自覚しながらも、御堂はずっと、将棋に向き合い続けてきた。

「俺はもうとっくに壊れてるんだよ」

かつての神童は静かに言った。

*

白い石が見つからない。白い石が見つからない。

御堂はわざわざ将棋会館とは反対の道を回ってまで白い石を探しに来た。なのに、よく掃除された道路には御堂の求めている石が殆ど見当たらなかった。

親指の半分くらいのサイズの白い石。

対局まであと三十分しかないが、御堂はそれを手に入れなければならない。

汗だくで辺りを見回し、手当たり次第に拾ってみる。どれも黒が強すぎたり、大きすぎたり、色がいいのに小指の先ほどのサイズしかなかったりした。

対局の十分前になって、ようやく御堂は石を摑んで会場に駆け戻った。大きさは拳の半分ほどあったし、色も白と呼ぶには灰色がかっていたが、それで妥協するしかなかった。

汗を拭いて、訝しげにこちらを見る対局相手を睨む。着物の袂に隠した石の重みだけが、御堂の心を落ち着かせた。

戦況が自分の不利になる度に石のことを想った。負ければ、あの忌々しい灰色が自分の勝利を邪魔したのだと反省した。一方で、最終的に勝利を収めるとそれは石のお陰と考えた。今回も諦めず探したから、神が手を貸してくれたのだ。

御堂は思う。自分には本物の才能が無かった。だから、この習慣だけが自分の味方だ。石を見つけられなければ、俺はきっと負けてしまう。だから、どれだけ周りに迷惑を掛けても石を探さなければ。

石が見つからなければ、どんな対局だってすっぽかした。何故なら、それは石への背信だからだ。不戦敗になろうと構わなかった。どうせ、石が無ければ勝てない。どう考えてもおかしな理屈だったが、御堂にはもう何がおかしいのかも分からなくなっていた。

初めて大人の前で将棋を指した日のことを、御堂は今でも覚えている。

小学校に上がるか上がらないかの頃だ。将棋の才能があると言われて、御堂はとある会場に連れていかれた。将棋のことは好きだったし、大人にだって負けない自信があった。けれど、将棋の天才として生きていくのと、自分の好きな将棋を指し続けるのは別のことだ。幼いながらにそれは理解していた。

しかし、周りからすれば才能は喜ぶべきものだった。これからはずっと勝ち続ければいい、と分かりやすい展望を示される。

不安で怖くて、将棋の世界に馴染めるのかと思うと暗澹とした気分になった。

だが、勝つしかなかった。将棋で勝てば、周りは居場所をくれる。内気で口下手な御堂将道にとって、世界と繋がる方法はこれしかなかった。求められたことはシンプルだ。誰にも負けなければいい。最年少天才棋士にとって、自己紹介をするよりも楽なことだった。

けれど、その日々は苦しかった。勝てなかったらどうしよう。負けたらどうしよう。将棋はまだ好きだった。対局は面白かったし、将棋だけが御堂を価値ある人間にしてくれる。それでも、このプレッシャーの中で指し続けるのは怖かった。

そうしてある日、家の近くの公園で真取智之と出くわした。

「あ、久しぶり。高学年になってから全然会ってなかったな」

十一歳の真取は屈託無くそう声を掛けてきた。

詰め将棋の本を読んでいた御堂は、軽くつっかえながら返す。

「えっと、久しぶり……真取くん」

「横いいか？」

「あ、うん。大丈夫だけど」

「よかった。今、家の中にいっぱい人がいるから。質問責めにあって面倒なんだ」

真取は御堂の近所に住んでいる、一番身近な天才だった。小さい頃に挨拶をしたり、数回遊んだこともあるはずだが、気づけば彼をテレビの中で見る頻度の方が圧倒的に高くなっていた。

この歳から料理の才を発揮する子供もいなくはない。玩具の代わりに包丁を与えられ、九九を覚えるより先にかつら剝きを覚えるような彼らの中でも、真取は圧倒的に優れていた。

「これから料理しに行くの？」

「そうらしい。まあ、最近はその場に行って作るみたいなのが多すぎて、まだ何やればいいか分かんないんだけど。この季節だったら鯖かな。テレビだっつってたし」

テレビカメラの前で大人顔負けの調理をするのは、対局と同じくらい緊張するはずだ。それなのに、真取はそれを何でもないことのように言う。

「真取くんはさ、何でそんなにいつも堂々としてるの。失敗するかもしれないのに」

純粋な疑問だった。御堂にとっては千切りすら見ていて怖い。小気味のいい音と共に振り下ろされる包丁は、自分の指を撥ね飛ばすかもしれないのだ。天才料理人とはいえ、真取の手は年相応に小さい。失敗すれば一たまりもないだろう。

真取はじっと御堂のことを見つめていた。お前とは違うんだぞ、と言われることも予想していた。そのくらい、御堂と真取は隔たっている。

けれど、彼は「よく似たようなこと聞かれるんだよな」と言ってから、御堂の耳に口を寄せた。

「内緒にするって約束するか？」

「うん、する。絶対する」

「御堂は幼なじみだから教えてやるよ」

そう言って、真取が悪戯っぽく笑う。

「ルーティーンって知ってるか？　野球選手とかでもあるんだ。投げる前に帽子の鍔を斜めにするとかさ」

「知らない」

そもそも御堂は、まともに野球中継を見たこともない。

「これな、銀座の『当月堂』のおっちゃんが教えてくれたんだけど、いっつも同じことしてると、緊張が解れるんだってさ。おっちゃんは毎回料理する前に指を一本一本後ろに曲げるんだ。で、上手いこと全部指が解れたら上手いこと調理出来るって」

「おまじないってこと？」

「おまじない……まあ、おまじないだよな。で、俺は包丁握る前に峰の部分を人差し指で撫でるようにしてんだ。そしたら上手いこといくんだよ」

「本当に？」

「ここ来て疑うなよ。これで上手くいくってことになったから、安心して料理出来るってわけ。お前も何か見つけたらいいんじゃね」

「全然思いつかない……」

「適当でいいんだよ。こういうのはやることが大事なんだろ。ほら、綺麗な石見つけたら勝つとかさ」

言いながら、真取は近くにあった灰色の石を一つ摑み上げて御堂に渡す。掌の上の石は微かにまだらで、端々が尖っている。

「これ、別に綺麗じゃない」

「文句言うなら自分で探せよ」

真取が眉を顰めた瞬間、遠くから彼を呼ぶ声がした。腕時計を見ると、御堂も会場に行かなくてはならない時間だった。今日はこれから対局がある。

「まあ、お前はそんなもん無くても平気だろ」

去り際に真取はそう言った。

「未だ負け無しの将棋界の神童、百年に一度の本物の天才。心配しなくてもお前は大丈夫だよ」

真取の目は眩しいものを見る時のように細められていて、口元に浮かぶ笑みは年相応の悔しさで引き攣っていた。その表情を見た時、御堂は初めて高揚した。どれだけ喝采を送られても好きになれなかった自分のことを、好きになれるかもしれない、と思った。

それからしばらく、御堂将道は負けなかった。

周りの期待は重くなり続けたが、それでも御堂は勝った。天才棋士としての評価は盤石（ばんじゃく）なものとなっていったし、価値のある対局がたくさん重ねられた。その裏には、あのジンクスがあった。

しかし、誰だって敗北の時が来る。

初めて負けた日に持っていた石は、よく見ると小さな染みがあった。

そこから、御堂は更にルーティーンにのめり込んでいった。

勿論、努力もしていた。しかし、努力出来る時間だって決まっている。練習がてらの対局だって回数に限界がある。今はインターネットで対戦も出来るとはいえ、御堂の糧になるくらいの相手にはそうそう出会えない。となれば棋譜を読み、地道に指し手を分析するしかない。

何度も盤面をシミュレートし、自分の手について繰り返し考える。それでも勝てるかどうかは分からない。試合の中で成長していかなければ、勝てない。

追い詰められた御堂はしばしば禁じ手である徹夜をした。睡眠時間を削れば一番大切な脳に影響が出る。それが悪手であるとしても、一つでも多く指し手を研究したかった。

そのことを咎められ、安易な方法に逃げるなと叱責されると、ますますどうしていいか分からなくなった。人と同じことをしていても勝てない。出来る努力にも限界がある。ならどうすればいい？

石を探して対局に遅れるようになった。どうして遅れたのかの理由は言えなかった。自分がおかしくなっていることは分かっていた。人に言えば、きっと失望される。

戦績は酷いものだ。不真面目さを指摘されて評判も悪く、天才じゃなくなった御堂に対する風当たりは強かった。このままいけば、棋士を引退することになるだろう。

それでも、御堂は縋るべきルーティーンを捨てない。これに意味があるのかも分からないが、やらないことが恐ろしい。

　そして御堂は、レミントン・プロジェクトで真取智之と再会する。

2

「じゃあ、御堂くんは石が欲しくてこんなことしたっていうの？」

　紗島が改めて言うと、御堂が「だからそうだって」と苦々しく返した。

「ライナスの毛布か。……まあ、分かんなくもないけどね。私たちって失敗が赦されないとかもう後が無いとか、そういう状況が多すぎるから。……おかしくなることくらいある」

　意外にも凪寺が理解を示す。よくよく考えれば、彼女はレミントンとの最初のセッションの時、随分取り乱していた。才能に振り回されて平静でいられなくなる気持ちには理解がある。

「結局、お前には不快な思いをさせた。だから、何されても文句ない。お前がもう顔も見たくないって言うなら、残りの日数、俺はセッション以外で部屋から出ない」

　御堂が真取に向かって真面目な顔で言った。そこまでしなくても、と言いたかったが、彼が生半可なことで自分を赦せるはずがないとも思った。

どのくらい経っただろうか。呆れたように、真取が口を開いた。

「お前、将棋指してるのに馬鹿だな」

「は？　ストレートな悪口言ってんじゃねえよ」

「そういういじけたようなこと言ったってさ、お前に構ってやるほど暇な人間なんてここにはいないよ。だったら、心を入れ替えてみんなと仲良く心機一転頑張りますの方が話が早いだろ」

真取は真面目な顔でこう続ける。

「俺らはもう結構な時間を才能のために使ってきただろ。だったら、もう反省とか決別とか、まだるっこしいことやめようぜ。もういいよ」

それは奇妙な言い回しだった。自分の人生を俯瞰して切り分けているかのようだ。けれど、それが真取の混じりけのない本音であることが伝わってくる。それが分かるだけの素地が、綴喜たちにはある。

自分たちは、たくさんのものを捧げ続けてきた。

なら、今くらい何も支払わずに和解したっていい。そういうことなのだろう。

どうせ、ここで過ごす日々は、残りわずかなのだ。

「……分かった」

御堂が小さな声でそう口にする。すると、真取が何も言わずに手を差し出した。

躊躇いながらも、御堂がその手を取る。どうしてもぎこちない握手だった。
それでも、そこにははっきりと意味があった。

七日目　天才たちの幕間（まくあい）会議

1

　火事の一件があってから、御堂（みどう）はすっかり変わった。とっつきにくさや、どこか皮肉げな表情は変わらなかったが、うって変わってよく喋るようになったのだ。

　全員が揃うようになった朝食の席でも、御堂は休むことなく話し続けた。レミントン・プロジェクトのここが気に食わない。お前らを傍（はた）から見ていてずっとこう思っていた、あるいはルーティーンに縛られた生活が面倒だなどと。今までの分を取り返すかのように話し続けるものだから、最初は笑顔で聞いていた秋笠（あきがさ）も、段々と生返事が増えてきた。

「あ、そうだ。折角喋るようになったんだからさ、あれ教えてよ。何であんただけ特別なの？」

　なおも話し続ける御堂に対して、凪寺（なぎでら）が口を挟む。それに対し、御堂は不意を衝（つ）かれたように目を丸くした。

「あ？　何だそれ」

「ほら、レミントン・プロジェクトの概要を知ってたのは何でなの？　本当にレミントンの開発に携わってたとか？」

「ああ……」

「それ、俺も気になってた。勿体ぶらないで教えろよ」

真取まで興味津々に尋ねる。

返ってきた答えは意外なものだった。

「俺ってさ、レミントン・プロジェクトに参加出来ないレベルの落ちこぼれなんだよ」

「え？」

その意味を尋ねるより先に、気まずそうな笑みのまま言葉が続く。

「お前らはあれじゃん。そうは言っても、一応天才に戻れるレベルの奴らなわけだろ。俺はそれですらないの。フリークラスから浮かび上がれる見込みがないから」

「嘘だ！」

大声で言ったのは真取だった。今までで一番ショックを受けた顔をしている。

「本当だよ。最近は練習相手すら見つからない。そうして人間に相手されなくなった俺が辿り着いたのが、雲雀比等久の『届星』だった」

「届星？」

「雲雀博士が開発した将棋用ＡＩだ。俺は雲雀博士の研究室に通って、研究中の届星と対局させてくれって頼み込んでた。最高峰のＡＩと戦えば、俺の将棋も成長するんじゃないかと思って。門前払いだったけどな。でも、ある日——ここに呼ばれた」

「それなら私たちと条件は同じみたいに思えるけど」

「でも、ヘリコプターの中で俺が渡されたのはシフト表だった」

御堂は眼鏡の奥の目をすっと細めて続けた。

「レミントン・プロジェクトの概要を説明されて、周りの邪魔はしないようにって言われた。そうしたら、俺も他の人間と同じようにセッションを受けさせてもらえるって」

「何？　あんた働いてたの？」

「そうだよ。ここには正規のスタッフが六人いるから、俺がやってるのは殆ど手伝いだけど。高校生アルバイトでも戦力にはなるだろ」

「え、じゃあ御堂くんが朝食の時いなかったのって……」

秋笠が気がついたように言う。

「手伝いついでに裏でメシ食ってるからだよ。夜は真取のやつが何か作ってくるから若干（じゃっかん）楽で、混ざれるんだけど」

　そんな御堂が朝食に混ざるようになったのは、固形燃料を盗んだ咎で厨房に入れなくなったからなのだという。それを聞いて、思わず笑ってしまった。固形燃料を使う発想が出てきたのも、厨房に出入りしている分、簡単に手に入れられたからだろう。想像よりも身近なところから来た計画だったわけだ。そう思うと何だかおかしい。

「それじゃあ御堂くんは僕たちよりも更に一段低い立場なんだ」

「あ、それは駄目です。秒島さん。傷つきます」

「ごめん、訂正する。僕たちとは本当に違う立場なんだ」

「事実だし、別に気にしないけど」

　御堂は律儀に訂正する秒島を笑いながら言った。

「そうだよ。気にすることないって。偉そうな口利いてたけど、御堂は私たち以下なんだし」

「入り口はそうかもしれないけどな。少なくともお前より下ではないだろ」

「は？　こっちには将来性があるんだけど。将棋って勝てないとクビなんでしょ。そしたらそもそもプロじゃなくなるじゃん」

「お前だっていつまで道楽の映画に金出してもらえるか分かんないだろ」

「ちょっと、そういうのもういいんじゃないかな……」

　見かねた秋笠が仲裁に入る。そのまま、彼女が続けた。

「残りもう一週間も無いんだから、仲良くしようよ」

「そうか、あと少しか……」

思わずそう口に出すと、全員がしんと黙り込んだ。

自分たちは本来交わらない世界の人間だ。表舞台から退いていた自分たちは、互いの噂すら聞くこともなく生きていったことだろう。

「そう思うと、仲良くならないのが勿体なく感じるの。みんなは本当にすごいよ。一線で活躍出来てなかったとしても、それでみんなが落ちこぼれなんて言いたくない。そんなみんなと仲良くなれたことが、このプロジェクトの一番の収穫だよ。凪ちゃんもそう思うでしょ？」

「そりゃあ、出会えなかったよりはいいと思うけど……」

秋笠の言葉を、凪寺がやんわりと肯定する。

「ほら、一心不乱に映画のことばっかやってるとさ、友達の輪とかも広がらないんだよ。周りには同年代いないし。いても遠くで活躍してるとかさ」

「んなこと言ったら俺もだよ。料理関係の人間だと話すっちゃ話すけど、同じ分野だとどうしてもライバル関係になるしな」

真取もそう言いながら頷いた。それを聞いた秋笠が嬉しそうに笑う。

「だから、出来るだけ仲良く、楽しく過ごそうよ。私はみんなのことをもっと知りたい。これからまた一線で活躍するみんなが友達なんて嬉しいよ。これから離れても、その姿を見たら励みになると思う」

「これだけ分野の違う人間が仲良くしてると、何繋がりなのかな？　って邪推されそうだけどね」

「秒島さん」

「ああ、これも駄目だよね。気を付ける」

窘められた秒島が、慌てて口を噤む。そして、はっきりと言った。

「僕も仲良くしたい。……みんなと」

そんなのは、綴喜も同じことだった。仲良くしたい。みんなと。もっと知ってみたい、人間としてのみんなを。

「おい、名探偵」

そんなことを考えていると、不意に御堂から声を掛けられた。

「その呼び方、なんか嫌なんだけど」

「いいだろ。元・天才とかあの人は今とか呼ばれるよりは」

「それはまあそうかもしれないけど……」

「セッション終わったら俺の部屋来いよ。取材してるんだろ」

茶碗にたっぷり盛った白米を掻き込みながら、御堂が言った。

「元・天才棋士を取材させてやるよ。何よりも糧になるぞ」

2

御堂の部屋は綴喜と同じくらいシンプルだった。

違いといえば、綴喜の部屋では机が置いてあるところに、畳の敷かれた一段高い和室造りのスペースがあることだろう。畳には当たり前のように将棋盤が置かれていて、他には何も無い。

「地味な部屋だよな。多分俺がいなくなったら、ここは碁盤だったりオセロ盤だったりが置かれて、お茶の天才が優雅に茶を点てるんだろうな」

「オセロは和室でやるものなのかな」

「疲れて倒れ込むのにはベストだぞ、畳は」

そう言いながら、御堂が和室に上がる。戸惑っていると「早く来いよ」と急かされた。ベッド以外で靴を脱ぐのは久々で、何だか落ち着かない。

「それで、何するの」

「決まってるだろ」

何の質問も赦さないような調子で、御堂が駒を並べ始める。やることは一つしかないし、御堂といえばこれだ。けれど、戸惑いが隠せない。

「ちょっと、僕とやるの？」

「ルールは知ってるよな」

「知ってる。……昔、将棋の小説を書こうと思ってて。結局駄目だったんだけど」

「ならいいだろ」

「僕、すごく弱いんだけど……ていうか、そうでなくても御堂くんって将棋の天才って呼ばれてたんだよね。今もプロだし……素人と戦っても多分つまんないよ」

「何言ってんだよ。弱い奴との将棋が楽しくないわけないだろうが。いいからちょっと気持ち良くさせろよ。負けが込んでて腹立ってんだから」

気がつけば盤上には綺麗に駒が整列していた。それを眺めた御堂が、心なしか満足そうに一息を吐く。そして、不敵に笑った。

「それじゃあ指すか。何まで落として欲しい？　飛車？　桂馬？　銀？　王将以外ならいくらでもねだっていいぞ」

当然ながら、綴喜は御堂に完敗した。考えてみれば当たり前なのだが、御堂はあまりに強かった。落としてもらったのは飛車と桂馬と角で、それらを失った御堂の軍勢は見るからに貧相だった。それでも、御堂はあっさりと勝ってしまった。

驚いたのは、彼が何をしているのか全くわからないことだった。どうしてその場所にその駒を動かすのか、どうしてその駒を取りにきたのか。ただ困惑しているうちに、あっという間に戦局が悪くなった。何かをミスした覚えもない。御堂が神の一手を打った感覚もない。それなのに、綴喜の玉将はいつのまにか討ち取られていた。

「宣言通りに弱いな。いや、これは癖になるわ。名探偵ぶって賢いムーブしてた人間がこんな子供みたいな指し方すんの、胸がすく」

「……天才げが無いね。素人相手に」

「もう俺は天才じゃないらしいから、素人をいたぶってもいいんだよ」

御堂は心の底から嬉しそうに盤面を見た。綴喜相手の単なる遊びであっても、勝利は嬉しいものであるらしい。童顔に満面の笑みを浮かべる御堂は、知らない人間に見えた。

「お前みたいに観察力がある人間は将棋に向いてるはずなんだけどな。何がいい手で何が悪手だったかを知ってる奴ほど将棋は強い。なのに、本当清々しいほど弱いわ」

「将棋を指した経験もあんまり無いしね。棋譜は研究したはずなんだけど」

「でもまあ、俺ほどじゃないか。そうか、こういう気持ちなんだな」

どういう意味、と尋ねるより早く、御堂が口を開く。

「人工知能が囲碁や将棋、チェッカーなんかと相性がいいのには理由がある。人工知

能の学習と盤上遊戯の目的が一致してるからだよ。ただ勝つことを考え、いい手とい
い盤面を無限に覚えたら人工知能は負けない。俺たちが必死こいていい手を考えたら、
人工知能が掠め取ってくんだからな。どう足掻いたって勝てるわけがない。そしてお
前の小説や真取の料理と違って、そのまま奴らのことをトレースすることも出来ない」
将棋のいい手は無限に存在する。一つの正解を覚えたところで、別の一手で崩れる
のが将棋だ。目的は一つのはずなのに、それに向かう道が多すぎる。だから御堂はレ
ミントン・プロジェクトの恩恵を直接には受けられない。
「そこで無様に負けてるお前が、レミントンと戦ってる時の俺。俺はお前より将棋を
知っているが、レミントンより将棋のことを知らない。それだけで俺は苦汁を舐めて
る」
「……じゃあ、御堂くんもレミントンが憎い？」
「お前、今俺にイラついてる？」
「いや……そんなことはないけど……実力が違いすぎて……」
困ったように綴喜が言うと、御堂はゆっくりと首を横に振った。
「同じことだよ。俺はレミントンのことを嫌いじゃない。むしろ、あれが今後の将棋
の新たな可能性を切り拓くとすら思ってる」
「どうして？　人間の棋士は勝てるはずないって思ってるんだよね？」

「そりゃ、俺らより奴らの方が将棋を知ってるからだ」

御堂の指が、もう一度盤上に駒を並べ直す。飽くことなく繰り返していることだからか、一連の流れは淀みなく速かった。盤上の精鋭たちは再び戦場に戻り、緊張感の中に佇んでいる。

「囲碁用の人工知能——『アルファ碁』のおかげで、長い間悪手だと思われていた手を打っても勝利出来ると判明したことがある。通例として、人間の棋士は絶対にそこには打たないって場所にな。でも、それでも勝てることをアルファ碁が証明したんだ。するとどうなったと思う？　その一手を起点にして新しい戦術を生み出す棋士が出てきた。それが悪くない戦術なんだよ。どうして今までそれをやらなかったのかと、可能性を狭めていた人間たちは驚いた」

　御堂の声は、傍目から分かるくらい嬉しそうだった。慈しむような風でもある。

「将棋でも似たようなことがしばしば起こる。俺らには理解出来ないような一手をＡＩが打って、その意味を後から知らされるような瞬間が。その時俺たちは奪われるんじゃなく、与えられている。将棋の可能性について目を開かされることになる」

「……なるほど」

「だから、レミントンを憎んじゃいないな。いつか将棋の完全解が暴かれることになったとして、棋士たちが将棋をやめるか？　そうじゃないだろう。まあ、完全解が出る頃には俺が将棋界から追い出されてるかもしれないけどな」

「それでも、御堂くんは将棋をやめないと思う」

何の根拠も無く、綴喜は言った。強迫観念に苛まれるほど苦しんでいるのに、御堂の中には間違いなく将棋への強い愛着があった。秋笠から感じるものとはまた質の違う、宿業のようなものが。

「そうかもな。将棋なんて知らない体で生きられたら、多分楽なんだろうと思うけど」

「なら、プロ棋士でいることには、何か意味があるのかな」

将棋そのものが好きなだけなら、アマチュアでやっていても楽しめるんじゃないか。何しろ、そこには逃れようのない執着があるのだから。

「あ、いや、変な意味じゃなくて。僕は周りからの目が怖いから、そこまで割り切れないけど、……御堂くんなら、プロとかこだわらずに生きていけるんだろうなって」

変な意味に捉えられてしまったんじゃないかと思い、慌ててそう補足をする。けれど、御堂は特に気にした風でもなく返す。

「単純な話、プロの方が強い相手と戦えるんだよ。そりゃそうだろって感じなんだけどさ。プロ棋士とそうじゃないのとでは対局の質が違う」

幼さが残る目の奥をキラキラと輝かせながら、御堂がそう話す。

「俺はもうそんなに強くないけど、本気で強い人間と戦った時のあの興奮が忘れられないんだよ。だから、出来るだけ粘りたい。線の内側にいられるように」

美しいな、と反射的に思う。あれだけ追い詰められて、ジンクスに縛られた人生を送っているのに、それでもまだ御堂は将棋が好きなのだ。

「あーでも本気で後が無いってのはな。どうにかなってくれりゃいいんだけど」

「大丈夫だよ。御堂くんなら」

「なわけないだろ。レミントンと戦っても即強くなれるわけじゃない。凪寺と同じで、俺も普通に業界から消えるぞ」

あっけらかんと御堂が言うので、逆に言葉に詰まった。けれど、彼はからからとおかしげに笑っていた。

「まあ、その時はその時だよ。そうしたら俺はこのレミントン・プロジェクトに別の意味を与えてやる」

「別の意味って？」

「俺はここで一生分の将棋を指す」

言いながら、御堂が手前の歩を進める。静かに始まった次の対局に、綴喜も応じる。

「レミントンは俺が戦ってきた中でも最高の相手だよ。勿論、同じくらい魅力的な将棋を指す棋士はたくさんいるんだけどな。でも、強い。俺はあの化物と戦える幸福を味わってる」

再び静かに対局が進む。まだ初めの数手なのに、もう既に負けている気がする。綴喜は素人でしかないのに、御堂の将棋は鮮やかだった。かつてたくさんの人間を魅了し、様々な夢を見せた天才の指し筋だ。果たして、本当に御堂の将棋は衰えたのだろうか？　そうとは思えなかった。

勝敗がはっきりと分かれる世界で、御堂の将棋は芸術的だった。

「才能って何だと思う？」

綴喜がそう尋ねると、御堂は少し考えてから言った。

「俺がぐんぐん将棋の世界で頭角を現し始めた時、親父は遺伝子検査を受けさせようとしたらしい」

「え？」

「母親も親父も将棋なんか全然知らない人間だったからな。この才能は別の種から来たものじゃないかって疑われたっぽいんだよ。浮気なんかしてないって母親はちゃんと言ったらしいんだけど」

「……受けさせられたの？」

「いや、それがきっかけで離婚。そもそも将棋全然興味ない家庭から棋士が出るなんて珍しくないのにな。俺の才能が際立ちすぎて、理由が必要になったんだろうな。だから、俺にとっての才能は離婚の原因」

淡々と言う御堂からは事実を告げている以上のことは読み取れなかった。

「お前の小説はどうなの」

「順調……ではあると思う」

プロットをもらい原稿を返すやり方に、大幅な遅れはない。出来自体もレミントンの目に適うものである自信がある。書いている綴喜ですら分かる。この小説は面白い。

「今は事件が起こったところで、……その、」

「ミステリーなんだろ。誰が死んだかとかは聞かないから」

冗談めかして御堂が言うので、少し気が楽になる。実を言うと、物語から退場したのは凪寺にあたる人物と、御堂にあたる人物なのだ。御堂ならそれでも面白がりそうだが、気まずいことは気まずい。

「犯人、お前も知らないんだろ」

「そうだね。それが気になって原稿を頑張ってる感じ。……事件パートはもう終わるところなのに、真相も犯人の動機も全然分からない。作者なのに不思議な感じだ」

「やり返しってわけじゃないが、悔しくないのか。レミントンに傑作を書かれて」

「……確かに、そう思った方が自然なのかもしれないけど、全然。多分僕はレミントンの小説のファンでもあるんだ。だから、自分が言葉を貸すことで、レミントンの物語が誰かに伝わるなら……悪くないんじゃないかと思う」

　御堂は綴喜に視線を向けることすらなく、一心に盤上へと視線を注いでいる。なのに、実際に見つめられているよりも、ずっと真摯に心を向けられているように感じた。

「もし時間を戻せたら『春の嵐』を書くか？　従兄が事故に遭うのを変えられないとして」

「……書かないよ。そうなることが分かってるのに」

「それはどうしてだ？　小説の形で綺麗に纏められた思い出が、本人にとって傷になるからか？　夢に向かって輝いてた瞬間がベストセラーとして残ってる世界で、夢を絶たれた人間が生きていくのは辛いもんな」

「分かってるならどうしてわざわざそんなことを聞くの？」

「それでも、俺は『春の嵐』に価値があることを知っているからだ」

　静かな部屋に、駒の音が鳴る。

「俺はこれから、その従兄と同じように夢を絶たれる」

　嚙みしめるように、彼が言う。

「小説には生きている時の俺を書け。そして、御堂将道という棋士がいたことを覚えていてくれ」

　小説の中の天才棋士は、排他的で皮肉屋だけれど将棋に対する深い愛情を持っている。どんなことがあってもひたむきな努力を疑わず、強い向上心がある。本当のところは繊細で、誰よりも弱気になってしまうこともある。

この設定を読んだ時、綴喜はこの棋士を小説のために脚色された人物なのだと思った。御堂が皮肉屋の殻の中に、どんな気持ちを抱え込んでいたか知らなかったからだ。そう思うと、レミントンは御堂の心を正しく写し取っていたことになる。

小説の中には対局のシーンもあった。盤面に向かう御堂のささやかな仕草すら、綴喜はちゃんと覚えている。御堂の将棋への愛情が文章から伝わるように、描写を重ねた。楽しい作業であると同時に、その中には仏像を彫るような、暗がりの中で祈りを捧げるような、何とも言えない静謐さがあった。

そうして出来上がった小説の中では、御堂の半身が駒の音を響かせていた。

この小説を読んだ人間は、棋士である御堂のことを忘れないだろう。

八日目　これからのための航路

1

「順調のようですね」

提出された原稿を確認して、備藤は微笑みながら言った。

セッションから一日で、綴喜は原稿を完成させていた。昨日の御堂との会話がいい刺激になったのもあるし、この物語の結末がどうなるかを早く知りたかったからだ。

「小説を書くことへの意識も、少し変わってきましたか？　無理はされていませんか？」

「大丈夫です。むしろ、出来上がったものを見ていると、自分でもよく出来たなと思えるようになって」

「それは何よりです」

絶望的な気持ちでレミントン・プロジェクトに臨んでいた以前と違って、今は書くことに前向きでいられる。レミントンに頼っているという罪悪感よりも、レミントンと一緒に物語を組み上げている実感が勝る。キーボードが鳴る音が心地よく聞こえるのはいつぶりだろう。小説を書こうとしていた時は苦しいばかりだったが、文章を綴ること自体は好きなのかもしれないと思い直すほどだった。

「小柴さんにも、この原稿のデータをお送りしておきます。このプロジェクトに参加される綴喜さんのことを、大変心配されていたので」

「……まあ、そうですよね。小柴さんにはいつも迷惑掛けてたので……」

「けれど、この原稿を見たらきっと喜ばれると思います」

綴喜も同じことを考えていた。小柴はずっと、綴喜文彰という小説家に寄り添い続けてきてくれた。その分、プロジェクトに参加した綴喜がこんな小説を書いていると知ったら、誰よりも喜んでくれるだろう。

「小柴さんには、レミントンのことは教えるんですか」

「いいえ。レミントンのことはあくまで秘密です。この小説が完成した暁には、小柴さんを通して出版社と契約を結ぶことになります。ここから手を加えることも、何かを引くこともなく出版することを約束して頂くことになるかと」

「……それで納得してくれるでしょうか？」

「彼の見る目は確かです。この小説が完璧であることは、あの方が一番よく分かると思いますよ」

それは、小柴のことを十分に信頼していないと出てこない言葉でもあった。しかし、彼が綴喜の小説の正体を知ることは無いのだ。そして彼は、小説をこよなく愛しているが故に、レミントンの小説を否定しないだろう。

綴喜の顔が曇ったことに気がついたのか、備藤は改めて小説に話を戻した。

「今回頂いた原稿は特に人物描写が優れていますね。これはレミントンではなく、綴喜さんの観察眼と描写力の賜物でしょう。かねてから綴喜さんが評価されてきた部分です」

まっすぐにそう言われて、妙に気恥ずかしくなる。褒められるのは嬉しいが、久しぶりに受ける賛辞はいたたまれない。

「そう言われるのは嬉しいですけど……」

「その部分は素直に誇るべきです。綴喜さんは周りの人をよく見ていらっしゃるんですね。そして、それを描き出す文章力がある。綴喜さんなら——」

そこで備藤が珍しく言葉を詰まらせた。一体何を言おうとしたのだろうか。続きを聞いてみようかと思ったが、それよりも早く備藤が話を変えた。

「ところで、綴喜さんに聞いておきたいことがあるのですが」

「何ですか？」

「見返りの話です」

見返り、と綴喜はそのまま繰り返してしまう。

「レミントン・プロジェクトの参加者たちには、ささやかながら見返りを用意しているんです。これは国の方針でもあります」

「……まさか、どんなお願い事でも一つ叶えてもらえる、とか？」

「似たようなことだと考えてくだされば」

冗談のつもりで言った言葉だったのに、備藤は大真面目な顔で肯定した。

「しかし、制約はあります。これはあくまで、ここを出た皆さんがより活躍するためのバックアップですから」

「ここでみんなレミントンの力を借りているわけですよね。活躍するならそれで十分じゃないですか」

「継続的なセッションを拒否した凪寺さん、そして本セッションが目ざましい効果を挙げる分野ではない御堂さんを除いて、あなた方は確かな才能を持って活躍されることでしょう。しかし、その才能も世界から見つけられなければ意味がありません」

どれだけ優れた演奏も、美しい絵画も鑑賞されなければ評価はされない。モディリアーニの絵画は、彼が死んで初めて売れるようになった。貧困の中で不遇なまま死んだ天才としてプロモーションされたからだ。世界に見つかるためには、何かしらのきっかけが必要だった。

「例をあげましょう。秒島宗哉（びょうしまそうや）さんは、とある画展への推薦を望みました。彼がここに来る前、予選審査で落ちた展覧会です」

「落ちたはずの賞を貰える、ってことですか？」

「審査員は公正な審査を行います。私たちがやることは、これから行われる本審査に彼の作品を送ることだけで、評価に手を加えることはしません」

しかし、秒島の作品はきっと賞を獲るだろう。本審査に上がった時点で、秒島の勝利は確定している。もう予選で落ちたりはしない。

秒島はここを踏み台に、本気で表舞台に戻ろうとしているのだ。今まで漠然としていた未来図が急に輪郭を確かにする。レミントン・プロジェクトの参加者たちが世界に再び認められる日がやってくる。

「他のみんなは……どうなんですか」

「そうですね。真取智之（まとりともゆき）さんは、どちらかというとプロデュースの方向性になるでしょうか。彼が秋の大会で優勝した後、それを大々的に冠した期間限定の店か、あるいは会食を開き、まずは評論家に真取智之の料理を覚えさせることから始められる予定です」

こちらも驚くほど具体的な願いだった。

真取の計画は、秋の大会の優勝を前提にしている。自分の優勝を疑わず、更に先を見据えているのだ。結果が必要だ、と言っていた彼のことを思い出す。ただ勝って認められたい、というだけではなく、生涯第一線の料理人でいるための選択。

「真取さんには特に期待が掛かっています。もし真取さんが一線で活躍する料理人になれば、いずれは饗宴外交の要にもなるかもしれません」

「饗宴外交？」

「国際政治の勝敗が相手方に出す料理で決まることもある、ということです。才能への投資は様々な分野に波及するものです」

あまり想像が出来なかった。あの番組のタイトルにも使われていたギフテッドという言葉を思い出す。レミントン・プロジェクトによる投資がそこまでのリターンをもたらすのなら、それは確かに国への贈り物だ。

「レミントン・プロジェクトの参加者たちはこれからも継続的にセッションを受け、活躍を重ねていって頂く予定です。綴喜さんがもしこのままレミントンと歩んでいってくださるなら、きっと日本文学の方も世界に認められていくと思います。また、ベストセラーが次々出れば、出版業界自体も活気づきます。そのお陰で、更にたくさんの才能が育つ土壌が生まれます」

「……そうですよね」

綴喜は、四作目を書いた後のことをあまり考えていなかった。

レミントンの力を借りて四作目を書いたら、きっと楽になるだろう。その言葉が一番心の形に合う。誰もが認める傑作を書けるようになって、もう評価を気にしなくてよくなったら、綴喜は色々なことから解放される。たくさんの人に認められるようになることよりも、そちらの方がずっと嬉しい。夜だってちゃんと眠れるようになる。

そこから先はどうだろうか。もう執筆に悩むことなく、この先の成功が約束されているとしたら。綴喜はまた天才としてメディアに出るようになるのだろうか。それとも、ただ黙々と小説を書いていくことになるのだろうか。

どちらにせよ、綴喜は本当の意味で好きな道を選べるようになるはずだ。

「綴喜さん、あなたの欲しいものはなんですか？」

備藤が、はっきりと綴喜に答えを迫る。

2

凪寺の部屋に入ってまず思ったことは、イメージと違う、だった。

映画監督が具体的に何をする職業なのか分かっていなかったのもあるが、それにしてもシンプルな部屋だ。カメラや機材も無ければ、部屋を埋め尽くすＤＶＤの群れも無い。綴喜の部屋と同じような机にノートパソコン、そして厚みのあるノートと鉛筆削りが置かれている。

「映画監督の部屋って……」

「何？　デロリアンの模型とかホバーボードでもあれば良かった？　あとはでっかいスクリーンとか。それは映画好きの部屋で映画監督の部屋じゃないでしょ」

言われてみればその通りだが、それでも殺風景な部屋は落ち着かない。

ローテーションを組むように、綴喜はごく自然にみんなの部屋を回っていた。誰ともなく声を掛け、こうして部屋に招いてもらう。今日名乗りを上げたのは凪寺で、綴喜は言われるがままに彼女の後についてきた。

「映画ってね、本当に最初は孤独なところから生まれるの。どんな映画にしよう、どんな映画なら撮れるだろうっていうのを企画書に起こして、コンテを切る」

「手書きで描いてるの？　鉛筆削りがあるけど……」

「お父さんがそうだったから」

短く言うと、凪寺は机の上のノートをパラパラと捲ってみせた。そこには鉛筆の柔らかい線で、漫画のコマ割りのようなものが載っている。

「まあ、こんなところにいてもすぐさま映画撮れるわけじゃないから、今は単にこういうシーンが撮りたいっていうのをメモしてるだけなんだけどさ。ここにいると、早く映画が撮りたいって思うから不思議だわ」

「ここから出た後どうするの？」

「映画を撮るよ。決まってるじゃん」

当たり前のことを聞くな、というような顔だった。

秒島や真取と同じで、凪寺もここから先をちゃんと見据えている。ただし、彼女にはレミントンの後ろ盾がない。この部屋を使うのも、きっとこれっきりだろう。

「あの、もしかしたら凪寺さんは聞いてないかもしれないんだけど、レミントン・プロジェクトの見返りって……」

「見返り？　ああ、私は普通に新作をコンペに出してもらうことにした。事前審査で一回弾かれてるから」

あっけらかんと言われたその言葉に唖然とする。だって、凪寺さんはレミントンと協力するつもりがないじゃないか、と心の中で思っていると、見透かしたように凪寺が言った。

「私はセッションを一度ボイコットしてるし、継続的なセッションを受ける予定もないから、見返りも無いだろうって？　大事な時間をこんな山の上で過ごしてる時点で対価はもらうべきでしょ」

「それはそうかもしれないけど」

「当然。レミントンの力は借りないって言ったけど、これはレミントンの力じゃなくて国の力だからね。国の」

全く臆することなく凪寺が言う。眩しいくらいに躊躇いがない。レミントンに頼らないことを決めた彼女の望みは、秒島と殆ど変わらなかった。

「こういうことを聞いちゃ駄目なのかもしれないけど、聞いていいかな」

「いいよ。嫌な質問だったら普通に怒るし」

「プロジェクトの見返りでは、文字通り何でも叶えられるんだよね。なら、いっそのこと凪寺さんの映画を全国上映してもらうとかはどうなのかな。たくさん宣伝してもらって、色んな人に凪寺さんの映画を観てもらえるように……」

「綴喜の見返りはそれなの？　自分の単行本が出た暁には、大々的に宣伝してもらってメディアミックスもしてもらって、帯で芸能人に推薦コメントしてもらうとか」

凪寺がにやりと笑う。あけすけに言われて、ぐう、と妙な呻き声が漏れた。どう答えるべきか迷っている隙に、凪寺が部屋の壁にあるスイッチを押す。

すると、壁にパッと映像が映し出された。

「スクリーンは無いって言ってなかった？」

「そんなちゃっちいものは無いってこと。この壁自体がモニターなんだよ」

悪戯が成功した子供のような顔で、凪寺が言う。してやられた。本当に油断ならない。

　そのまま彼女が手元のパッドを操作すると、音も無く映像が流れ始めた。スピーカーは起動されていないようだ。

　映画は途中から再生されているようで、明らかに登場人物は事件の渦中にある。筋立てはよく分からない。大きく映し出される登場人物の悲嘆の顔の前で、凪寺は静かに言った。

「レミントン・プロジェクトは本当にすごい話だと思うよ。叶えられないことがないっていうのも本当だと思う。私の映画もヒットするかもしれない。でも、ここでヒットしたところでアカデミー賞には届かない」

　壁の中では、誰かが銃を撃っている。次々に変わるシーンは酔ってもおかしくないくらい目まぐるしい。なのに不思議と画面は整然としている。凪寺がレミントンに提示されたのはプロットだけじゃなく、画面作りの指南もだ。

　初めは画面の構成、というものにピンとこなかったけれど、無音で映画を観てみればそれがいかに重要なものか気づく。画面作りは小説でいうところの文章力のようなものだ。全ての前提であり、無いと話にならない。

「これ、なんて映画なの？」

「悪いけど教えてあげない。名作だから、綴喜が映画をたくさん観ればいつか見つかるよ」

「僕、結構映画観る方なんだけど」

「それならこれからもたくさん観て」

それは、凪寺の掛けた呪(のろ)いであり、示した道標(みちしるべ)でもあった。この映画を見つけるためには、綴喜はこれからも映画を観なくてはいけない。

「結局、国内で勝てない程度なら、アカデミー賞なんか無理だから。私の欲しいものはそこにはない」

「どうしてもアカデミー賞が欲しい？」

「当たり前。あの賞、いけすかないとこもたくさんあるけどさ。想像してみなよ。あのドルビー・シアターが、私たちが固唾(かたず)を呑んで見守る場所になるんだよ」

邦画が世界で評価されるようになったら嬉しいだろう。毎年のアカデミー賞が国ぐるみの楽しみに出来たら、それはたくさんの映画関係者を勇気づけて、業界全体が盛り上がる。

「だったらなおのことレミントンに頼った方がいいんじゃないの？」

「そうだね。まあ、それは私の後に来る人間がやるだろうから」

あっさりと言ってウォールモニターを観続ける凪寺は、来た時とは人が変わったかのように落ち着いている。無音の鑑賞会の中でも、彼女の中では完璧な音が鳴っているのだろう。

「私は意地を張り続けようと思う」

画面の中の彼が口を開くのと、凪寺が口を開くのが重なって、一瞬どちらの言葉なのか分からなくなる。

「レミントンのお陰で、この国の映画はきっとハリウッドに辿り着く。まあ、それまでに下手なことやってすっぱ抜かれなきゃだけど。……そもそも、気づかれてないだけで、本場ハリウッドだってもう人工知能による映画開発を進めてて、人間を使っての代理戦争が始まってんのかもしれないし。いずれにせよ、私はそれをやらなくてもいい」

凪寺の顔は微かに強張っている。ここまで一緒に過ごしてきて、彼女がずっと虚勢を張り続けていることは理解した。理解してしまった。それでも、彼女は毅然とした態度で言う。

「レミントン抜きの私の実力じゃ、多分見向きもされない。どんどん忘れ去られていって、スマホのカメラで動画を撮って上げるだけになるかも」

「怖くないの？」

「怖いよ。だから私はここで、落ちぶれる勇気を蓄えておく」

凪寺はきっぱりと言った。

「あのさ、綴喜」

「何？」

「自己顕示欲とか言ってごめん」

改めて告げられた言葉を、今度はちゃんと受け止められた。黙って頷く。

「小説書いてるんだね。書けたの？」

「あと少しで完成する。……具体的にはあと一回分のプロットをもらって、解決編を書くだけ」

「え、意外と悠長だね。私も出るんでしょ？　いいなー、映画好きのキャラクターなんて魅力的だろうし。もしかして私って主役？　早く読ませてよ」

凪寺がきらきらとした目で言う。凪寺をモデルにしたキャラクターは魅力的に書けた、と思う。けれど、彼女がさっさと退場する役どころを喜ぶかは分からなかった。

「完成してから読んでもらった方がいいかなって。そうしたら物語の骨子も分かるし」

「はあ？　最終日間近に書き上げてどうすんの。みんな帰る日なんかバタバタしてるじゃん。奏子だって読んでる暇無いかもよ」

「……何でそこで秋笠さんが出てくるの」

「だって、奏子ほんとに楽しみにしてるんだもん。あんたの小説が読めるんだって」

部屋が暗くて良かった、と思う。聡い凪寺は綴喜の反応に何かを察したのか、妙な笑みを浮かべている。ややあって、彼女が口を開いた。

「奏子はすごいよね。私なんかに比べてあの子の方がよっぽど純だよ。どれだけ練習しても苦にならない。本質的には評価すら意味が無い。あの子の世界にはヴァイオリンと自分しかないの。あれこそが本物だよ」

凪寺は心の底からの笑顔を浮かべていた。きっと、彼女にとっても秋笠奏子は憧れなのだ。自分の才能に振り回されることなく、ただ愛によってヴァイオリンに向き合う彼女は、今でも『天才』ではあるのだろう。

「綴喜もさ、ちゃんと見返りについては考えなよ。受け取れるものを受け取らないのは単なる思考放棄なんだから」

凪寺の野心はまだ潰えていない。そんな凪寺は、秋笠と同じく輝いている。

「あ、そうだ！」

不意に凪寺がにやりと笑う。

「私、ちょっと考えてることがあるんだ。丁度いいから綴喜にも手伝ってもらお」

「何を？」

「そりゃもう、やることなんて一つしかないでしょ。ここに私たちがいるのは奇跡だよ」

九日目 返礼

1

部屋に備え付けられたコピー機が原稿の束を排出し終える。クリップで留めると、トナーの醸す独特な臭いが鼻についた。

時刻は午前六時を過ぎたところだった。

夜更かしの習慣が無くなったお陰で、少し早く起きて執筆をするサイクルが出来た。不健康な生活ばかりをしていたから、この変化は嬉しい。今日明日でセッションが出来れば、予定より早く完成するかもしれない。

軽くストレッチをしてから、身支度を整え外に出る。朝の散歩なんて健康的な習慣も、ここに来るまでは無かったものだ。

綴喜の足は自然と中庭に向かった。この施設の中で唯一外の空気を感じられる場所だ。ここで過ごすのもあと少しだと思うと、この囲われた自然でも名残惜しかった。

先客の正体は、入った瞬間に分かった。

陽の光と共に、心地のいい音が流れてくる。時間は違うものの、綴喜は同じ光景を前にも目にしていた。

今朝の秋笠(あきがさ)は不思議なメロディを弾いていた。ヴァイオリンで弾いているのに、別の楽器の音に聴こえる。ヴァイオリンの音色が線の連なりだとすれば、彼女が今弾いているのは点の連なりだ。

しかも、その曲には先がない。何小節かを繰り返すと、また同じフレーズに戻る。同じフレーズを繰り返す曲なのかもしれないが、それにしてはスパンが短かった。

何度も何度も、確かめるように繰り返されるそれは、聴く度に印象が変わる。温かく柔らかい音の時もあれば、切なくやるせない音で奏でられることもあった。たどたどしくつっかえながら、試行錯誤を繰り返しているようだった。まるで、普通った散歩道を捜そうとでもするように。

意図的に弾き方を変えているのだろうが、何がその曲に最も適した弾き方なのかが分からない。これは幸せな曲なのか、それとも悲しい曲なのか、それすら判別出来なかった。

ややあって、繰り返しが唐突に終わった。

代わりに、今度はちゃんとした音の連なりが――しっかりとした旋律が流れ始めた。郷愁を誘う切ないメロディーがあたりに響く。

どことなく寂しいメロディーなのに、この曲は朝によく似合っていた。希望を感じさせるような弾き方の所為だろうか。感情を揺さぶり、懐かしさを感じさせる演奏だ。

……きっと、レミントンが彼女に教えたものだ。

それからしばらく心地いい演奏が続き、たっぷりと余韻を残して終わった。先日のように声を掛けようとした瞬間、秋笠が不意に笑った。

「……聴いてるんでしょ？」

悪戯っぽく囁かれたその言葉に心臓が跳ねる。

「き、気づいてたの？」

「流石に二回目ともなれば気づくよ。どうだった？　私の演奏」

答える代わりに、堪えていた拍手を送る。それを受けて、秋笠は優雅に一礼をした。

この美しい中庭に華やかなステージを幻視する。

「今の曲は何？」

「あれはフリッツ・クライスラーの『ラルゴ・エスプレッシーヴォ』だよ。穏やかで綺麗な旋律でしょう？　ピアノと合わせるとすごく素敵なの」

うっとりと秋笠がそう答える。本当は最初に弾いていた短い音の連なりの曲名が知りたかったのだが、あれは曲というより指慣らしのようなものだったのかもしれない。

「クライスラーの名前は名曲である『愛の喜び』や『愛の悲しみ』と共に語られることが多いんだ。でも、私の中でクライスラーを語るのに欠かせないものといえば——クライスラーの逆盗作事件」

「逆盗作って……」

「クライスラーはね、演奏旅行中に古い図書館でよく『埋もれた名作』を発掘してきたの。例えばヴィヴァルディの協奏曲や、クープランの作品を。クライスラーはそれらを編曲し、再評価させた。けれど、三十年以上経ってから、クライスラーが発見した大家たちの作品は全て偽作……クライスラー自身が作った曲だと明かされた」

「それは……とんでもない話だね」

「当然ながらクライスラーは、長年音楽業界と聴衆を小馬鹿にしていたとして非難されたけれど、彼は少しも気に留めなかった。あろうことか自作ばかり演奏していると聴衆に飽きられるし、クライスラーの名前が冠されていると、この素晴らしい名曲たちを他のヴァイオリニストが演奏しづらいって言ってのけたんだよね」

確かに、存命の現役ヴァイオリニストが作った曲より、埋もれていた名作の方が演奏のハードルは低いかもしれない。曲自体がパブリックに開かれ、誰もが自分の解釈で弾いていいようになったのだと思えるだろう。

「その話を聞いた時、面白いと思ったんだよね。全てが明かされた後も、クライスラーの作った曲は数々のヴァイオリニストに演奏される定番のレパートリーになった。中でも『クープランの様式によるルイ13世の歌とパヴァーヌ』は素晴らしいよ」

深読みばかりするのはいい趣味じゃない。ただ、秋笠がここでその話をすることに意味がある気がしてならなかった。

単にクライスラーの曲を弾いていたから、それに付随するエピソードとして話しただけなのだろうか。

「さっきの『ラルゴ・エスプレッシーヴォ』も元はプニャーニという作曲家の埋もれた作品を元に作られてて……あれ、ということは正しくはプニャーニのものかもしれないね。そうして融和して、作品が出来て、私はそれを演奏して……それで続いていくんだ」

それでも綴喜は、秋笠の話にどうしてもレミントンを見てしまう。秋笠は完璧な演奏を手に入れた。努力家で誰よりもヴァイオリンを愛している彼女は、レミントンのことをどう思っているのだろう。セッションが始まった頃と同じく、自分の演奏の師としてまぶしい憧憬だけを向けているのだろうか。

「私ね、フランスに留学することになるの」

その時、不意に秋笠が言った。

「レミントン・プロジェクトの見返り？」

「うん。パリのコンセルヴァトワールに通わせて貰えるんだ。すごいよね。どんな音楽家でも、一度はその場所に憧れる。今までの私なら絶対辿り着けないような場所。勿論、レミントンとのセッションは続けていくから、頻繁にこっちには帰ってくるんだけどね。レミントンのレベルが上がるのに合わせて、私の方も成長しなくちゃ」

秋笠の向上心には果てが無い。彼女の世界にはヴァイオリンしか無いのだ、と改めて思う。彼女はフランスに渡っても、変わらず練習を続けるのだろう。

「こんなことになるなんて思ってなかった。私の夢はもう終わるんだって思ってたから」

秋笠がぽつりと漏らす。

「私ね、出藍院出身なの。そこの、第三期生。知ってる？」

「……ごめん。知らない。出藍院って？」

「平たく言うと、全国の児童養護施設の中から音楽の才能に溢れている子を集めて、適切なレッスンを受けさせてくれる特別な施設かな」

え、と言ったまま言葉を続けられないでいると、秋笠はゆっくりと頷いた。

「私は物心がついた時には児童養護施設に預けられていた」

「……そうだったんだ」

「うん。そこから出藍院に来たの。出藍院とこのレミントン・プロジェクトって、目的の上ではすごく似てるの。音楽の才能は子供のうちから伸ばすべきだって考えに則(のっと)って、家庭環境が恵まれない子にも機会を与えようっていうのが趣旨みたい。ほら、親がいない子の中にも、私みたいな天才がいるわけだし？」

秋笠は悪戯っぽく笑った。

「ある日ね、適性検査を受けたんだ。そうしたら、私には出藍院に行く素質があるんじゃないかってことになったみたい。そして、ヴァイオリンを渡された」

「ヴァイオリンを……？」

「うん。きっと、私に一番合う楽器だったってことなんだと思う。そこからは必死で練習したよ。結果を出せないと音楽は続けられない。特待生みたいなものだからね、結果が必要だった。ヴァイオリンを続けるのにはお金がかかるし、投資された分、私は返さないといけなかった。だから、今の状況は本当に辛かった。私の夢はここで終わるところだったから」

秋笠の告白を聞きながら、綴喜は静かに動揺していた。

秋笠は強い。まっすぐに努力を重ねていて揺らがない。けれど、それは彼女にもまた、選択肢が無かったからなのだろう。物心つくと同時に与えられたヴァイオリンは、秋笠奏子(かなこ)の人生そのものなのだ。それを失わないために、彼女はどんなものでも明け渡さなければならなかったのだろう。文字通り、何でもだ。

「……すごいね。……大変じゃなかったの？」

「そりゃあ大変だったよ。逃げ出したいことも何度もあった」

「でも、秋笠さんは逃げなかったんでしょ？」

「うん。ヴァイオリンはね、『お母さんの楽器』だから」

秋笠はすっと目を細めて続けた。

「……出藍院に預けられる前、私は家でお母さんがヴァイオリンを弾いているのを聴いていた。……きっと、お母さんはとても素敵なヴァイオリニストだった。……私には才能が無かったけれど、ヴァイオリンは私とお母さんを繋ぐ唯一のものなの。だから捨てられなかった、ずっと」

そこまで言い終えると、物憂い色を浮かべていた彼女の表情がパッと変わった。

「ねえ、どうしよう。私、すごいヴァイオリニストになれるかも。それでソロコンサートなんかも開けて、色んな舞台で私の音を聴いて貰えるのかも。そう思ったら急にドキドキしてきた。天才ヴァイオリニストの返り咲き、悪くないよね」

「そうしたらチケット取るよ」

「そんなの、招待するよ。綴喜くんは戦友だから」

「戦友って」

物騒な言葉に思わず笑うと、秋笠はゆっくりと頷いた。

「だって、私たちはここに来てからずっと戦ってきたでしょう？」

それから秋笠は少しの間、ソロコンサートの夢を語った。この曲を演奏したい、このピアニストと一緒にこの曲を演ってみたい。セットリストはこうしよう。綴喜が気に入ってくれたのなら『ラルゴ・エスプレッシーヴォ』も演奏したい。秋笠の中にはまだ見ぬ夢が渦巻いていて、言葉の一つ一つが光を帯びている。止むことのない展望は、馴染み深いお伽話のようにも聞こえた。

「そうして一生ヴァイオリンと関わっていくんだ」

秋笠の語りはそんな言葉で締めくくられた。自然と拍手を送る。

中庭で初めて秋笠の演奏を聴いた日から、この習慣が抜けなかった。

「こうして拍手をしてもらえると安心するね。まだ私はここにいていいんだって思う」

秋笠にとっての拍手と、凪寺のスポットライトが重なる。ついでに御堂の言った「覚えていてくれ」の言葉も。苦しくとも、まだ戦い続ける理由たるもの。自分にとってそれは何だろう、とふと考えた。自分がここにいてもいいと思える理由。最初にここでそれをくれたのは、目の前のヴァイオリニストだった。

彼女の口がゆっくり開き、綴喜の名前を呼んだ。

「あのね、ずっと言いたかったことがあるの」

「……何？」

「私がパリに行っても、友達でいてくれる？」

「そんなの、僕の台詞だよ」

「私、きっと頑張るから。私のことを忘れないで」

そう言いながら、秋笠の手がそっと綴喜の手を握った。初日と同じく、彼女の指は固く強張っている。レミントンの期待にも応えられる、努力家の手だ。

「少し待ってて」

そう言って、綴喜は勢いよく中庭を出て行った。部屋に戻り、しまっていた原稿を摑む。そして、中庭にいた秋笠に手渡した。

「……よかったら、読んでみてほしい。僕とレミントンの小説なんだ」

「これが……？」

「まだ、途中だけど」

秋笠はおずおずと紙の束を受け取ると、黙ってそれを捲り始めた。

彼女が目を通している時間が一瞬にも数時間にも感じられ、久しぶりに誰かに小説を読まれることの恐ろしさを思い出す。それと同時に味わう例えようもない幸福も。

「面白い」

最後のページまで辿り着くと、秋笠は嚙みしめるように呟いた。

「すごいよ、綴喜くん。これ、面白いと思う。続きはどうなるの？」

「それは……まだ金庫の中にプロットがあるから、僕もわからないんだけど」

「犯人は私かな？」

秋笠が冗談めかして言う。実際に、被害者の二人に加え探偵役と目される人物を除けば登場人物は三人しかいないので、その可能性は十分あった。

「だとしたら、動機は何だろう。彼女は周りの人をずっと気にしてたし、ヴァイオリンを弾くことが出来たら幸せだっていうようなキャラクターなのに」

この小説はフィクションだが、登場人物の造形は現実の参加者たちをかなり忠実になぞっている。秋笠のキャラクターも本物の彼女と同じ明るくひたむきな努力家だ。そんな彼女が犯人になるとは正直なところ想像出来なかった。

「実はすごい悪女だったりして。動機は全部お金のためとか。あとは復讐に燃えた女の子でもいいな。悲しい因縁が最後に明らかになったりするのかも」

「秋笠さんの性格と違いすぎて、それはそれで面白いけど……」

「私、綴喜くんの小説楽しみにしてる。小説の中の私はどういう結末を選ぶのかな」

「きっと、どんなことになってもヴァイオリンを弾いているんじゃないかな」

小説の中の秋笠と目の前の彼女のことを、過剰に重ねているような言葉だった。けれど、秋笠は黙って笑っていた。

このプロジェクトもじきに終わる。機械の力を借りて強引に蘇らせられた天才たちが、自分の才能と——人生と向き合わされた時間が終わる。最初は苦しみと困惑に彩られていたはずなのに、ここにきて綴喜はここでの生活を惜しんでいた。

その思いがあったからこそ、綴喜は凪寺の計画に乗ったのだ。

2

「ねえ、お別れ会やろうよ」

朝食の席で、凪寺は開口一番『企み』を明らかにした。

「何だその小学生みたいな響き」

「だったら御堂は参加しなくていいから」

茶々を入れてきた御堂を睨んでから、凪寺が意気揚々と続ける。

「ねえ、だって私たちってここを出たらあんまり会えなくなるでしょ？　ここでプロジェクトに参加してる間に、私たちも結構仲良くなったわけじゃん。そのくらいやんないとさ」

「いいね、私もやりたい！」

秋笠が明るく同意の声を上げる。

「このままお別れなんて寂しいと思ってたんだ」

「奏子もそう思うでしょ？　だから、今日の夜はパーッとやろうよ。明日は荷造りとかもあるし、明後日がここを出る日だし。前倒しで今日！」

凪寺が高らかにそう宣言する。

「お別れ会か。そういうの全然縁が無かったから確かにやってみたいな。僕が誰かとの別れを惜しむ機会なんて、あとはもうお葬式くらいしか無さそうだし」

相変わらず少しズレた言葉だが、秒島もそう宣言する。

「俺も別に異論無いな。ていうかここのメンバーってほぼ未成年で酒も入れられないし、俺が何か作らないと盛り上がらなくないか？」

真取がそう言うと、凪寺が嬉しそうに指を鳴らした。

「流石天才料理人。正直な話、真取の才能がこの中で一番好き」

「凪寺ってそういうところあるよな」

真取が苦笑する。最初に馬鹿にした負い目があるのか、残る御堂は渋い顔で黙っている。そんな彼に対し、綴喜はなるべく明るく誘った。

「最後なんだし御堂くんも出るべきだよ」

「お前こういうところでグイグイくるタイプじゃないだろ」

「そんなことないよ。最後なんだからって思いは人一倍ある」

「どうせ凪寺あたりに頼まれたんだろ」

御堂の読みは鋭い。昨日凪寺の部屋に行った時に、まさにそれを頼まれたのだ。自分が提案したところで御堂は絶対に渋るポーズを見せる。その時は綴喜が上手く誘導してほしい、と。自分を間に挟んだ読み合いに、思わず笑いそうになる。

「……でもまあ、別に拒否する理由も無いし俺も出る」

「凪ちゃん、やっぱり手のひら返したじゃん」

「ほら、そういうこと言うとまた拗れちゃうよ……」

「ともあれ、これで全員の了解は得たよね」

「そうね。で、場所なんだけど、中庭にしない？　あそこくらいしか開放的な場所無いし。備藤さんもオッケーするでしょ。御堂、あそこでやっていいか備藤さんに聞いといてよ」

「は？　何で俺が……どうせいいって言うだろ。備藤さんなんだし」

そう言いながらも、御堂はさっさと朝食を済ませると、備藤を探しに食堂を出て行った。

「でも、楽しみだね。中庭で集まるなんてお花見みたいだし」

「だよね。あーあ、ここじゃなかったら絶対カメラ回してたのに」

綴喜の言葉に、凪寺が機嫌良くそう返す。

「スマートフォンで撮影すればいいんじゃないの？」

「秒島さん、ヘリの中で説明されたこと覚えてないの？　ここのスマートフォンって出る時に回収されるんだよ。だから意味ない」

綴喜も覚えていなかったので、密かに驚く。なら、自分たちがここで同じ時間を過ごしていたことは本当に記憶に留めておくしかないのか。

「あれなら秒島さんにスケッチしてもらえばいいんじゃない？　どうです？」

「いいかもね。でも、レミントンの手が入ってないから、多分真取くんの期待には添えない出来になるけど」

「そういうことじゃないの！」

秒島の言葉に、凪寺がぴしゃりと言う。

「そこにあるってことが大事なんだよ。というか、レミントンに頼って描いた絵より秒島の元々の絵が魅力的じゃないって誰が決めたわけ？」

「それはまあ、評価する人たちだと思うけど」

「あー、もう！　プロジェクトが終わるまでそういうこと言わないで！」

「分かった」

秒島がそう言って笑っても、まだ凪寺は不服そうな顔をしていた。

きっと、凪寺は秒島の絵が好きなのだ。誰にも評価されず、小説の装画にならなくても。だから多分、彼女はその都度怒るのだろう。

綴喜はその後もお別れ会の準備に駆り出された。この規模のお別れ会であっても、細部にこだわる凪寺の要求に応えるのは大変なのだ。結局、セッションを申し入れることも出来なかった。残る分量は今までのものよりずっと少ないと聞いていたから、明日受け取って、仕上げることになるだろう。幸い、綴喜は他の参加者に比べて荷造りの労は少ない。

その代わり、玄関ホールで備藤に出くわした。彼女は秋笠のセッションを終えたばかりらしく、楽譜のようなものを抱えている。カードキーで施錠する背に声をかけた。

「どうかしましたか、綴喜さん」

「実は……見返りについてお願いしたくて」

それから綴喜は、とあるお願いをした。これからのキャリアに役立つものではあるが、本道からは外れている。

「これは大丈夫なお願いですか?」

「ええ、大丈夫ですが……本当にそれでいいんですね?」

色々悩んだが、これしか思い浮かばなかった。

「多分、お店で幅広く展開してもらうとかの方が、小説家としてはいいのかもしれませんけど。これがいいなって」

「なら、異存はありません」

備藤がきっぱりと言う。綴喜の提案はきっと、自己満足と捉えられても仕方がない。それでも、これしかないと思った。

「正直、迷ってもいて。……レミントンの力を借りて小説家で居続けることには折り合いをつけたんですけど、もっと別の部分で考えてることがあるんです」

「小説家とは別の道を選びたいということですか？」

「そうなんですけど……具体的にはまだ全然考えてなくて。……結局、覚悟が決まっていないだけなんだと思います」

本当は、このレミントン・プロジェクトを通して、もしかしたら自分に向いているんじゃないか——そういう『別の道』について考えたこともある。けれど、本当にその進路を選ぶには、また別の覚悟が必要だ。綴喜はまだ、小説家じゃなくなることが怖い。

自分が評価されていた場所を失うのが怖い。

「だから、その見返りは意味がないものに映るかもしれません。みんながちゃんとこれからを考えている中で、自分でもどうだろうとは思うんですけど」

「大丈夫です。私たちはあくまで綴喜さんの意向を尊重しますし——これもまた、一種の戦略ではあると思いますから」

「ありがとうございます」

深々と頭を下げながら、綴喜は思う。

このまま何事もなくレミントン・プロジェクトは終わり、才能というものに振り回され続けてきた自分たちはばらばらになって、また世界と戦っていく。

ちくりと胸を刺すものがある。ここを出て、自宅に戻ったら、自分はまた小説に人生を食い尽くされるかもしれない。

世界へとまっすぐに身を投じるみんなは、なんて強いのだろう。自分はここを離れた途端に、また弱くなってしまうんじゃないか。そう思うと怖かった。

「もしここを出て――」

その時、備藤が静かに言った。

「もし、耐えられないと思ったなら、綴喜さんはいつでもセッションを取りやめることが出来ます。やりたくないなら、やらなくていい」

そう言う備藤の目は今までで一番優しく、人間味に溢れていた。

どうしてそんなことを言うんですか、と返そうと思っていた。これから、プロジェクトの参加者たちは末永く成功し続けていくことだろう。そんな自分たちに、耐えられなくなることなんてあるのだろうか。

けれど、綴喜の口からは思いも寄らない言葉が出た。

「……逃げてもいいってことですか」

「逃げるわけではありません。世の中の大半の人間は才能が無くても生きています。ここのスタッフがそんなことを言っても説得力が無いかもしれませんが」

「そんなことありません」

才能というものに深く関わり、天才じゃなくなった自分たちを間近で見続けてきた人の言葉だ。それだけで信頼出来る。ややあって、綴喜は言った。

「やっぱり、僕たちが最初じゃないんですね」

運営側である彼女に、直接尋ねたのは初めてだ。備藤は答えない。だから、そうアドバイスをするんですか？」

「僕たちが最初のレミントン・プロジェクトの参加者じゃない。だから、そうアドバイスをするんですか？」

潰れた人間を知っているから。二度と立ち上がれなくなってしまった側に覚えがあるから。だから、そんなに優しい言葉が口に出来るんですか。そこまで切り込めなかったのは、偏に怖かったからだ。

「……今のところ、同じ分野での参加者はいません。皆さんは一人一人新たな試みです」

「そうなんですか。……同じようにレミントンでベストセラーを出している小説家を見てみたかったのに」

「レミントン・プロジェクトはまだ実験段階です。この経過を見て、プロジェクトを継続するかどうかが決まるような」

綴喜たちの経過を見て、また同じことが繰り返されるのだ。

それは幸せなことだろうか。一握りの『本物』たちだけが残り、彼らはレミントンとの終わらない競い合いに身を投じることになる。その世界での才能はどんな意味を持つのだろう。

「大丈夫。駄目になったら、……僕は分からないけど、みんなは大丈夫です。きっと、もう一度輝ける。天才に戻れる」

ちゃんと逃げます、という言葉が言えなくて、途中で不自然に話題を変えた。そのことは、備藤もよく分かっていただろう。

ここに来たばかりの時は、酷い劣等感に苛まれていた。けれど、みんなと関わっていて分かったことがある。

一線で活躍出来なくなっても、彼らは未だ天才なのだ。

たとえみんなが世間から忘れられようとも、綴喜は彼らの輝きを知っている。

もう少しだけその隔たりを強く感じられたら、手放せるのかもしれない。傑作も、小説家としての綴喜文彰も。そこにあるのは、あの病室なのだろうか。そこにいる綴喜は、どんな気持ちになるのだろう。

あの時、晴哉はどんな気持ちでいたのだろう。晴哉は今、どうしているだろう。

「中庭は——」

その時、黙っていた備藤が再び口を開いた。

「レミントンが作ったものです。一番綺麗なものを、一番過ごしやすい場所を。この施設の開かれた場所が、全部そこに集約されるように。あの中庭が綺麗だと言ってもらえる度に、レミントンが認められたような、そんな気分になるんです」

備藤は態度を正して言った。

「中庭で飲食されるのは構いません。組み立て式の椅子などはありませんが、レジャーシートなどはこちらが用意します。芝生の生育も進んでいますから、そこで車座になって頂くといいかと」

「ありがとうございます」

綴喜が言うと、備藤がまた笑った。この人がこうも穏やかに笑うことも、来たばかりの頃は知らなかった。

3

プロジェクトの終わりを祝福するかのように、今日は満月だった。直視出来ないほど煌々（こうこう）と光る月の下で、車座になる。全員の手に背伸びもいいところなワイングラスがあった。

「お別れ会やるって言ったら、備藤さんがシャンメリー用意してくれたんだ。こういうのまで何で用意してんだろうな。クリスマスでもないのに」

ぱちぱちと泡の鳴る金色の液体を見ながら、御堂が呟く。

「へー、備藤さんって結構気前がいいんだね。さよならパーティーにぴったりだ」

秒島も嬉しそうにグラスを傾けている。秒島はシャンパンだって飲める年齢のはずだが、周りに合わせてシャンメリーを選んだらしい。

「俺も激励会だから気合い入れて用意したんだ。まあ、パーティーっていうより花見みたいなラインナップだけどな」

ビニールシートの上は、真取が用意した料理でいっぱいになっていた。海苔（のり）巻きやだし巻き卵に加え、唐揚げなどが用意されている。見た目も楽しい料理は、そのまま店に出せそうな出来栄えだった。

「大分卒業式っぽくなってきたね」

秋笠が嬉しそうに言う。その横で、幹事であるはずの凪寺が唇を尖らせた。

「ていうか激励会とか卒業式とかさよならパーティーとか色々言ってるけど、これはあくまでお別れ会だから」

「名前なんて何でもいいだろ。そもそもお前、大して何もしてねえじゃんか」

呆れたように御堂が言う。それに対し、凪寺が「こういうのは言い出した人間が偉いんだよ」と言う。確かにそれは一理あった。もし凪寺が言い出さなかったら、こうして集まることなく、何となくプロジェクトが終わっていたかもしれないのだ。

「じゃあせめて乾杯の音頭取れよ。……秒島さんはもう飲んでるけど」

「え、これまだ飲んじゃいけなかったの？」

真取の言葉に、秒島が心底驚いた顔を見せる。そのやりとりにもなんだか慣れてきた。

「えー、それではレミントン・プロジェクト参加者の栄光を祈って、乾杯」

促された凪寺が、おずおずと音頭を取る。乾杯、とワイングラスを鳴らしあって、中身を飲み干す。強い炭酸が喉で弾けた。

それから綴喜たちはしばらく雑談を交わした。お互いの専門分野のことには敢えて触れず、今しなくてもいいような話をした。けれど、こうして分野外の話をすること自体が新鮮で、全員が手探りで話をしているようだった。

そうして、十分に他愛ない話をしてから、ようやく『これから』の話が出た。

「俺はコンクールに出る。そこで優勝してから、まずは真取智之の店を期間限定でも出す予定」

「あ、なら僕と似たような形になるのかな。僕も画展に出して貰うことになったんだ。本来は出られないんだけど、特別に出品して貰えるって」

二人の話は概ね備藤から聞いた話と同じだった。彼らの料理と絵は、きっと高く評価されるだろう。一足飛びだけれど、認められる成果は本物だ。誰より美味しい料理と、何より美しい絵が生み出せる。それは新たな刺激となって世界を巡り、色々なものに影響を与えていくだろう。

「そこまでやってくれるなら、いっそのこと金賞までくれるといいなって思ったんだけど」

秒島が冗談かどうか怪しいことを言う。

「でも、それで評価されなかったら、どのみちレミントンの実力がそんなもんってことだからね。そこを実力勝負にするのは当然——あ、実力なのかな、これ」

「実力だよ。作ってるのは俺なんだから」

凪寺の言葉に、真取がきっぱりと言う。はっきりと割り切った真取の姿勢は清々しい。

「私はパリに留学することになった。ずっと憧れだったパリのコンセルヴァトワールに推薦してもらえるって」

「え、本当に？　うわあ、コンセルヴァトワールって映画とかにもよく出てくるとこじゃん。そうか……奏子はそういう世界に行くんだね」

秋笠は曖昧に頷いたあと「凪ちゃんは？」と尋ねた。

「私も自分の映画を出品してもらえることになった。出品されたらこっちのものだからね。レミントンに頼らなくても、私の映画でアカデミー賞を獲るんだから」

「うわ、マジでお前消えそうだな」

「はあ？　そういう御堂は何なの、見返り」

「俺は変わらない。たまにこっちに来て、レミントンと対局させてもらうだけ」

「はー、欲が無いね。もっとこう……何か無いの？　勝利数を底上げしてもらうって」

「馬鹿、そんなことしてどうすんだよ。意味ないだろ」

「ていうか、だとしたらあんただって消えるじゃん。勝たなくちゃクビなんでしょ」

「俺は勝つから」

「それって私と言ってること変わんないじゃん」

それから、凪寺と御堂がいつものように言い合いを始める。それを周りが苦笑して見つめるのも、いつもと変わらない。

「それで、綴喜くんは？」

喧噪の隙間に差し込むように、秋笠がそう尋ねる。それに合わせて言い合いがぴたりとやんで「そうだ、綴喜の見返りは？」と凪寺が好奇心でいっぱいの声を出す。

見返りについてはずっと悩んでいた。

『春の嵐』以降、綴喜文彰は小説を世に出せなかった。それなのに、晴哉のことが鎖になって小説家をやめることすら出来なかった。その間で、ゆっくり自分の価値をすり減らしながら生きてきた。

けれど、今の綴喜には選択肢がある。

完璧な四作目を出した後、華々しく小説家をやめることも出来る。これからもレミントンと共に小説を書いて、天才として生きていくことも出来る。どちらも魅力的だし、綴喜の今までの苦悩を救ってくれる道だ。ただ、どちらが自分の求めるものなのか、まだ分からなかった。

そんな中途半端な気持ちの中で、はっきりと求めることが一つだけあった。それを、綴喜は見返りに求めた。

「僕の……小説を、フランスでも発売してほしいって」

秋笠の目が大きく見開かれる。綴喜の言葉の意味をいち早く察したのだろう。「それって」と秋笠が小さく呟く。

「レミントンと一緒に短編は書いているけど、それだけじゃ本にはならないし、僕の成果らしい成果が出るのは少し先になると思う。だとすると、折角出しても、本になったのを見せる時には、秋笠さんパリにいるのかなって」

早口で言った言葉が、何だか言い訳のように響いて焦る。けれど、折角なら秋笠が一人頑張っているだろう場所にも、綴喜の成果を届けたい。かつて人気だったとはいえ、今の綴喜文彰の小説がそう易々と翻訳されたりはしないだろう。だから、そこだけはプロジェクトの力を借りることにした。

「私、フランス語全然読めないよ」

秋笠がぽつりと言う。

「あ、その、日本語版も一緒に書店に置いてもらえるようにしようって……」

「何それ。うわ、綴喜……それもう愛じゃん」

凪寺が嬉しそうに言う。

「いや、愛っていうか、だって秋笠さんに届かないのはやっぱり寂しいなって……パリでちゃんと小説家として認められてる綴喜文彰の名前があったら、その、いいんじゃないかって」

「私はてっきり何かの賞を獲らせてくださいとか、本屋さんで大々的にフェアをやってくださいとかだと思ってたから、正直感動してる」

「お前さっき実力勝負になるのは当然とか言ってなかったか」

御堂がまたも呆れたような声を出すが、凪寺は少しも気にしていない様子で首を振った。

「そういう茶々とかどうでもよくて、それにしても感動する」

「凪寺さんは映画好きだからか、こういうのに弱いよね」

秒島が小さく首を傾げながら言う。

「ありがとう、綴喜くん」

その時、秋笠がいつものような笑顔で言った。

「……うん。綴喜くんの新刊、この目で見れないと寂しいもんね。フランスの本屋さんで綴喜くんの本を見つけたら、きっと勇気づけられると思う」

「本当に？」

思わずそう尋ねてしまう。

「本当だよ！　それを見たら、私もまた頑張ろうって思えるんじゃないかな」

「俺だって、多分綴喜の本が出たら感動するだろうしな」

真取が上機嫌でそう話す。

「きっとベストセラーになるよ」

秋笠が歌うようにそう口にする。

どんな内容か尋ねられたので、綴喜はかいつまんで内容を説明した。起きる事件のこと、そのトリック。まだ知らない結末のことを。

「ちょっと！　私死んでるじゃん！」

　案の定、凪寺が不服そうに唇を尖らせる。

「でも、ある意味主役みたいなもんじゃね？　被害者って目立つし」

「確かに真取の言う通りかも……って、騙されないから。御堂だって死んでるし」

「じゃあ俺とダブル主演じゃん」

　唐揚げを摘まみながら、御堂が適当に言う。けれど凪寺は納得せず「犯人か探偵じゃなきゃやだったの！」と駄々をこねた。

「それにしても、その物語だと大オチの方はどうなるのかな。つまり、犯人と動機がどうなるのかってことだけど」

「さあ、どうせ真取あたりが犯人なんでしょ。究極の食材を求めた結果、人を殺して食材に使うって話に行き着いたとか」

「それだと完全に『羊たちの沈黙』シリーズになってる気がするけど……」

　それからみんなは思い思いに感想を語り続けていたが、概ね好評なところに安心した。

　このままいけば、最終日には無事に小説が完成するだろう。そうしたら、綴喜の止まっていた時間も動き出す。

　それからは、またぽつぽつと雑談が始まった。今度は心中の不安を吐露するような会話で、どこか冷たい月の光によく似合っていた。

「これから、きっと大丈夫だよな」

「大丈夫だよ。きっと全部上手くいく」

根拠もない慰めを繰り返して、これからを生きていくよすがを見つけていく。

このまま、プロジェクトは穏やかに終わっていくはずだった。

綴喜たちのレミントン・プロジェクトが崩壊したのは、その翌日のことだった。

十日目　黄金時代が灰になっても

1

朝食の席に秋笠が現れなかったのを、寝坊でもしたのだろう、と綴喜は暢気に考えていた。

彼女は身支度が早く、大抵の場合は誰より早く食堂にいたから珍しいな、くらいに。

「あれ、奏子いないの？」

凪寺が欠伸交じりに尋ねる。近くにいた秒島が首を振った。

「お酒は出てなかったはずなのに、二日酔いかな」

彼にしては上手いジョークだったが、場はそれほど和まなかった。それを受けて、秋笠がこの場で担っていた役割がどれだけ大きなものだったかを知る。

「起こしに行こうか。奏子いないと何だか物足りないし」

慌ただしい様子で備藤が飛び込んできたのは、凪寺がそう言った瞬間だった。

「今日のセッションは、中止になると思います」

彼女らしからぬ曖昧な言い方と、中止という言葉の鮮烈さに驚いた。

「どういうことですか？」

「秋笠さんが――」

少しだけ躊躇ってから、備藤が言った。

「……レミントンの部屋を荒らしたんです。あの部屋でセッションをすることは出来ません。雲雀（ひばり）博士の意向を伺ってから、皆さんには再度お話しします」

秋笠の部屋に向かう前に、まず全員がレミントンの部屋へ行った。秋笠奏子が部屋を荒らす、ということの意味が、誰にも分かっていなかったのだと思う。勿論綴喜も分からなかった。

備藤は止めなかった。階段を上っていく自分たちを、ただ見つめているだけだった。

扉の前まで来た時に、カードリーダーの異変に気がついた。よく見ると、読み取り口に何か挟まっている。その正体はすぐに分かった。

秋笠の弾いていた、ヴァイオリンの弦だ。切れたそれを噛ませて、鍵がかからないようにしている。古典的で容易な手口だが、施錠を防ぐには効果的だったのだろう。実際に、彼女はこの中に入ったのだ。

中は備藤の言葉通り、荒らされていた。

セッションで使われていた椅子が倒れ、例の金庫が開いている。

そして床には、大量の楽譜が散らばっていた。その一枚を真取が拾い上げて言う。

「何だこの楽譜……？　秋笠のか？」

「多分、そうだと思う」

この楽譜にはヴァイオリンの弓の運びを示すストロークが付いているし、音符に少しも和音が無い。これも全て、秋笠が教えてくれた知識だ。

散らばった楽譜を拾い集め、そこに書かれているものを確認する。五線譜にあまり強いわけじゃないが、音符はどれも似たような連なりで纏まっていた。細かな違いはあるものの、基本的にこの楽譜は同じ旋律を表しているらしい。

「この楽譜、基本的に六枚でワンセットなんだ。同じ旋律が六枚綴りになってるから」

「それがどうかしたかよ。ていうか、何で秋笠はこんなことしたんだ」

「分からない。それが分かるなら――」

苦労しない、と言おうとしたところで、綴喜の言葉は止まった。

楽譜に混じって、馴染み深いものが落ちていた。

行単位で指定された言葉たち。傑作を書くための設計図。

金庫が開いてる時点で、すぐに思い至るべきだった。備藤はいつもそこを開けて、プロットを取り出していたのだから。

「……これ、僕のプロットだ」

「え？　なんでそれが、秋笠の楽譜に混じってるんだ？」

傍らで楽譜を拾い集めていた御堂が、訝しげに言う。尋ねられたところで、綴喜に分かるはずもなかった。

最後のプロットは短い。トリックを踏まえた犯人の指摘と、動機を語るシーン。レミントンの傑作は、最後まで申し分無く面白く出来ていた。

ただ、それを読んだ自分の身体は、微かに震え始めていた。どうしてこんなことになってしまったかを、プロットは詳細に暴き出していた。

「秋笠さんのところに行かないと」

今にも消え入りそうな声で、そう呟く。それと同時に、凪寺も悲痛な声を上げた。

「嘘だよ。奏子がこんなことするはずない。みんながどれだけ頑張ってたのか、奏子だってよく知ってるじゃん。……このまいったら、プロジェクトも……中止になるかもしれない。それだけじゃなくて……奏子のコンセルヴァトワールだって……」

「最初に言うことが見返りの話かよ」

真取が呆れたように言う。それに対し、凪寺が鋭く睨みつける。

「当たり前でしょ！　秒島の画展の推薦だって懸かってたんだよ！」

殆ど悲鳴のような声だった。ここに来たばかりの頃のように荒れ狂って、凪寺が荒い息を吐く。

「それだけじゃない。あんたの店だってそうだ。夢への足がかりが全部無くなるんだよ！」

凪寺の言葉で、じわじわと不安と実感が湧いてくる。

秋笠のパリ行きが無くなるのなら、綴喜の本をフランスで出版してもらう意味も無くなる。いや、レミントン・プロジェクトが失敗に終わるならそもそも綴喜の見返りも無くなるのか。

みんなに待っていた明るい未来がいきなり消えてなくなることが、現実とは思えなかった。それをもたらしたのが、他ならぬ秋笠であることも。

「……凪寺さんだって、映画を出品してもらえるはずだったのに」

綴喜の口から、思わずそう言葉が出てくる。すると凪寺は初めてそれに思い至ったような顔をして「それもだ！」と小さく叫んだ。

「まだ全部フイになるって決まったわけじゃないだろ」

苛立たしげに御堂が言う。確かにそうだ。

これからが無さそうなのは、秋笠だけだった。

2

秋笠の部屋に向かうまで、誰もが『何かの間違い』を願っているところがあった。秋笠は本当に寝坊をしているだけで、何が起こったのかをまるで把握してないんじゃないか、と。

けれど、そうはならなかった。応じられることを恐れるような弱々しいノックをすると、部屋の主はすぐに出てきた。

現れた秋笠奏子は、今までとはまるで別人だった。

元々白かった肌が、不健康なほどに透き通っている。全身の血を抜かれでもしたかのように、その身体は所在無かった。目には光が無く、目蓋が真っ赤に腫れ上がっている。

「みんな、揃ってるんだね」

切れる寸前の弦のような、奇妙な声色だった。

「……おかしいの。備藤さんが、奏子がレミントンの部屋を荒らしたって、」

「責めていいよ、凪ちゃん。それに、みんなも。迷惑かけてごめんね」

その言葉の意味は、すぐに分かった。

「そんな、」

　凪寺が悲鳴交じりにそう呟く。

「一体──一体なんで？」

　それに対し、秋笠がぽつりと言う。

「……完璧だったから」

「完璧だったって、何が」

「レミントンに決まってる」

　秋笠がそう言って薄く笑う。

「じゃあ、今になってレミントンに反発を覚えたのか？　機械に従って弾くのが嫌になったとか？」

　そう言うのは真取だ。けれど、秋笠はゆっくりと首を横に振る。

「そうじゃない」

　その時、秋笠が綴喜の手元に──そこにあるプロットの束に目を留めた。

「それ、読んだんだね。当たり前か」

「……うん、この話の結末も、全部」

「『私』の動機もこれで分かったよね？」

　綴喜は静かに頷いた。強く握りすぎてくしゃくしゃになってしまったプロットを、ゆっくりと広げる。

プロットには、犯人としてヴァイオリニストが指名されるところと、彼女がその動機を語るところまでが描かれていた。

彼女は一見してヴァイオリンを楽しんで弾いているように見えたが、実はそうではなかった。周りからのプレッシャーで楽譜を見ることすら恐ろしくなり、それが現場での不自然な行動に繋がっていた。殺した動機は、そのことが露見してしまったから。天性の才能を持ったヴァイオリニストが、嘘つきだとバレてしまったから。ヴァイオリンを嫌いになったから。

この動機は意外なものだったし、それが彼女を犯人として指摘する理由になっているのも、ミステリー的には面白かった。現実の秋笠奏子とは全然違うけれど、こういうのもいいんじゃないかって、言うはずだった。

現実で、こんな事件が起こる前は。

「……ごめんね、綴喜くん。私、どうしてもあなたより先に結末が見たかった。あの小説を読んだ時、ヴァイオリニストのあの子にすごく共鳴したんだ。直接的な描写は何もなかったけれど……この子、本当はヴァイオリンなんか弾きたくないんじゃないかって。だから、トリックはわからなかったけど、動機と犯人だけは何となくわかった気がしたの。そうしたら、いてもたってもいられなくて、昨日凪ちゃんがセッションしてる時に細工をして……今日の朝に見に行ったの。金庫があるから駄目かと思ったけど、あっさり開いちゃって……」

ヴァイオリンを優雅に弾いていた秋笠の手は、真っ白になるほど強く握りしめられていた。

「そうしたら、案の定だった。最後のプロットには、彼女がヴァイオリンが嫌いで、そこから自由になるために犯行を行ったんだって書いてあった。……私と同じ。ずっと隠して頑張ってきたのに、私の虚勢は機械にすら見透かされていたんだ」

今までにないほどの悪寒が、背筋に走った。

レミントンはビッグデータを武器に構築されたＡＩだ。物語の型と共に、人間それ自体のデータも収集していたのだろう。それこそ、このプロジェクトの参加者なんかは特に深く。余すところなく。

そうしてレミントンは、その人物の中核にある思いを物語の中に組み込んでしまったのだ。それを本人がどれだけ隠したいと思っていたかに関係なく。たかが小説だ、秋笠本人の話じゃない。そう割り切ることが出来るはずもなかった。機械に引き摺り出された、自分の一番の傷跡。

「……そう思ったら、全部台無しにしたくなった」

「秋笠は、ヴァイオリンが嫌いだったのか？　レミントンに弾き方を教わって、あんなに楽しそうにしてただろ」

真取が縋るように言う。

「レミントンに教わるのは楽しかった。今までの自分とは違う弾き方を知ることが出来るのもすごいと思った。ずっと弾いてきたから分かるの。自分の演奏が魅力的になっているって。それを喜ばない演奏家はいないよ」

ほんの少しだけ態度を和らげた秋笠から、思いもよらない言葉が続く。

「レミントンに教われば、私はきっとこれからもヴァイオリニストでいられる。それもあったのかもしれない。道連れにしちゃったらごめん。私が弱かっただけなのに」

秋笠の目が潤み始める。声が可哀想なくらい震えていた。

「でもきっと、このまま続けてれば、私はまた求められるようになる。もう嫌なの、もう嫌だよ。いつまで私は頑張らなきゃいけないの？」

コンセルヴァトワールに行くのが夢だと言っていたはずの秋笠が、今の秋笠と重ならない。そのまま、彼女の身体がゆっくりとくずおれる。

「私、もう弾きたくない。もうやだ、誰か助けて、私からヴァイオリンを、取り上げて……」

何も言えなかった。

何故なら、秋笠が感じている絶望に覚えがあったからだ。

そんなに苦しいならやめればいい、なんて言えない。

それを失ってしまったら、自分には何もない。そう思っているからだ。

逃げ出せばいいなんて言葉が救いになるはずがない。

だって、自分たちはたくさんのものを与えてしまった。

料理に、絵に、映画に、将棋に、小説に、そして、ヴァイオリンに。

病室で、医者は言った。

このままだと、綴喜は人生を丸ごと小説に食い尽くされることになると。

その時は、それでもいいと思った。

なのに、目の前の秋笠の憔悴した様子を目の当たりにした今は、そんなことはもう言えない。

泣き濡れた秋笠の目は、深い絶望に沈んでいた。

秋笠は結局言えなかった。

『ヴァイオリンをやめたい』『このプロジェクトを降りたい』——それが言えなくて、それでももう頑張ることも出来なくて、プロジェクトそのものをぶち壊そうとした。

縋っていた虚勢すらレミントンに取り払われて、彼女には支えが無かった。

「……ごめんなさい」

その言葉を最後に、扉は無慈悲に閉められた。

後に残された綴喜たちは、その向こうに声を掛けることすら出来なかった。

3

一体どうすればよかったのだろう。さっきからそう自問していても、答えは全く出なかった。それは他の人間も同じようで、さっきから耳に痛い沈黙が流れている。

「私のせいだ」

談話室のソファーで縮こまりながら、ぽつりと凪寺が言う。

「奏子の気持ちも知らないで、あんな風に話を切り出すべきじゃなかった」

「別に秋笠がやったことは変わんないだろ。プロジェクトを台無しにして、俺ら全員に迷惑掛けたんだからさ」

御堂が露悪的な口調でそう言い放つ。「そんな言い方──」と反射的に言おうとしてやめたのは、隠しようもないくらい御堂の顔が悲痛に歪んでいたからだ。

「……まさか秋笠があんなに追い詰められてるとはな。正直、俺らの中で一番安定してると思ったのに」

真取の言う通りだった。暇さえあればヴァイオリンを弾き、ひたむきに努力を重ねている姿は、綴喜の──いや、ここにいる全員にとって明るい光だった。

それが壊れる寸前の少女の強がりだなんて想像もしなかった。

「人は見かけによらないんだね。秋笠さんがあんな巻き込み自殺みたいなことするなんて」

秒島が感嘆したように言う。不謹慎な言葉を咎める余裕すらなかった。

「秒島さんは怒ってないんですか？」

綴喜が尋ねると、秒島はあっけらかんと言った。

「これで推薦が取り消されるのも、レミントンの力を借りられなくなるのも腹立たしいよ。でも、それと同じくらい秋笠さんのことが心配だから」

妙な言い回しだったが、秒島の中でそこは矛盾しないらしい。

彼が自分の言葉で秋笠を案じているのが嬉しかった。だからこそ余計に心配になる。

「奏子、どうしていいか分からなくなってるよ。完全に追い詰められてる。このままだと妙な気を起こすかもしれない。どうしよう。……最悪なことに、なったら」

凪寺の中では、口に出すのも憚られるような結末なのだろう。

「異変に気づかなかったんだから、みんな似たようなもんだろ。あーあ、激励会で浮かれてる場合じゃなかったな。俺らがはしゃいでるの見て、あいつどんな気持ちだったんだろ」

真取がそう言って顔を顰める。

「……そんなこと言ったら、僕にも原因がある。秋笠さんがパリ行きを恐ろしく思ってることなんて知らずに、本をフランスでも出すって」

考えるのが怖いことだったけれど、綴喜の見返りが秋笠を追いつめていたかもしれないのだ。秋笠にとっては無邪気にプレッシャーを強いるものだったかもしれない。

今となっては何も分からない。何が秋笠にとって救いになるのかも。

「皆さん、大丈夫ですか」

その時、部屋の扉が開いて、今となっては懐かしい男の姿が現れた。

「雲雀博士」

その名前を呼ぶと、雲雀は「その通りだけど」と、ややズレた返答を返した。その様子が、少しだけ秒島に似ていなくもない。

「参加者の皆さんに、お知らせしたいことがあります。不安にさせているかもしれないと思ったもので」

抑揚の無い、合成音声みたいな声だ。それを聞いて、彼こそがレミントンそのものなのかもしれない、と思う。親子の関係ではないけれど、雲雀とレミントンには通じるものが、確かにある。

「今回の一件で、皆さんに何か不利益が出ることはありません。セッションが一回分減ったのは残念なことですが、各自、プロジェクト終了までご自由にお過ごしください」

「ちょっと待って、じゃあ私の推薦も⁉」

凪寺がすっとんきょうな声を上げる。

「変わりない。安心してほしい」

「なんだ、大丈夫なんだ」

杪島が呆気に取られたようにそう呟く。

「結局そこ気にしてたのかよ」

苦々しく御堂が言うが、安心したのは綴喜も同じだ。

それと同時に、別のことにも意識が向く。

「秋笠さんは……」

「彼女が続けたいというなら、こちらとしては継続して頂いても構わない。少し落ち着いたら、私なり備藤なりに話しにくるだろう」

まるで他人事のように雲雀が言う。一見、寛大なことを言っているように思えるが、そうではないだろう。

一度折れてしまった人間が、続けたいと言うはずがない。そもそも、秋笠奏子に必要なのは天才ヴァイオリニストでい続けるためのプロジェクトじゃない。心のケアだ。でも、雲雀はそれを与えない。元より与えられはしないだろうが、その素振りも見せない。

　そのまま談話室を出た雲雀の背を、綴喜は咄嗟に追いかけた。

4

　雲雀は大階段のところで捕まった。声を掛けると、数段上で振り向く。「どうかしたかい」と言うのに、下りてくるつもりは全くないらしい。構わなかった。彼の姿を仰ぎながら、綴喜は言う。

「一つ、考えていたことがあるんです」

「何をかな」

「秋笠さんを誘導したのはあなたですか」

　そう言って、綴喜は雲雀の反応を窺う。けれど、傍目からでは何の変化も見えなかった。仕方なく、続きを話す。

「あのカードリーダーが不調だとか、そんなことを彼女の前で言いましたか。奥までキーが入らなくて、ロックが掛かってないことがあったとか、そういう話は」

「それが正しいとして、どうして君はそんな考えに至ったんだ？」

　たどたどしさと毅然とした様子が同居した、奇妙な調子で雲雀が言う。

「そうじゃないと、あんな方法で秋笠さんがセキュリティーを突破するとは思えませんから。カードリーダーに異物を挟むなんて、正直、力業ですし」

それに、いくらなんでも気づくだろう。秋笠は雲雀の言葉を真に受けて実行したのだろうが、結局は子供騙しもいいところだ。何かがつっかえていることに気づけば、取り払って施錠のし直しをするだろう。あれは、建前だ。どうしてもプロットの続きが見たいと焦った秋笠に可能性を与えるための。早朝でも施錠がされていないことへの、ただの理由付け。

「そうだね。施錠が失敗した何らかの理由が無いと、秋笠さんも納得しない。早朝にあの扉に向かおうという気にもならないだろう」

「それで、金庫は扉を引くだけで開くようにしておいた。秋笠さんはまんまと中のものを見た。レミントンの作った小説の結末を。それを見た秋笠さんが取り乱すことも、予想していたんですか」

「レミントンの教育に強い拒絶感を抱き、しかしそこから抜け出すことも叶わない参加者はいる。そういう人に、きっかけを与えることは必要なことだと思う」

雲雀のその言葉を聞いた時、綴喜が思い出したのはエキスパンションジョイントだった。免震構造の建物に使われている技術で、地震の衝撃を受けて上手く揺れるようにわざと継ぎ目を入れてある部分のところだ。壊れる部分を予め用意しておく。そこが割れるようにしておく。

「金庫を開けておいたのは、彼女がやけにレミントンの小説の続きを気にしていたからだ。何かアクションを起こすんじゃないかと思ってね。そうでなくても、レミントンの部屋に入った時点で、何かしら問題を起こしただろう。そしてその罪を償うという名目で、彼女はプロジェクトから外れる。彼女は悲しむが、実際はそうではない。外れる理由が出来て安心している」

彼の語っている言葉は、経験則に過ぎない。今までの参加者の中に、そういう人間もいたのだろう。レミントンを成長させるべく、人間は記録されている。行動のパターンは読めている。秋笠奏子の暴走だって既定路線だったのだろう。物語の中で犯人が追い詰められて、自白するのと同じように。

「レミントンに強い抵抗を持った参加者が、それを押し隠すことは正しくない。いずれ、ひずみが出る。実際に、一人どうなるか分からない方がいたので、その時から心配していた」

雲雀が指しているのは凪寺のことだろう。彼女は父親の指示で無理矢理このプロジェクトに参加していたのだし、レミントン自体にも最初から抵抗を示していた。けれど蓋を開けてみれば、凪寺が一番この環境に順応していた。

「勿論、秋笠さんのレミントンに見透かされていたことに動揺したという『動機』自体が予想の範囲外だったので、私の想定していたセーフティーネットは作動したとは言えないが」

「雲雀博士は、それだけ人間の感情がレミントンによって掻き乱されることを予想しながら、それでも僕たちをレミントンに引き合わせるんですね」

才能を失った天才たちが向き合うのに、レミントンほど残酷なものもない。

参加者は一様に自分の人生のことを考えさせられた。才能というものに翻弄されて、人生を懸けていた彼らが、なおも自分を機械に捧げさせられた。それがどんな気分だったか、綴喜だってよく知っている。

それなのに、目の前の天才はそれを強いた。

それによって参加者が苦しむことを予想していながら。どうしてそんなことが出来たのか。計画の確かさを、レミントンの優秀さを疑っていなかったからだろうか。それはちょっと、ドライ過ぎないだろうか。綴喜の胸の奥が疼く。

「僕が一番……傷ついたのは、」

口にする時に、少しばかり声が掠れた。

「……この趣向に、ヴァイオリンの弦を組み込んだことですよ」

カードリーダーに何かを嚙ませるアイデア。あの隙間にぴったりと当てはまるものが何か、想定していなかったはずがない。レミントンの部屋に侵入しようと決めた時点で、秋笠は選択を迫られた。苦しみながらもずっと人生を捧げてきたヴァイオリンの弦を、小細工のために使わされた。

「それが彼女に一線を越えさせたんだと思いませんか」

あの努力家の手が鋏（はさみ）を持ち、適した長さまで弦を切るところを想像するだけで、苦しくなった。そこで躊躇うようなら、秋笠奏子はまだヴァイオリニストでいられたかもしれない。けれど、そうはならなかった。

「プロットの方は回収出来たんだろうか」

その時、思いもよらない言葉が雲雀から発せられた。

「必要なら、再度印刷も出来るが」

「……全部揃ってますが」

「よかった。なら、完成はする」

さっきまでの話が無かったかのように、雲雀は淡々と言う。実際に、彼の中では終わった話なのだろう。だから、次の懸念事項に移った。残った参加者が十全にプロジェクトを終えられるよう、本気で心配している。

冷たいわけではない。彼の中で、これは思いやりだ。参加者の中で、綴喜は唯一プロジェクト中に完成品を提出しなくてはならないのだ。綴喜文彰（ふみあき）は小説を完成させなければいけない。

「完成を楽しみにしている」

それだけ言うと、雲雀は階段を上がって行ってしまった。

綴喜の手元にはプロットがある。設計図の状態でも面白く、このままいけば短編ミステリーの傑作として出来上がりそうなものが。今までの路線とは違っているものの、綴喜文彰の新作としてはこの上ないエンターテインメントが。

中途半端に上っていた階段を下り、自分の部屋に向かう。

レミントンが求める言葉。きっとたくさんの読者に愛される物語。

くしゃくしゃになったプロットには、それが行単位で刻まれている。集中して書けば、一時間もかからずに完成するだろう。

けれど、綴喜の小説が出来上がったのは、それから数時間後のことだった。


完成した小説を持って、秋笠の部屋に向かう。

彼女の部屋の前には、他のみんなが揃っていた。

「……綴喜。どこ行ってたの？　心配してた」

扉の向こうを怖々（こわごわ）と窺っていた凪寺が、覇気の無い調子で言った。

「自分に出来ることをしようと思って。……秋笠さんは出てこないの？」

凪寺が無言で頷く。

秋笠の部屋の扉は固く閉じられていて、それがそのまま彼女の心の頑なさを表しているかのようだった。

「何度か呼んだんだけど、返事すら無い」

御堂がしかめっ面のままそう話す。

「……僕に少しだけ話させてくれないかな」

そう言うと、扉の前に空間が空いた。一歩進み出て、ノックをする。

「秋笠さん」

返事は無い。でも、聞いているだろうと思って続ける。

「僕も同じだった。いつまで頑張り続けなくちゃいけないんだろうって思ってた。多分、終わらないいんだ。四作目を書き上げても、僕が小説家として生きている限り、この焦燥は終わらないんだって」

きっと、誰もが同じ気持ちを抱えながら、必死で一線に立っているのだろう。それを支えているのが、料理や絵画への愛なのだろう。それを続けたいと思う気持ちが、よすがになってくれる。

「その時、僕は怖かった。このままでいいのかって思ってしまった。そこで気づいたんだ。僕は小説家でいたいんじゃない。晴哉（はるちか）のことを踏み台にした癖に、小説家でいられなかった人間になるのが嫌なんだって」

どれだけ苦しくても、小説に対する愛情を捨てられず書き続ける人間であったらどれだけ幸福だっただろう。

けれど、綴喜には多分それがない。

――小説に対する、焦がれるような愛情がない。

だからこそ、今、彼女の気持ちが痛いほど分かる。

「あの小説を結末まで書いたんだ。もしよかったら、秋笠さんに読んでほしい。秋笠さんが読みたいって言ってくれたことが、ずっと僕の支えになってたから」

すると、ずっと開かなかった秋笠の部屋の扉が少しだけ開いた。

彼女の顔を見ないように、紙の束をすっと差し入れる。そのささやかなやり取りが終わると、扉は元のように閉じてしまった。

それから綴喜はただ待った。自分が込めたものが、彼女に伝わることをただ祈った。こんなに切実な思いをしたのは初めてかもしれない。

気づけば周りのみんなまで、祈るように扉を見つめていた。

そして、組んだ指先が白く染まり始めた時、扉がもう一度開いた。

「……綴喜くん、これ……」

秋笠の顔には困惑の表情が浮かんでいた。

「どうして、あのプロットと違うの？」

「僕がその物語を書きたいと思ったからだ」

綴喜は思ってもないことを言う。完成度の点では、レミントンの作ったプロットには及ばない。このラストのせいで、小説の評価は著しく下がるだろう。

ヴァイオリニストが犯行を認め、動機を語るところまではプロット通りだ。けれど、綴喜の小説にはプロットには無い『その先』が付け足されている。

探偵役による推理劇が終わった後、物語ではこれが作中作だったことが明かされる。登場人物たちは同じ部活に所属するクラスメイトで、作家志望の少年が書いた小説をあれこれ品評する。その中には、作中で犯人だったピアニストの少女もいる。

「……どうしてこの子は、ヴァイオリニストじゃなくてピアニストになってるの？」

「もしかしたら、秋笠さんはピアノを弾きたかったんじゃないかと思ったから」

「何でそう思ったの？」

「金庫に入ってた楽譜だよ。御堂くん、あれまだ持ってる？」

「捨てるわけにもいかないだろ」

わざと皮肉な感じで言いながらも、御堂はそっと楽譜を寄越してきた。恐らく、ノンブルを見て、ちゃんと順番通りに直している。その小さな気遣いが、御堂が彼女を案じていることを示していた。そっと受け取って、秋笠に向き直る。

「これはヴァイオリン譜だったけれど、やけに音符が細かいんだ。だから、あんまりヴァイオリンの曲らしくない。それに、繰り返しもすごく多い。それで思ったんだ。この曲はあの時——秋笠さんが中庭で何度も弾いていた曲だ。秋笠さんはこの曲を弾きにくそうに、それでも何度も弾いていた。少しずつ確かめるように」

秋笠が中庭で、躊躇うように何度も同じフレーズを繰り返していたことを思い出す。つっかえながら確かめるように、何度も何度も弾いていた。弾く度に変わる音色は、試行錯誤の跡だったのかもしれない。

「あれは、レミントンと同じことをしていたんだよね？」

秋笠は答えない。綴喜の口から、答えが明かされるのを待っている。

「多分、この曲の元はピアノ曲なんだ。レミントンがそれをヴァイオリン用に直したいんだよね？　そう思ったから、作中ではピアニストにした」

そう言って、綴喜は楽譜の束を渡す。秋笠の手は、拒むことなくしっかりとそれを受け取った。

「もうヴァイオリンなんか弾きたくないかもしれないけど、……これだけは、最後に弾いてみてほしい。レミントンだってそれを望んでいるはずだ」

＊

秋笠奏子が出藍院に来た日、自室の鍵より先に手渡されたのがヴァイオリンだった。耳の良さを認められて五歳で出藍院に行くことになった時、秋笠は自分がピアニストになるのだと信じていた。

何故なら、彼女の最初の記憶はピアノを弾く母親の背だったからだ。

布団に寝かされながら、母親の弾く美しい旋律を聴いていた。『奏子』という名前と一緒に母親がくれた大切な贈り物だ。自分の耳がいいのは、きっとこのお陰だろう。四歳の誕生日を迎える前に、秋笠は児童養護施設で暮らすことになったが、それまでは毎日のようにピアノの音を聴いていた。母親が弾いていたあの美しい楽器に触れてみたかった。

けれど、そうはならなかった。子供用に誂えられた十六分の一スケールのヴァイオリンを抱きながら、秋笠は飴色の胴をまじまじと眺めてしまった。戸惑った自分の顔が歪んで映っている。

「奏子ちゃんにはヴァイオリンを弾いてもらいます」

最初に秋笠の指導を担当した先生は、神託のように宣言した。

「ピアノなら貴女がやらなくてもいい。でも、ヴァイオリンは貴女がやるしかない」

そう先生に言われた時、少し残念だったが嬉しくもあった。自分はヴァイオリンに必要とされている。これはきっと運命に違いない。

私にはヴァイオリンがある。私とお母さんは音楽で繋がっている。秋笠は早速練習を開始した。

ヴァイオリンは成長する楽器だった。最初に与えられた十六分の一スケールのヴァイオリンから、十分の一に、そして八分の一にとヴァイオリンは徐々に大きくなっていった。それに伴い、秋笠の腕も上達していった。

彼女は自分の考えを言うのが苦手な内気な少女だったが、ヴァイオリンを弾くようになってからは、見違えるように快活になっていった。ヴァイオリンが自分の言葉を補強してくれるような気がして、もっとこの楽器が好きになった。

そうして、初めて出たコンクールで、秋笠は優勝した。

最年少でありながら周りに圧倒的な差をつけて一位を手にした彼女のことを、誰もが褒めてくれた。秋笠奏子は出藍院出身の天才ヴァイオリニストとして取り上げられ、彼女のところには取材が殺到した。

インタビューに答えながら、笑顔でこれからの展望を語る。頭の中には、母親の姿が浮かんでいた。テレビや雑誌に取り上げられながら、秋笠は思う。

——こうして結果を出し続けていたら、いつかお母さんが私を見つけてくれるかもしれない。

陳腐なガラスの靴だ。誰も信じないようなお伽話だ。それでも、秋笠にとってはそれが全てだった。――この才能を辿って、私とお母さんはもう一度出会うだろう。

そう思いながら、秋笠はより一層熱心に練習した。どんなにいい成績を残そうとも驕らず、寸暇を惜しんでヴァイオリンを弾き続けた。学校から帰るなりヴァイオリンを構え、眠る直前まで練習を重ねた。

その傍らで、秋笠は母親が繰り返し弾いてくれた曲を探した。

心当たりをあたってみたものの、記憶の中と一致する旋律は無かった。もしかすると、オリジナルの曲だったのかもしれない。忘れないように記憶の中のその曲を弾いてみたものの、自分のヴァイオリンから流れるその曲は、母親が弾いてくれたものに比べるとどうしても精彩を欠いて聞こえた。

それも全て、お母さんに会えば済むことだ。そして、もう一度あの曲を弾いて貰おう。そう思うと、疲れすら忘れた。

中学生に上がる頃には、秋笠は日本を飛び出して海外のコンクールに参加するようになった。当然ながら世界の壁は厚く、結果はまちまちだった。それでも、秋笠は必死に食らいつき続けた。この頃になると、自分が天才ではないことには気がついていた。

しかし、そんなことは関係がなかった。才能が足りないならその分努力すれば済むことだ。諦めるのはそれからでいい。

結果が出なくとも秋笠は気を抜かなかった。彼女はひたすら練習し続けた。休んだことは一度も無い。三位から八位へ、十六位から二位へ。乱高下しながらも、秋笠は挑み続ける。パッとしない成績を挙げれば注目が減る。だからこそ余計に悔しかった。

何より、成績が悪いと、コンクールの推薦が貰えない。結果が出せなければチャンスが貰えない。勝負の世界は熾烈な椅子取りゲームだ。人前で弾く機会が減れば、その分勘が鈍る。

優勝したい。

勝って、有名になりたい。

十五歳の秋笠奏子にはそれしかなかった。まともな学生生活も、友達付き合いもない。ヴァイオリンだけが、秋笠に寄り添っていた。

そんなある日、秋笠は運命の出会いを果たした。

久しぶりに取材を受けた雑誌の見本を受け取った時のことだ。『次こそ優勝を目指します』という言葉と共に、ぎこちない笑顔の自分が写っている。その笑顔に耐えられなくて、パラパラと雑誌を捲った。その時だった。

とある有名なピアノコンクールの特集記事が載っていた。優勝者や有望株の参加者が写真と共に何人も紹介されている。そのうちの一人、一番小さく載っている少女に、目を奪われた。

彼女の名前は楠木奏といった。十二歳のピアノ奏者だ。

順位は二十一位とさほど高くない。それでも、そのコンクールに出られるのだから、それなりの実力はあるのだろう。ただ、天才とは呼べないレベルだった。

なのに、目が逸らせない。名前と経歴、今までの成績が載っている以外は何の情報もない。さほど注目されていないのだろう。けれど、引きつけられた。

彼女には、秋笠が焦がれてやまない存在の——母親の面影があったからだ。

心臓が早鐘を打って、息が浅くなる。

それが高揚だったのか、それとも嫌な予感だったのかは分からない。

秋笠は焦らずに少しずつ情報を集めた。そしてついに、楠木奏の母親の写真を一枚だけ発見した。楠木奏の後ろで、穏やかな笑顔を浮かべている。ぼやけているけれど直感した。

そこに写っていたのは、紛れもなく秋笠の母親だった。

彼女がどうして秋笠という苗字を手離し、楠木に変わったのかは知らない。ただ純然たる事実として、秋笠の妹は母親と共に暮らし、ピアノを弾いている。

妹の名前は奏という。

自分の名前から一文字引いたその名前が、自分のものよりよっぽど音楽に相応しいと思ったのは、偏に秋笠がずっと音楽に身を捧げていたからだった。奏でるということは人生を丸ごと音楽に差し出すことなのだ。そこに人間は――『子』は、必要無い。

納得があった。ただただ深い納得が。

秋笠はそれきり楠木奏について調べることをやめた。母親に関することもだ。会おうと思えば会えたかもしれないが、それがいい結果に向かうとは思えなかった。同じ世界に身を置いているのだから、秋笠のことは当然知っているだろう。同じ雑誌に載っていたのだ。それでも、母親は秋笠に会おうとはしなかった。

それがどういう意味なのか、秋笠にだって分かる。

ガラスの靴を割って、彼女は歩き出す。これが母親に繋がらなくても、彼女はヴァイオリンを弾くしかないのだ。

しかし、楠木奏のことを知ってから、徐々に秋笠の調子は悪くなっていった。否、張りつめていたものがぷつりと切れたような心地だった。水の中で弾いているかのように、指が重い。そこから出てくる音は単調で、もう誰も感動させられなかった。

初めての選外を貰うと、いよいよ後が無くなってしまった。推薦されない以上、自分でコンクールへの道を切り開くしかない。しかし、秋笠のヴァイオリンは世界で戦うどころか、国内の予選会ですら突破出来なくなってしまった。

練習量が減ったわけじゃない。むしろ、一層熱を入れた。秋笠は高校に進学しなかった。出藍院付きの講師からレッスンを受け、朝から晩までヴァイオリンを弾いていた。自分で上手く弾けたと思っても、講師はじっと秋笠を見つめ溜息を吐くばかりだった。

何がいけないのだろう。何が足りないんだろう。昔は良かったのに、とその目が言っている。けれど、昔の自分には一体何があったのだろう？

「もういい。これ以上やっても意味が無いから、しばらく休みなさい」

そう言ったのは、新しくやって来た講師だった。パリのコンセルヴァトワール出身だというその講師は、結果を出せていない秋笠のことを明らかに見下していた。その目を、実力で撥ね除けてやるつもりだった。それなのに、手を叩く音で演奏を中断させられた秋笠は、怖くて動けなくなる。

「あの、どこが……どこがいけませんでしたか。あの、直します。教えて頂けませんか」

「どこが？　じゃないよ。全部だよ。それに自分で気が付けないからそういう演奏しか出来ないんじゃないの。これ以上やっても時間の無駄だよ」

「すいません。もう一度お願いします。今度はきっと大丈夫です」

ヴァイオリンを支える手が震えている。それでも秋笠は弓を構えた。それを見た講師が、動物をいなすように楽譜で机を叩いた。

「だからいいって。……本当はもう弾きたくないんだろ？　そんな被害者面しちゃって」

「そんなことないです。弾きたいです。お願いします」

「練習にも身が入ってないって聞いてるしさ」

その言葉だけは聞き捨てならなかった。一体どこの誰がそんな適当なことを言ったのだろう。思わず秋笠の言葉が口を衝いて出る。

「私は誰よりもヴァイオリンが好きです。……たとえ才能が無くても、努力だけは誰にも負けません」

「そんなに好きなのに下手なんて、君という人間にはよっぽど中身が無いんだね」

今までちやほやされてきた秋笠の鼻っ柱を折ってやろうという気持ちもあったのかもしれない。講師の顔には隠し切れない愉悦が滲んでいた。それでも、秋笠に実力が無いのは本当だろうから、何も言い返せなかった。

「中身が……」

「そう。音楽の深みっていうのは演奏者の深みだから。その人の人生が反映されるんだよ。適当にダラダラ弾き続けてたって上手くなんかならないの。君には何があるの？」

息が浅くなる。肩の上のヴァイオリンが重みを増したように感じて、倒れそうになった。

才能が無いと言われてもいい。天才じゃなくてもいい。ただ、ヴァイオリンに対する愛だけは証明しなければ。そうしなければ、今まで秋笠が捧げてきた人生が無駄になってしまう。人生を捧げた見返りを、まだ何も受け取っていない。あんな拍手だけでは、足りない。

マイナスで終わりたくない。せめてゼロがいい。そう思うと指が震えた。

「私は、ヴァイオリンが好きです」

秋笠はそれだけ言った。

「口で言うのは簡単だからね」

講師がすげなく言う。そうだ。内気で引っ込み思案な秋笠の言葉は、ヴァイオリンの音色だったはずなのに。

ヴァイオリンを弾き続けながら、秋笠は願う。

お願い。何も無いなんて言わないで。

私、もっと頑張るから。

特別じゃなくてもいい。一番になれなくていい。

ただ、私が頑張ってきたことには意味があると思わせてください。

そんなある日、秋笠奏子は、出藍院の先生から告げられる。

「秋笠さん。貴女に参加して欲しいプロジェクトがあるらしいの」

願いは叶った。

——レミントンさえいれば、私はもう一度頑張れる。人生を取り戻せる。自分が奏でる音が以前のものとはまるで違うことが分かる。レミントンから弾き方を学ぶことを、凪寺の言うようなズルだとは思わなかった。レミントンは秋笠にとって立派な先生だった。その通りに弾くことに抵抗は無かった。元より彼女の演奏は、勝つために磨かれたものなのだ。

それなのに、秋笠は動けなくなってしまった。

レミントンの言う通りに弾こうとしているのに、指がまともに動かない。おかしい。レミントンの言葉は理解出来るし、その通りに弾けば美しい旋律が奏でられると知っているのに。そこで気がついた。

レミントンの言う通りに弾くのが嫌なんじゃない。ヴァイオリンを弾くのが嫌になっていた。

あれ、なんでだろう。なんで駄目なんだろう。

決定的なのは、レミントン・プロジェクトの見返りの話が出た時だった。

あの時、秋笠の心はぱっきりと折れてしまった。

憧れだったコンセルヴァトワール。これからもヴァイオリンが弾ける。

なのに、なんで嬉しいと思えないんだろう。

理由は分かっている。パリ行きの話が出た瞬間、秋笠は思ってしまった。

ヴァイオリニストとしての寿命が延びた。

——なら、私はいつまで頑張らなくちゃいけないんだろう？

綴喜くんがパリで頑張る私のために、そっちでも小説を出してくれるように頼んだらしい。それって、すごく素敵だ。書店に並ぶ綴喜くんの新作は、きっときらきらに輝いている。

それを見て、自分がちゃんと喜べるか分からない。劣等感でいっぱいになってしまうかもしれない。何故なら、私はみんなとは違うから。ヴァイオリンなんかほんとはちっとも好きじゃないから。

そう思うと、まるで自分がとてつもなく醜（みにく）い生き物のように感じた。なんで、みんなみたいに愛せないの。楽しめないの。ちゃんと、適切な愛情を持てないの。お母さんに見つけてもらいたいなんて、馬鹿で子供じみた理由で頑張ってきた罰だろうか。

指が動かない。上手く弾けない。何も楽しめない。

自分にはヴァイオリンがある、という気持ちから、自分にはヴァイオリンしかないと思うようになったのはいつだろう。

だから、ヴァイオリンを失うことは死ぬことだと思っていた。

レミントンは秋笠を救う最後の蜘蛛(くも)の糸だった。

だからこそ、絶望した。

こんなものでは救われない。これで駄目なら、どんなものでも救われない。

私がヴァイオリンを続けてきた理由も、全部無くなってしまう。

もうやめてください。

ゆるしてください。

天才じゃなくなってしまった私のことを——このまま死なせてください。

5

もう駄目だ。

秋笠奏子は、一人ぼっちの部屋の中で、そう呟く。

自分でも何が駄目なのかは分からない。ただ、これからへの不安で押し潰されそうだ。ヴァイオリンを失った私は、もうどこにも行けない。

みんなにも嫌われたし、失望されてしまった。数少ない、ちゃんと出来た友達なのに。特に思い出すのは凪寺のことだ。レミントンの部屋を荒らしたのが秋笠だと知った時の彼女の顔。凪寺はこの中でも一番まっすぐに夢を追っている子だったのに。そんな彼女まで裏切ってしまった。

外では、真取が必死に声を掛けてくれている。けれど、外に出る勇気が無い。自分だけじゃなく、周りまで巻き込んで台無しにしてしまった。

いっそ本当に死んでしまおうか。そんなことまで思う。

ヴァイオリンが弾けなくなった私なんて、生きていても仕方がない。消えた天才少女の訃報(ふほう)なんて誰も見ない。

お母さんには、よく出来たピアニストの娘がいる。

綴喜の前で見栄を張った時とは違う、本当の『お母さんの楽器』を弾いている子供がいる。

私はもういらない。

「秋笠さん」

そんな時、綴喜文彰の声がした。

今一番聞きたくない声だった。何しろ彼は、秋笠が一番手酷く裏切ってしまった相手だ。中庭で演奏を褒めてもらえて嬉しかった。多分、それがあまりに嬉しかったから、余計に怖いんだ。ヴァイオリンが好きで、そのための努力を惜しまない秋笠奏子なんてどこにもいないから。

けれど、綴喜の言葉は予想もしないものだった。

「あの小説を結末まで書いたんだ。もしよかったら、秋笠さんに読んでほしい。秋笠さんが読みたいって言ってくれたことが、ずっと僕の支えになってたから」

小説？　どうして小説の話をするのだろう。その先ならもう知っているのに。

そこまで考えて、思い違いに気がついた。私が読んだのはプロットだ。小説じゃない。あそこに綴喜くんの言葉が乗って、初めてあれは小説になるのだ。

そう思うと、何故か扉を開けてしまった。あの物語は、見たくない私の嫌な部分を晒している。今ここにいる私よりもずっと『私』に近い存在だ。

扉にもたれ掛かり、受け取った小説を読んでいく。そして、物語の中盤にさしかかった辺りで違和感を覚えた。

展開が違う。プロットには無い部分が描かれている。

足された部分はレミントンの生み出す小説とは全く異なるリズムで書かれていた。

恐らく、これが綴喜くんの本来の小説なのだろう。そこではこの物語が作中作であること、実際は誰も傷つかない物語であることが明記されていた。

こんなもの、書かなくていいのに。

最初に抱いた感想はそれだった。この物語は、多分たくさんの読者を喜ばせるようなものではなくなってしまった。あそこから足しても引いても、レミントンの傑作にはならない。

なのに、私はその小説を読んで、扉を開けてしまった。聞きたいことが沢山あったからだ。

「多分、この曲の元はピアノ曲なんだ。レミントンがそれをヴァイオリン用に直したんだよね。もうヴァイオリンなんか弾きたくないかもしれないけど、……これだけは、最後に弾いてみてほしい」

その通りだ。誰にも言ったことがない、自分がずっと探していたもの。綴喜から改めて楽譜を手渡されて、その眩しさに目が眩んだ。

プロジェクトの見返りの話を聞いた時、秋笠は「何でも……」と呆けたように復誦した。本来の意図はあくまでキャリアに役立つ見返りの話であり、この後秋笠はコンセルヴァトワールへの推薦も合わせて提案されることになるのだが、ともあれこの時点で彼女の頭にあったのは、焦がれてやまない旋律のことだった。

『お母さんの楽器』じゃないヴァイオリンでは弾けない、秋笠奏子には届かない旋律。未練があったわけじゃない、と心の中で言い訳をする。

けれど、お母さんが弾いてくれたあの曲を、ヴァイオリンで弾ける形に変換したらどうなるのかを確かめられるのは——『私の曲』に出来るのは、この世でレミントンだけなんじゃないかと、そう思ってしまったのだ。

ピアノとヴァイオリンの音にはどうしたって違いがある。違う楽器では同じ旋律を奏でられない。でも、優れた才能を持つ作曲家が、私の記憶にあるあの旋律をヴァイオリンのものに直してくれたら、何となく座りが悪いこの音も直るかもしれない。

レミントンには自動作曲の能力もあると聞いている。この人工知能の能力の高さは折り紙付きだ。他の人には頼めなかったことでも、レミントン相手なら頼めるかもしれない。

悩んだ末に、秋笠は言った。

「今から弾くメロディーを、ヴァイオリン用に編曲出来ませんか？　レミントンは様々な音楽パターンを知っているんですよね。なら、きっとこのガタガタの旋律からでも、自然なものにアレンジ出来るんじゃないですか」

「それならいくらでも。完璧なものを作ってもらいましょう」

備藤は珍しく穏やかな顔で、そう言っていた。

秋笠はその音を、ほんの少しだけ期待して待っていた。

弾いてみてほしい、という言葉が重く響く。

部屋の隅には、ケースに入ったヴァイオリンがある。

レミントンの残してくれた曲は、まだ弾ける。

本当はヴァイオリンを持つのが怖い。大切な弦も切ってしまった。

でも、この先にはお母さんの曲がある。

相反する気持ちが苦しくて窒息しそうだった。でも、もしここで扉を開けなければ、もう二度とあの旋律には出会えないかもしれない。

そう思うと、恥ずかしいことに足が動いた。

何も言わないまま、弦を張り直したヴァイオリンを手に取って、その曲を弾いてみる。すると、自分の頭の中だけで鳴っていた音がずっと鼓膜に届く。こういう音だったんだ、と素直に思う。

記憶の中のものよりも、レミントンが作ってくれた旋律の方がずっと長い。それでも、違和感が無かった。あの時部屋で聴いた曲は、こういう風に続いていたんだと受け入れられる。

誰かに聴かせるためじゃなく、自分のために弾く音は伸びやかで優しい。この音をずっと弾いていたかった。

そう思うと、悔しくもあった。この音に辿り着けたのは、どうしたって私じゃなく、レミントンなのだ。

私は天才じゃない。分かっていたことを、秋笠は思う。

それを受け入れるまでに、随分遠回りをしてしまった。

6

秋笠の演奏が終わるまで、綴喜は殆ど呼吸すら忘れていた。

終わると、秋笠は小さく息を吐いて、真っ赤な目のまま呟く。

「……私は、みんなのことだって、裏切ろうとしてた。一人で脱落するのが怖くて、みんなが巻き添えになればいいって思った」

「わかるよ」

そんな言葉が口を衝いて出た。言ってしまってからどうなんだ、と思うけれど、そう言わずにはいられなかった。

一人で舞台を降りるのは怖い。

秋笠だって人生を随分ヴァイオリンに捧げてきた。多分、自分たちがやっているのは分の悪い賭けなのだ。何も分からない頃から、自分の存在理由を一つに絞ってしまって、気づけば取り返しのつかないところまで来てしまっている。賭けたものの重さが怖くて、降りることも出来ない。

だから、こうして無理矢理引きずり下ろされて、恐ろしいけれどホッとしてもいる。

小説家でいることにあれだけ執着していた綴喜なのに、その変化が不思議なくらいだった。

「本当にごめんなさい。みんなの人生が懸かってたのに。後先考えずあんなことしちゃって。自分のことばかりで、取り返しのつかないことをした」

「ヴァイオリンはやめちゃうの」

凪寺が怖々とそう尋ねる。ややあって、秋笠が小さな声で言った。

「……やめたい。好きだけど、もういい」

たったこれだけのことを言うのに、随分遠回りをしちゃった、と秋笠が言う。

「うん。わかった。……よく言った」

凪寺がそう言って、秋笠のことをきつく抱きしめる。

「出藍院からも出ることになるだろうけど、どうにかする。ヴァイオリン以外に、何か見つけて、ちゃんと生きてく」

現実に折れてしまって、夢を諦めた元・天才少女。

何も知らない人から見れば、それはありふれた残酷物語なのかもしれない。

けれど、目の前にある光景は、辛くも悲しくもなかった。

十一日目　明日の前の日

1

　最終日はそれなりにバタバタしていて、しんみりした雰囲気よりも引っ越しの朝のような慌ただしさが漂っていた。玄関ホールですれ違っても、お互いに忙しくて立ち話が出来ない。

　だから、全員が集まって話せたのは、迎えのヘリが来るまでの三十分間だけだった。

「連絡先交換するの、無しにしようぜ」

　そう言い出したのは、意外にも真取だった。今まで一番社交的で、みんなのコミュニケーションの潤滑油になっていたのに、そんなことを言い出すのは何だか似合わない。ややあって、凪寺が言った。

「私も同じこと思ってた」

「寂しくないの？」

そう思わず言ってしまってから、センチメンタルな言葉過ぎたかと思う。けれど凪寺は「寂しいよ」と素直に返した。

「でも、私は弱くて薄情な人間だから、繋がってたら安心すると思う。その気になればいつでも会えるって思って、きっとみんなのことをただの思い出にするよ。そうはしたくない」

「そうか……」

御堂（みどう）が珍しく感心したような声を出す。

「普通の友達ならそれでも連絡先交換するんだけどさ、私たちは普通じゃないでしょ」

「どういうこと？」

秋笠（あきがさ）がきょとんとした顔でそう尋ねる。すると凪寺はどこか誇らしげな顔をして笑った。

「だって私たちは天才だよ。各分野で活躍し続けてれば、私たちにアクセスする方法なんていくらでもあるよ。この国では随分前から天才はコンテンツだから。どこにいたって活躍し続けている限り見つけられるよ」

いかにも凪寺らしい論理だった。

「それだと、私は見つけてもらえないね。だって、私はもうヴァイオリンをやめるつもりだし」

寂しそうな顔でそう言う秋笠に対し、凪寺はなおも続けた。

「何言ってんの。奏子は特別だよ。奏子が自由に連絡取れるように、私たちはこれから努力するんだからね。奏子が会いたいと思った時にパッと見つかるようにするのが私たちの使命」

「だとしたら、お前が一番厳しいだろ。レミントンの力を借りずに頑張るとか言ってる時点で十中八九消えるだろうし。まあ、俺も消えるだろうけど」

「残念でした。私は世界のナギデラの娘だから。私が大成しなくても凪寺孝二の動向を追えば、まあどうにか私には連絡つくでしょ。そこが私と御堂との差」

「お前、妙な方向にポジティブになったな」

御堂と凪寺のいつものやり取りも、最後だと思うと何だか惜しい。

「秋笠さんがどこにいても、きっと僕の絵を見てもらえるようにするから。忘れないで」

秒島が真面目な顔でそう話す。

秒島はここを出た後も、レミントンと協力して作品を発表していく予定だ。もし、レミントンの実力が本物であれば、秒島宗哉の名前はこれから天才として有名になっていくだろう。そうしたら、どこにいても秒島の絵が見られるようになるかもしれない。

「それに、真取くんはコンペで優勝するだろうし、店も持つんだもんね」

そう言う眇島の言葉に、真取が思い出したように言う。

「あ、俺は少し変えたんだ」

「何を？」

「見返り。自分の店を持つ代わりに『当月堂』で修業させてもらうことにした」

その店名は、真取の部屋に行った時に聞いた名前だった。彼が和食を好きになるきっかけになった店で、ずっと敬愛している場所だ。

「レミントンに教わるのに、弟子入りするの？」

「ああ。俺は、レミントンに教わったって俺の料理だと思ってるし、それでいいもんが作れるならそれでいいと思ってる。でも、先生は一人じゃなきゃいけないわけじゃないだろ？　俺は『当月堂』で学びたい」

「レミントンに習うのに、人間から学ぶことってある？」

「あると思ってるから、俺はレミントンに安心して頼れるんだよ」

笑いながら、真取が言った。

このタイミングしかない、と思い、綴喜も口を開いた。

「僕は、小説家であることをやめようと思う」

これについては、備藤(びとう)にはもう伝えてある。元より荷物が少なかったから、他のみんなより早く支度が済んだのだ。備藤は残念だと言ってくれたけれど、これから綴喜が目指す道の話を聞くと「向いていると思いますよ」と言った。

そして「実はあの日、私も同じことを言おうと思っていました」とこっそり教えてくれた。備藤が言いかけていたのはこれだったのだ。

「何でそんなこと言うんだよ」

御堂も訝しげにそう言った。けれど、綴喜は静かに首を振った。

「僕が四作目を書きたかったのは、自分に才能があると証明したかったからだ」

誰からも認められる傑作があれば、全てが上手くいくと思った。自分が天才小説家でいなければ、自分は人の人生を踏み台にした人間で終わってしまいそうだったから。もし晴哉（はるちか）に頼らずベストセラーが書けたら、もう誰からも『春の嵐』の続きを書けとは言われなくなるんじゃないかと思ったから。

そうしたら、自分の人生を取り戻せるんじゃないかと、そう思った。

「でも、もう証明はいいんだ」

本心からそう言った。もし、まだ小説に未練があるのなら、一度完成させたあの小説を破り捨てればいい。そして、レミントンの望む通りに書き直すのだ。けれど、そうはしたくなかった。商業的に成功することはおろか、ここにいる人間にしか読ませられなかった小説の結末は、あのハッピーエンドじゃなくちゃいけなかったからだ。

　これで、綴喜は『春の嵐』を最後の一作にして、忘れられた作家になるだろう。口さがない人間は、結局綴喜は借り物の物語を書いていただけだと言うかもしれない。あるいは、あっさり折れてしまったんだろうと。それでも構わなかった。

「ここまで来て勿体ないと思わないの？　……今ならまだ間に合うのに」

　秋笠が不安そうに呟く。自分が原因じゃないかと思っているのだろう。けれど、綴喜はゆっくりと首を振った。

「いいんだ。僕はあの小説が好きだから」

「……今までの努力が無駄になったとは思わないの？」

「みんなの前でそんなこと言えないよ。……無駄なことなんてなかった」

　その言葉は祈りに似ている。でも、ここにいる天才たちを眩しく思うのなら、才能の前でもがき苦しみ、小説にしがみついていた綴喜にだって、その輝きがあったはずなのだ。それだけで、綴喜は新しい自分を肯定出来る。

「あーあ、でも読んでみたかったな、ベストセラーになる綴喜の四作目」

　凪寺が不服そうにそう呟く。

「小説は書かなくなるけど、代わりのものを書くよ。それで、きっとみんなに会いに行くから」

　その時、備藤が綴喜を呼んだ。ヘリの行き先はバラバラで、自分たちは五月雨式に帰っていくことになる。最初が綴喜だ。

ここから出たら、もうしばらく会うことはない。——もしかしたら、二度と会わないかもしれない。何と言っていいかわからず、一番無難な言葉を使う。

「それじゃあ、またね。……元気で」

みんなが口々に同じ言葉を返す。あの御堂ですら、少し涙ぐんでいた。綴喜も泣いてしまいそうになって、浅く息を吐く。そうして、扉に手を掛けた瞬間だった。

「忘れないで」

秋笠の声だった。

「私たちのこと、絶対忘れないでいて」

「忘れないよ」

世間に忘れ去られてしまっても、綴喜はちゃんと覚えている。

忘れない。この光と一緒に生きていく。

2

「小説家をやめるというのは本当なんだね」

ヘリコプターに乗り込む時に、雲雀(ひばり)にそう話しかけられた。ヘリポートから地上にいる彼をまじまじと見る。昨日とは逆の構図だった。

「そのつもりです」

「惜しいね。君ならきっと、これからも傑作を書けた」

雲雀の声は本気だった。きっと、綴喜より上手い文章を書く人間はいくらでもいる。レミントンに頼らずに想像の翼を広げられる人間だっているだろう。ただ、目の前の天才はささやかな綴喜の才を尊重してくれていた。それが、酷く嬉しい。

「ずっと気になっていたことがあるんです」

「何かな」

「どうして、レミントン・プロジェクトを行おうとしたんですか？」

綴喜の問いに、雲雀はさっきより少しだけ熱を持った声で、答えた。

「だって、好きなものを失うなんて、寂しいじゃないか」

当たり前のことを説くように、雲雀が言う。

料理が好きな人は料理人でいるべきでしょう。絵が好きな人は画家でいるべきでしょう。映画が好きなら、映画監督でいればいい。雲雀は歌うように続けた。

「才能が無くなった程度で、諦めるなんて悔しいだろう」

そんな風に割り切れる感性を、綴喜は持っていない。

機械に従い求められる料理を作ること。機械に従い好まれる絵を描き続けること。
それを全部、雲雀は愛で片付けようとしている。自分たちが人生を懸けて取り戻そう
としていることを、好きだから続けたんでしょう？　と言ってくる。
そんな単純な話じゃないのだ。という思いと、そういう単純な話なのだ、という思
いが交互に出てくる。
そうした観点で見れば、レミントンは『好き』であれば続けられるというツールだ。
もしこれからレミントン・プロジェクトがどんどん成長し、人の才能が本当に均一化
されるようになったら。
それは、好きなことを諦めなくてもよくなる世界なのかもしれない。
「僕は、小さい頃から期待されてきました」
「そうだろうね」
「きっと傑作が書けるだろうと思われて、勝手に期待されて失望されて、……そんな
目で見るなら、最後まで愛してくれればいいのに」
でも、それは多分甘えた考えなのだ。小説を書かない小説家には価値が無い。今の
綴喜文彰は忘れられて然るべき存在だ。
「でも、多分楽しかった」
ずっと言えなかった言葉を口にする。

「みんなに期待されていたあの瞬間は、きっと宝物でした」

あの時間は自分にとって呪いでしかないと思っていた。

けれど、それだけではないはずだ。そのことを、今の綴喜は知っている。

「私は『春の嵐』を読んで感動した」

雲雀が真面目な声で言った。

「君には今でも才能がある」

「ありがとうございます。——雲雀博士」

「ああ」

「そうだ。レミントン・プロジェクトの由来って何なんですか」

「人間の至高の発明、レミントン・タイプライター。猿が叩き続ければ、いずれはシェイクスピアを打ち出す機械だ。人に言葉を伝える機械であり、天才を世に広める機械だ」

「……そうだったんですね。ありがとうございます」

綴喜がそう言うと、雲雀は立ち上がった。話すべきことは話したということなのだろう。綴喜にももう、言うべき言葉はなかった。

『春の嵐』はたった一回だけ書けた奇跡の小説だ。綴喜の人生のゴールデンタイム、それはもう終わってしまった。
でも、今は祈っている。
どうか、僕たちが特別であった日々を覚えていて欲しい。
それと同じ熱で、特別でなくなった僕たちのことも見ていてほしい。
身勝手な願いを黄金色の星に懸けた。

エピローグ

『新進気鋭のSF作家・河村晴哉氏　インタビュー草稿』

――それでは、同じように作家を目指している方へのアドバイスなどはありますか？

『アドバイスって言ってもですね。俺は手首から先しか動かせないから、締め切りを守れるようにスケジュールをかなりきっちり組んでます。自分のペースがどのくらいかっていうのを、ちゃんと意識しておくべきなんじゃないかな、と。俺はよく、肘から上が動くようになったら間に合いますって編集者に送るんですけど』

――（笑）

――河村さんの書くことへのモチベーションはどこにあるのでしょうか。

『それは多分、夢を絶たれたからではあると思うんですよ。俺は元々宇宙飛行士を目指していて、本来なら紙の上だけじゃなく、本当に宇宙に行くはずだった。それがいきなり潰えたどころか、まともに歩くことすら出来なくなった』

『事故から目醒めて、自分が動けなくなったと知った時は絶望しました。死にたいと思ったし、それすら自分では出来ないことで更に辛くなった。でも、どうしてでしょうね。周りから夢が絶たれて可哀想だって言われる度に、何だか妙に醒めてきたんです』

『夢が叶わなくても生きている人なんかたくさんいるのに、何で俺だけ可哀想なんだろうって』

『世の中には宇宙飛行士になれなかった人間も、画家になれなかった人間も、小説家になれなかった人間もたくさんいる。でも、そういう人たちは全員不幸なのかなって。そうじゃないだろうって思ったんです』

『それで、こうして片手用のキーボードを付けてもらって、それで意思疎通が出来るようになってから、思ったんです』

『自分は、これを書けるんじゃないかって』

『実は従弟に小説家がいるんですけど。彼が病室に来た時真っ先に聞いちゃいましたもん。「これも書くのか」って。書かないなら、俺が書いてもいいかって』

『この経験が元になったのが「五色の空」ですね。まあ、あれのどこに自分の要素が入っているかは、微妙なニュアンスだということで』

『というか文彰、これちゃんと要らないところカットしてくれよな』

『俺はよく喋りすぎるから』

『ちがった』

『打ち過ぎるから』

*

長い坂道を上ると、指定された住所はすぐそこだった。

この街どころか、この地域にすら綴喜は初めてやって来た。こういう機会でも無ければ、来ることもなかったかもしれない。

辺りはいよいよ自然が濃くなってきていて、何だかレミントン・プロジェクトの施設を思い出した。

道に迷ったかもしれないと危ぶんでいると、ふと、懐かしい音がした。

大衆を喜ばせるような天才的な音色じゃない。でも、確かに心を震わせるヴァイオリンの音がする。

その音色の方へ歩いて行くと、そこには、目を瞑りヴァイオリンを弾く、秋笠奏子が立っていた。初めて出会った時と殆ど変わらない構図だ。

拍手をすると、木立の中に立っている彼女が振り向く。

三年ぶりだというのに、驚くほど変わっていない。立ち姿が凛としている。

「……綴喜くん？」

「久しぶりだね、秋笠さん。メールありがとう。あの記事読んでくれたんだ」

ずっと音信不通だった秋笠からメールが来たのは、インタビュー記事を公開してすぐのことだった。『秋笠奏子』という差出人名を見て、あの日の約束を果たせたのだと、震えた。

「読むよ。記者である綴喜くんと、取材を受ける河村先生の記事なんて、夢みたいじゃない？」

そう言って、秋笠が笑った。

レミントン・プロジェクトを終えた後、綴喜は小柴に話を通し、受験勉強に集中することにした。そして、とある大学の新聞学科に入ったのだ。

それもこれも、ジャーナリズムの道に進むためだ。

昔から、よく気がつくと言われていた。観察に基づく正確な描写力だって褒められていた。自分が何かを取材して記事にすることに向いているんじゃないかと、プロジェクトの最中に初めて気がついたのだ。

小説家でいることに執着しなくなると、この世界には驚くほどたくさんの選択肢があることに気がついた。

そして、学生の身ながらも、少しずつウェブ用の記事を任せてもらえるようになってきた。その一つとして行ったのが新進気鋭の小説家・河村晴哉へのインタビューだった。

宇宙飛行士を目指しながらも、不幸な事故で身体が動かなくなった河村晴哉は、その四年後にとあるSFの新人賞を獲り、作家デビューを果たした。最初は晴哉の身体のことは全く編集者に知らされず、対面での打ち合わせを行う段になってようやくこの事実を知ることになった。

デビュー以来、晴哉は精力的に作品を発表し続けている。悲劇の天才小説家、という煽りは綴喜の趣味ではないけれど、晴哉はそれすら楽しんでいるようだった。

『この身体になってよかったことの一つだな。天才のハードルが明らかに低い』

冗談めかしてしたたかに言う晴哉は、世間が思っているよりも遥かに天才だ。

自分があの病室で怯えていた時、晴哉の中ではどのくらい物語が出来ていたのだろう。それを思うと、敵わないな、と思う。

「あの記事を読んだ時、改めて綴喜くんの言葉が好きだと思ったんだよね。……晴哉さんのことを知らない人に、伝えるべきことだけを丁寧に書いてる」

真正面から褒められて、少しだけ居心地が悪くなる。けれど、前よりはずっとその言葉を素直に受け止めることが出来た。

「実は、今度はみんなの記事を書きたいと思ってるんだ」

「それこそ、秒島(びょうしま)さんとか？」

「うん。本人も承諾してくれたよ」

秒島は、あの後宣言通りにコンペに出展し、見事金賞を手にした。元より天才学生として有名だった秒島はすぐさま話題の中心となり、その後に発表された作品も軒並み評価されている。今も彼は定期的にレミントンに会いに行き、セッションを重ねているのだそうだ。

「しかも、それに対しての本人の返答は『その構図や描き方が美しいならそうする。自分はただ絵を描いて生きられればいい』だから、一貫してるよ」

溜息を吐きながら、綴喜はそう回想する。レミントンに従い、傑作を描き続ける秒島は、自分の好きなものと共に歩む人生を送っている。

それに、綴喜は知っている。

秒島とのセッションを三年も続けてきたレミントンは、今なお人間の感性を学び、データを基に正しい構図を打ち出し続けているが、その作風には少しだけ変化が出ている──秒島の影響を受け始めているのだという。

身近にいるサンプルの影響を受けるというのは考えられる話だし、そもそもあのセッションの最中でさえ、レミントンは秒島の描き方に合うよう微調整を続けていたはずだ。

それなら、それはレミントンの絵ではなく、正しく秒島とレミントンの絵なのではないか、と思う。備藤が最初に持ち出したシンセサイザーのたとえが一番しっくりくる。人と機械が相互に影響し合う、新しい芸術を秒島は生み出せているのではないか。

「本当は『当月堂』と真取くんも取材したかったんだけど、修業中の身だって断られた」

「あの後の大会、優勝したんでしょう？　新聞に大きく載ってた。最年少の快挙だって」

「それでも、修業中だから断固取材拒否。でも、食べに来るのは歓迎だって言ってた」

電話で話した時、真取はあの時と変わらない華のある声で応じてくれた。

「レミントンとのセッションは続けてるよ。あいつからも、たくさん学ぶことはあるし。でも、ここで学べることも同じくらい尊い」

噛みしめるように呟かれた言葉に、電話越しに頷いてしまう。

「そういえば、新しい全自動調理器が出たの知ってるか。食材を入れるだけで自動で調理してくれるやつ」

「知らない」

「結構すごいんだぞ。でもまあ、ちょっと前から圧力鍋とかで近い機能を持ってた奴はあるんだけどな。で、そのニュースを見た常連さんが言ったんだよ」

「なんて？」

「『やっぱり料理は人の手で作った方が美味い』」

真取が笑うので、綴喜もつられて笑った。このことを笑えるだけの自分たちでいられてよかった、と思う。

「……そうなんだ。真取くんも元気なんだね」

秋笠がヴァイオリンを撫でながら、眩しそうに目を細める。

「何だかんだで、御堂くんもプロにしがみついてるしね。ギリギリの成績でいっつも残留するから、逆に一目置かれてるって言ってた」

「よかった。まだ御堂くんは将棋を続けてるんだ」

御堂の近況については、なかなか秋笠のところまで情報が入ってこないのだろう。先の二人が華々しく活躍しているのとは違う。けれど、御堂は今も将棋を指している。

「凪ちゃんについては逆にたくさん知ってるんだけどね」

「あー……僕も見てるよ。『凪チャン』」

凪寺は、宣言通りにコンペに出展し、箸にも棒にもかからないまま落選した。当然といえば当然なのかもしれないが、ホームページで凪寺映深の名前が無いのを見た時はショックを受けた。

けれど、そこで終わる凪寺じゃなかった。

彼女が動画サイトに専用チャンネルを作ったことは、ネットでは多少話題になった。

凪寺が世界のナギデラの娘であることを堂々と喧伝したことで、映画ファンの間で話題になったらしいのだ。

けれど、そこに載っている彼女の自主制作映画の再生数は芳しくない。最初は凪寺孝二の名前で見ていた人も、徐々に離れていってしまったのだ。

ただ、それでも凪寺は映画を撮っている。一ヶ月に一度は、新作のショートフィルムが投稿される。

この間投稿された映画は、高校生の女の子が初めてバイクを買うまでを描いた素朴な作品だったが、それを観て、綴喜は思わず泣いてしまった。悲しいところも泣かせるようなところも無いのに、カタログを前に悩み、バイクを手に入れて愛おしげに撫でる姿を見ると、涙が出てきた。

その映画の再生数は千回を少し超えたくらいだ。とても天才映画監督の再生数じゃない。けれど、凪寺の映画は綴喜に刺さった。

そのことを秋笠に伝えると、彼女も「あれ好きだったな」と顔を綻ばせる。

「まあ、凪寺さんにはこの間お叱りのメールを貰ったんだけど。早く有名記者になって私のことを全世界に紹介しろって」

「凪ちゃんらしいね」

「そうしたら、いつかアカデミー賞を獲得した時に、独占インタビューに応じてやるって、啖呵切ってた」

落ちぶれる勇気を蓄えてみる、と言っていた凪寺は、今日も泥臭く頑張っている。

「それで、メールを出したから遊びに来てくれたの？」

「いや、今回は取材に来たんだ。秋笠さんのことを」

「私を？　取材しても、面白くもなんともないよ」

冗談だとでも思っているのか、秋笠がからからと笑う。そして、静かに言った。

「私の特別は終わってしまった」

「そんなことない。……秋笠さんは今でも特別だよ」

はっきりと目を見てそう言った。

「僕は、自分がいいと思ったものや、すごいと思ったことを言葉にしたい。だから記者になったんだ。……まだ、駆け出しだけど。だから、今の秋笠さんだって言葉にしたい。そうしたら、読んでくれる？」

「――喜んで」

そう言って、秋笠が目を伏せる。

今も昔も、秋笠の輝きは変わらない。天才ヴァイオリニストだった頃も、今こうして木立の中でヴァイオリンを弾いている時も。

ややあって、秋笠は言った。

「私の名前は、秋笠奏子。私は今、ここで農業のお手伝いをしています。今はちょっとだけ忙しいけれど、一番楽しい時期でもあります。一番自信があるのがキャベツで、どれが美味しいのか一目で分かるようになりました。好きなものはアスパラガスと——

——」

そう言いながら、秋笠がもう一度ヴァイオリンを構える。

「それと、ヴァイオリンが好きです」

あの日の秋笠奏子が、今の彼女に重なる。そのまま、秋笠は滑らかに弓を引いた。

最初の一音が鳴るより前に、彼女が何を弾こうとしているのかが分かった。喝采の準備をしながら、綴喜はその音に身を委ねた。

参考文献

『コンピュータが小説を書く日――AI作家に「賞」は取れるか』（2016）佐藤理史著　日本経済新聞出版
『「おいしさ」の科学　素材の秘密・味わいを生み出す技術』（2018）佐藤成美著　ブルーバックス
『人工知能は人間を超えるか　ディープラーニングの先にあるもの』（2015）松尾　豊著　角川EPUB選書
『「AIは芸術家になれない」哲学者がそう主張する理由』（2019）シーン・ドーランス・ケリー（https://www.technologyreview.jp/s/129918/a-philosopher-argues-that-an-ai-cant-be-an-artist/）（最終閲覧日2021年10月22日）

その他、多くの書籍・論文を参考に致しました。

また、この作品を執筆するにあたって、東邦音楽大学大学院教授でヴァイオリニストの天満敦子先生に取材させて頂きました。この場を借りてお礼申し上げます。そして単行本刊行時、この作品と丁寧にお付き合いくださった担当編集氏、引き継いで文庫化作業にあたってくださった担当編集氏、素晴らしい装画で単行本を彩ってくださった前田ミック氏およびデザイン担当の大原由衣氏、文庫版の装画を担当してくださった中村至宏氏とデザイン担当のカマベヨシヒコ氏に感謝を申し上げます。

解説

桜庭一樹（作家）

ワトソンの隣にいるときのホームズが好き。

二人はぜんっぜんちがうタイプの人間だ。ワトソンは実社会で生きるためのスキルを持っていて、いろんな人と親しくつきあえそうな性格をしている。一方ホームズは、天才かつ社会不適合者。ワトソンの結婚によってルームシェアを解消してからは、ずっと一人で暮らした。

ワトソンにとってのホームズは友人の一人だったかもしれないが、ホームズにとってのワトソンは、唯一無二のたった一人の友だった。こういう不均衡な人間関係に自分はめっぽう弱い、と長年思ってきた。

ところで、斜線堂有紀さんの作品には〝ワトソン以上ホームズ未満〟の人物が多く出てきませんか？　これ、自分の新しいツボになりそうで、目下わくわくしているところなんですが。

「ミニカーだって一生推してろ」の主人公はアイドルだし、「君の長靴でいいです」

の主人公はミューズ的な女性だし、『恋に至る病』の主人公は殺人鬼だけど、どこか孤高のカリスマを演じきれない、人間らしい揺らぎを持っている。だからワトソン的な人物も、天才に振り回される秀才的な立ち位置で楽をすることができない。そんな二人の力関係が不安定に上下し続けるというスリリングな人間ドラマから、いま目を離せずにいる。

そして本作『ゴールデンタイムの消費期限』には、わたしが斜線堂作品を通して親しみ始めたホームズ未満の人物が、なんと六人も登場するのだ。

小学生のときに小説家としてデビューした綴喜文彰は、高校三年生になった今、新作が書けず悩んでいる。そんなある日、料理人や画家や棋士など同世代のさまざまなジャンルの天才を六人集めて行われる十一日間の合宿「レミントン・プロジェクト」に招待される。だがじつは招かれた全員が、この若さですでに挫折を経験した元・天才ばかりだった。レミントンとは人工知能のことで、プロジェクトとは、レミントンを使って元・天才たちをリサイクルする計画だったのだ……。

わたしたちが暮らす現実の世界では、誰もがそうそう天才を演じきれはしない。悪に徹するのも大変すぎる。かといって、自分の凡庸さから目をそらすこともなかなかできるものではない。もがきながら、なんとかしてそれっぽいいい感じの仮面を作りあげたとしても、仮面は思いのほかもろくて、衆人環視の中である日パリーンと割れちゃったりもする。そのときの失望と、あぁ、やっぱり自分なんかだめだったという諦念と、すごく悲しいはずなのに不思議と湧きあがってくる、生の実感。……これって思春期における普遍的な苦しみだよなぁと感じる。

果たして自分は、異能を持つ特別な人物、つまりホームズ的存在なのか？　それともごく普通の常識人たるワトソン的存在なのか？　予感は後者だと告げている。でも、でも……。二つの概念の間を自意識が忙しく行ったり来たりしている間、ずっと心が苦しい。出口のないトンネルの中にいるように。

そんな薄暗い季節に、自意識が徐々に変換していく道程を、この物語は丁寧に追いかけている。

こういった思春期の自意識への洞察とともに、斜線堂作品に流れていると感じるテーマがもう一つある。それは社会への鋭いまなざしだ。

短編集『本の背骨が最後に残る』から、ことに強く感じた。

表題作「本の背骨が最後に残る」は、同じ本なのに内容に齟齬があるどうしがどっちが正しいか主張し合うという、本と本のディベートを描くダークファンタジーだ。

この物語は、絶対的事実ではなく論破によって真実（として選ばれたもの）が決まるというポストトゥルース的な世界の悪夢を描いている、とわたしは思う。一方「ドッペルイェーガー」では、他者への暴力的で加害的な欲望も、心の中で想像するだけなら自由であって実際に行動に移すこととは違うという、欲望と行動の間の線引きについて、本当に違うものなのかという繊細な再検討がなされていると感じる。「痛妃婚姻譚」と「デウス・エクス・セラピー」では、格差社会における機会の不平等について描かれている、と。

他「選挙に絶対行きたくない　家のソファーで食べて寝て映画観たい」（『百合小説コレクション wiz』収録）では、政治に無関心な性的少数者を軽妙な語り手にすることで、政治的であるとはどういうことかを逆説的に表現していると感じる。

近年の斜線堂作品には、この手法がだんだん増えてきているんじゃないだろうか。この手法というのは、ある事象について描こうとするとき、そこに問題意識を持っていない側の人物をあえて語り手にすることで強調するという構造のことだ。たとえば大江健三郎「セヴンティーン」のように。

最近では、芥川賞候補になった木村友祐『幼な子の聖戦』がそうだった。村の地方選挙を舞台に、改革派の候補をひどいデマなどで攻撃する村議の男を語り手にしつつ、共同体の持つ問題点を浮き彫りにしている。わたしはこの作品がとても好きで、木村さんにお話を伺ったことがあるのだが、「最初は改革派の候補を主人公にしたが、編集者からなかなかＯＫが出ず、自分とは考えの異なる、間違った方法で邪魔しようとする側を主人公にしてみては、とアドバイスを受けて主人公を変えたら、筆が進み、即ＯＫが出た」と仰っていた。

もしかしたら斜線堂さんも、このような手法を使ってテーマを裏側から浮き彫りにしようとしているのかもしれない、とわたしは想像している。でもこれもポストトゥルース的に四散していくというか、一読者としての解釈にすぎず、どの作品も読む人によってまったくちがう姿をしているのだろう。

本書『ゴールデンタイムの消費期限』にも、そういった作風に向かっていく変化の萌芽（ほうが）がある、とわたしは感じている。たとえば凪寺（なぎでら）エミの父は著名な映画監督で、娘に英才教育を施そうとするし、秋笠奏子（あきがさかなこ）は幼い頃からヴァイオリン演奏の訓練をさせられ続けている。元・天才の子供たちは常に能力主義で測られ、時に無残に否定される。でも人は本当に何者かでなければ存在価値がないんだろうか？　自分自身をそんなふうに蔑（さげす）むことを、周囲の大人から強制され続けたら、他者のことも優生思想的に切り捨てるようになってしまうんじゃないだろうか？　自分は必ず特別な者でなければいけないのではなく、存在するだけで価値があるのだと、主人公たちは不器用に傷つきながらゆっくり気づいていく。

この物語は、規範となるはずの大人に導かれるのではなく、子供たちが互いに助け合いながら、思春期の自意識の闇をかいくぐり、自分の力で大人になっていくという、通過儀礼の時間について、そして一人一人がセルフケアの道に至ることについて、誠実に注意深く描かれていると思う。

ところで、斜線堂さんはデビュー時には性別不詳のイメージを持たれており、のちに女性作家と認知された、という。性別が判明してからは一部の読者から、女性らしさについて指導されたり、擬似的な恋愛対象のような扱われ方をしたりといったことも時にあったようだ。そのことについてエッセイ「二百年後のメアリー・シェリー」（「幻想と怪奇12」）で、

私は女性作家として括られている時、名前を無くしている。誹謗中傷も何もかも、本当は私相手じゃなくてもいいのだと理解している。そこに私はいない。尊重される外側だけが砕かれ続けている。そういった時、私はメアリー・シェリーを思う。そこにいなかった女性作家の切実な悲しみと、獰猛な怒りに身を浸す。

と、傑作『フランケンシュタイン』の作者でありながら匿名でしかデビューできなかった十九世紀の女性作家メアリー・シェリーを例に取りながら書かれている。この

文章には、同じくデビュー時には性別不詳の女性作家であったわたしも強く感情移入し、とても冷静ではいられぬ思いで読んだ。そしてこのような作者の慟哭(どうこく)も作品の奥に重低音のように響いているように感じた。

また、作家の井上真偽(いのうえまぎ)さんとの対談（Webジェイ・ノベル）では、

　不条理な中でも考えることを諦めなかった人間は、世界を変えられる力はなくても少し報われたらいいなと思いながら書いています。

とお話しされている。これはさまざまな不条理に気づき、日々考え続けている人から発せられた切実な祈りの言葉ではないだろうか。

この祈りが、次はどのようにねじれて、ブーストし、どのような作品が書かれ、読者としてのわたしたちに届くのだろう？　目が離せない作家がまた一人現れたぞという興奮をいま覚えているところだ。

本書は、二〇二一年一月に祥伝社より刊行された
単行本を加筆修正のうえ、文庫化したものです。

ゴールデンタイムの消費期限

斜線堂有紀

令和6年 1月25日 初版発行
令和6年 5月15日 再版発行

発行者●山下直久

発行●株式会社KADOKAWA
〒102-8177 東京都千代田区富士見2-13-3
電話 0570-002-301（ナビダイヤル）

角川文庫 23988

印刷所●株式会社KADOKAWA
製本所●株式会社KADOKAWA

表紙画●和田三造

●お問い合わせ
https://www.kadokawa.co.jp/（「お問い合わせ」へお進みください）
※内容によっては、お答えできない場合があります。
※サポートは日本国内のみとさせていただきます。
※Japanese text only

ISBN 978-4-04-114316-2 C0193

◆◇◇

角川文庫発刊に際して

角川源義

第二次世界大戦の敗北は、軍事力の敗北であった以上に、私たちの若い文化力の敗退であった。私たちの文化が戦争に対して如何に無力であり、単なるあだ花に過ぎなかったかを、私たちは身を以て体験し痛感した。西洋近代文化の摂取にとって、明治以後八十年の歳月は決して短かすぎたとは言えない。にもかかわらず、近代文化の伝統を確立し、自由な批判と柔軟な良識に富む文化層として自らを形成することに私たちは失敗して来た。そしてこれは、各層への文化の普及滲透を任務とする出版人の責任でもあった。

一九四五年以来、私たちは再び振出しに戻り、第一歩から踏み出すことを余儀なくされた。これは大きな不幸ではあるが、反面、これまでの混沌・未熟・歪曲の中にあった我が国の文化に秩序と確たる基礎を齎らすためには絶好の機会でもある。角川書店は、このような祖国の文化的危機にあたり、微力をも顧みず再建の礎石たるべき抱負と決意とをもって出発したが、ここに創立以来の念願を果すべく角川文庫を発刊する。これまで刊行されたあらゆる全集叢書文庫類の長所と短所とを検討し、古今東西の不朽の典籍を、良心的編集のもとに、廉価に、そして書架にふさわしい美本として、多くのひとびとに提供しようとする。しかし私たちは徒らに百科全書的な知識のジレッタントを作ることを目的とせず、あくまで祖国の文化に秩序と再建への道を示し、この文庫を角川書店の栄ある事業として、今後永久に継続発展せしめ、学芸と教養との殿堂として大成せんことを期したい。多くの読書子の愛情ある忠言と支持とによって、この希望と抱負とを完遂せしめられんことを願う。

一九四九年五月三日